नासिरा शर्मा

जन्म : सन् 1948, इलाहाबाद (उ.प्र.)।

शिक्षा : पर्शियन में, आधुनिक भाषा और साहित्य विषय लेकर जे.एन.यू., नई दिल्ली से एम.ए.।

गतिविधियाँ : वर्षों से रचनात्मक लेखन और स्वतंत्र पत्रकारिता। राष्ट्रीय-अन्तर्राष्ट्रीय स्तर पर धार्मिक और सामाजिक जड़वाद, खासकर मुस्लिम समाज के यथास्थितिवादी रुझान के विरुद्ध रचनात्मक संघर्ष के लिए सुपरिचित। आधुनिक पर्शियन साहित्य तथा समकालीन ईरानी समाज, संस्कृति और राजनीति विषयक मामलों पर विशेष कार्य। हिन्दी, उर्दू, अंग्रेजी, पर्शियन, पश्तो आदि विभिन्न भाषाओं के साहित्य का गहरा अध्ययन।

प्रकाशित कृतियाँ— ***कहानी संग्रह :*** गूँगा आसमान, इंसानी नस्ल, संगसार, सबीना के चालीस चोर, इब्ने-मरियम, बुतख़ाना और दूसरा ताजमहल। शमी काग़ज़ (वर्तमान ईरानी जन-जीवन पर आधारित कहानी-संग्रह), सात नदियाँ एक समन्दर (कान्तिकालीन ईरानी समाज और राजनीति पर आधृत उपन्यास), क़िस्सा जाम का (खुरासानी लोककथाओं पर आधारित कहानियाँ), संसार अपने-अपने, पर्शियन ईरानियन रेवोल्यूशन (पर्शियन से अनूदित कहानियाँ), इकोज़ ऑफ़ ईरानियन रेवोल्यूशन (पर्शियन से अनूदित कविताएँ), काली छोटी मछली, बर्निंग पायर (अनुवाद)। उपन्यास ठीकरे की मँगनी और ज़िन्दा-मुहावरे। अफ़ग़ानिस्तान : बुज़कशी का मैदान (अफ़ग़ानी समाज पर सम्पूर्ण अध्ययन)।

इनके अतिरिक्त ईरानी समाज और राजनीति से सम्बद्ध अनेक महत्त्वपूर्ण लेख और साक्षात्कार। ईरान-इराक के युद्धबन्दियों से लिए गए साक्षात्कारों के माध्यम से फ्रेंच और जर्मन भाषाओं में बनी टी.वी. फ़िल्मों में हिस्सेदारी। भारतीय शिक्षा मंत्रालय द्वारा ग्रामीण और कस्बाई कामकाजी महिलाओं से सम्बद्ध एक टी.वी. सीरीज़ में तीन फ़िल्मों— आया बसन्त सखी, काली मोहनी तथा सेमल का दरख़्त—का आलेखन। जर्मनी, ब्रिटेन, ईरान, इराक और फ्रांस की यात्राएँ।

पत्थर गली

नासिरा शर्मा

राजकमल पेपरबैक्स

पहला पुस्तकालय संस्करण
राजकमल प्रकाशन प्राइवेट लिमिटेड द्वारा
1986 में प्रकाशित

राजकमल पेपरबैक्स में
पहला संस्करण : 2001
चौथा संस्करण : 2018

राजकमल पेपरबैक्स : उत्कृष्ट साहित्य के जनसुलभ संस्करण

प्रकाशक : राजकमल प्रकाशन प्रा. लि.
1-बी, नेताजी सुभाष मार्ग, दरियागंज
नई दिल्ली-110 002

शाखाएँ : अशोक राजपथ, साइंस कॉलेज के सामने, पटना-800 006
पहली मंजिल, दरबारी बिल्डिंग, महात्मा गांधी मार्ग, इलाहाबाद-211 001
36 ए, शेक्सपियर सरणी, कोलकाता-700 017

वेबसाइट : www.rajkamalprakashan.com
ई-मेल : info@rajkamalprakashan.com

मुद्रक : बी.के. ऑफसेट
नवीन शाहदरा, दिल्ली-110 032

मूल्य : ₹ 199

PATTHAR GALI
Short Stories by Naseera Sharma

ISBN : 978-81-267-0293-0

मेहरुन्निसा के नाम

दो शब्द

मेरी ये कहानियाँ महाजरत के दुख और मुजरों के सुख का मोहभंग करती हुई एक ऐसी गली की सैर कराती हैं जो पत्थर की गली है। इस पत्थर की गली के रहनेवाले अपने निकास के लिए छटपटाते नज़र आते हैं, अपनी पहचान के लिए वह जद्दोज़हद के समुन्दर में गोते लगाते हैं, रूढ़िवादिता की बेड़ियों को तोड़कर खुले आसमान में उड़ना चाहते हैं, पंखों को पसारकर उसमें सूरज की गर्मी और रौशनी भरने के लिए तड़पते हैं और इस कशमकश में पत्थर से टकराकर लहूलुहान हो उठते हैं।

पत्थर गली की परिधि वह पिछड़ा समाज या वर्ग जो आगे बढ़ने के लिए आतुर नज़र आता है और अपने पिंजड़ों की तीलियाँ तोड़ना चाहता है। इस वर्ग की अनेक कठिनाइयाँ हैं—जहाँ कोंपलें फूटने से पहले झड़ जाती हैं, चिराग जलने से पहले बुझ जाते हैं, फूल खिलने से पहले मुरझा जाते हैं। शायद पढ़ने और सुननेवालों को ये बातें शायराना लगें, मगर शब्दों में छुपा यथार्थ वास्तव में भयानक और दर्दनाक है।

ये कहानियाँ धरती पर बसे किसी भी इनसान की हो सकती हैं क्योंकि यह दर्द सर्वव्यापी है। फिर भी इन कहानियों की अभिव्यक्ति का स्रोत एक विशेष परिवेश है। उस परिवेश के बारे में यह कहना चाहूँगी कि आज मुसलमान पात्र जब उभरता है तो या तो हिन्दू-मुसलमान

दंगों में, या फिर ईद के दिन पढ़ी गई नमाज़ और मोहर्रम पर हुए सुन्नी-शिया फसाद में, मगर कौन यह जानने की कोशिश करता है कि उसकी कोमल भावनाएँ, उसकी कुंठाएँ, उसके अरमान और ख़्यालात क्या हैं?

मस्लिम समाज सिर्फ़ 'ग़ज़ल' नहीं है बल्कि एक ऐसा 'मर्सिया' है जो वह अपनी रूढ़िवादिता की क़ब्र के सिरहाने पढ़ता है। पर उसके साज़ और आवाज़ को कितने लोग सुन पाते हैं और उसका सही दर्द समझते हैं?

ये कहानियाँ उस समाज और परिवेश की हैं जो वास्तव में पत्थर गली है, जिसे तोड़ना आसान नहीं। मगर एक छटपटाहट है निकास-द्वार ढूँढ़ने की और ये कहानियाँ उसी की तसवीर पेश करती हैं।

—नासिरा शर्मा

अनुक्रम

बावली

मैं अपने को हमेशा से दूसरों में बाँटती आई हूँ, ठीक बावली के पानी की तरह। जिस किसी को प्यास लगी, मेरे वजूद की सीढ़ियाँ उतरता सीधा नीचे चला आया और अपना खाली बर्तन भरकर ले गया। मैं कुआँ तो थी नहीं जो किसी को रस्सी और डोल डालने की ज़हमत उठानी पड़ती, मैं तो एक बावली थी—पानी से भरी बावली, जिसके पानी को कोई भी अपने चुल्लुओं में भरकर अपने सूखे गले को तर कर सकता था।

मेरे वजूद की दीवारों पर बेशुमार ताक बने हुए थे, जिनमें विभिन्न कबूतरों ने बसेरा कर रखा था। ताकों के बड़े-बड़े दरों में गर्मी से तपती दोपहर से थके परिन्दे मेरे ठंडे वजूद में आकर पनाह लेते थे। कितने...? बेशुमार आए। अपना दुख मेरे वजूद की बावली में डालकर मेरे दिल के दालानों में बैठने लगे और मैं सबकुछ भूलकर उनमें अपने को बाँटती रही। कभी ख़याल ही नहीं आया कि मेरा, सिर्फ़ मेरा, मेरा अपना एकदम निजी भी कुछ हो सकता है। मैं तो उनमें प्यास के रिश्ते के नाम पर बँटती रही। मैं सम्बन्ध का धागा जोड़ बैठती और पीनेवाला मुझे पानी से भरी बावली से अधिक कुछ नहीं समझता था। जहाँ आराम किया जा सकता था, दिल हलका किया जा सकता था, प्यास बुझाई जा सकती थी, मगर आख़िरी साँस तक साथ नहीं दिया जा सकता था।

इस हक़ीक़त से मैं आगाह कब थी कि मुझे अकेले, तनहा आसमान के नीचे ज़मीन के सीने में धँसे हुए जीना है। इस कड़वे सच की हक़ीक़त से मैं बेखबर थी और इसी अनजानेपन में, मुसाफ़िरों से सच्चे

दिल से जुड़ती रही, यह क्या कह दिया मैंने उनको? वे मुसाफ़िर कब थे। कबूतरों की तरह मेरे वजूद के ताकों में बसेरा करनेवाले गुटरगूँ-गुटरगूँ की गर्म आवाज़ निकालनेवाले वे सब, दरहक़ीक़त मुसाफ़िर नहीं, बल्कि मेरे अपने थे। उनसे मेरा प्यास या पानी का नहीं, बल्कि प्यार और खून का रिश्ता था। सच पूछें तो वह सब मेरी ज़िन्दगी, मेरी रूह, मेरे अहसास थे। फिर वे सब पंख फैलाकर किस आसमान की तरफ़ उड़ गए? किस तरफ़?

रात का आख़िरी पहर ढल रहा है। मेरी आँखों से नींद कोसों दूर है। बुलाने से भी वह नहीं आती है। दिन-रात, हर पल मैं तनहा हूँ। तनहाई ही शायद मेरी साथी बन गई है। तनहाई से बातें करना और यादों के काफिले में घिर जाना ही अब मेरा हिस्सा है। बचपन में जब सहेलियाँ खेल-खेल में मुझे चिढ़ाती थीं—'सलमा-सितारा पैसे में बारह', तब रोती हुई मैं अम्मा के पास पहुँचती तो वह सीने से लगाकर मुझे पुचकारतीं, 'मेरी बेटी सलमा है ही हज़ारों में एक, चाँद-सितारों से भी ज़्यादा हसीन!' फूफी कहती, 'जब सूरज जैसा दूल्हा मेरी चाँद जैसी बन्नो को ब्याहने आएगा तो यह सब कलमुँहइयाँ जलकर कोयला हो जाएँगी!' यह सब सुनकर उसकी आँखों से लुढ़कते मोती एकाएक थम जाते और अम्मा की गोद से कूदकर फिर वह लड़कियों के घेरे में शामिल हो जाती पट्टा पारने—

अक्कड़-बक्कड़ बम्बे बौ
अस्सी-नब्बे पूरे सौ
सौ में लगा तागा
चोर निकलकर भागा
राजा की बेटी सोती थी
फूलों की मार पड़ती थी
रेल झमझमा चलती थी
आलू, भाँटा, सेम, धम!

नीम के पुराने पेड़ के नीचे हँसी के फव्वारों के बीच वह दोनों हाथों से आँखें बन्द करके तने से टिक जाती, 'कूकी' की तेज पुकार के साथ सहेलियों को ढूँढ़ने भागती...कैसे थे वह दिन, गम पल-भर में दूर हो

जाता था मगर आज ज़िन्दगी की रेल झमाझम करती किस स्टेशन पर छोड़ गई है? वह तो राजकुमारी की तरह सोई भी न थी मगर हाँ, खुली आँखों के बावजूद फूलों की जगह ज़माने की मार ज़रूर खाई थी और अपनों की आवाज़ पर उन्हें ढूँढ़ रही थी।

सलमा की आँखों से सावन-भादों बरसने लगा। खालिद जाग न जाए इस खौफ से वह होंठों को दाँतों से दबाए सिसकियों का गला घूँटती आहिस्ता-से बिस्तर से उठी और दबे पाँव कमरे से बाहर निकल आई। बाथरूम का दरवाज़ा बन्द करके उसी पर सिर टिकाए बुरी तरह से फूट पड़ी। जब रो चुकी तो ठंडे पानी से मुँह धोया और बड़ी देर तक आईने में अपने चेहरे को देखती रही।

'सबकी तरह ही तो हूँ मैं, उसी खुदाई साँचे में ढली हुई फिर मेरा दिल आम इनसानों की तरह क्यों नहीं है? दिमाग भी जाने कहाँ-कहाँ की सोचता है, आख़िर क्यों?'

कभी-कभी यह दिल भी कितना जालिम हो जाता है और कैसा-कैसा उकसाता है कि सलमा, कब तक अपने को खुशकिस्मत समझती रहोगी? दिमाग उससे भी एक हाथ आगे बढ़कर कहता है, 'सलमा! एक बार, सिर्फ़ एक बार तज़ुर्बे की खातिर, हर रिश्ते की बागडोर अपनी तरफ़ से छोड़कर देखो तो—फिर तुम्हें अन्दाजा होगा कि सोना कितना खरा है। बिना कसौटी पर कसे पीतल भी सोना ही लगता है।'

दिल व दिमाग के उधेड़बुन में फँसी वह बाथरूम से बाहर निकली और ड्राइंगरूम की तरफ़ बढ़ी। बिना ज़रूरत उसने मेज़ और आतिशदान पर रखी चीज़ें ठीक करनी शुरू कर दीं। फिर उससे फुर्सत पाकर वह सोफे की तरफ़ बढ़ी और गरारे के पाँयचे समेटकर उस पर बैठ गई। आँखें बन्द करके उसने एक लम्बी साँस खींची—इस घर को, रात को भी मैं तन्हा ही जीती हूँ। अगर हक़ीक़त को तलाश भी कर लूँ तो भी क्या मिलेगा? सबकुछ समझ में तो आ रहा है मगर...समझौते के लिए दिल व दिमाग़ का यह इनकार उसे और बेकरार करता है। मगर करार अब है कहाँ?

बचपन छत की तलाश में गुजरा और आज छत है तो पैर के नीचे से ज़मीन गायब हो रही है। लगता है, आज फिर ज़िन्दगी के चौराहे पर

पत्थर गली

दोबारा लौट आई हूँ—अपने साथ बेशुमार सवालों के घेरे से घिरी हुई। क्या फिर खुशी और खुलूश की तलाश में मैं चले हुए रास्तों पर लौट जाऊँ? हक़ीक़त से फरार भरा समझौता करके अपने को एक गलतफहमी का शिकार हो जाने दूँ या फिर एक आख़िरी तजुर्बा इस चौराहे से चौथे रास्ते पर चलने को करूँ? जो एकदम नया है...उस पर चलकर देखूँ—सिर्फ़ अपने लिए जीकर देखूँ—बिना किसी उन्स, बिना किसी लगाव, बिना किसी रिश्ते के इकरार के—सिर्फ़ सलमा के लिए—दान-बलिदान की हद सिर्फ़ सलमा के घेरे तक रखके देखूँ—अपने वजूद के लिए साँस लेकर देखूँ—देखूँ यह तजुर्बा कैसा रहता है?

"सलमा...!" खालिद की आवाज़ से वह चौंक पड़ी। सामने बिखरे बालों और लाल आँखों के साथ खालिद खड़ा था। सफेद मलमल का कुर्ता, जिसके कन्धे और गले पर बनी महीन पत्तियों की लैस उसने अपने हाथों से बनाई थी, मगर पत्तियों के बीच वह फूल खिलाना भूल गई थी। फूल उसके ख़याल से रिश्ते के बीच उस खिले अहसास का नाम होता है, जिसकी खुशबू दो धड़कते दिलों को हमेशा महसूस होती रहती है।

"क्या बात है? आज फिर नींद नहीं आ रही है क्या?" सलमा के बालों पर हाथ फेरता हुआ वह बोला।

"मुझे जगाया क्यों नहीं?" खालिद ने पूछा।

"क्या करती जगाकर? आप तो स्वयं जाग गए?" सलमा खड़ी हुई कन्धे से फिसलते दुपट्टे को ठीक करती हुई बोली।

"फिर भी..." खालिद ने कहा।

"यह तो रोज़ का किस्सा है, कहाँ तक आप जागेंगे?" सलमा ने अपने कन्धे पर रखे खालिद के हाथ पर अपना हाथ रखते हुए कहा।

"हम शबबेदारी का इलाज क्या है?"

"मुझे पता नहीं? चलिए। आप चलकर सोएँ। सुबह ऑफ़िस जाना होगा।" सलमा ने क़दम आगे बढ़ाते हुए कहा।

"तुम मेरे जाने के बाद सो लेती हो क्या?" खालिद ने कमरे से निकलते हुए कहा।

"नहीं। घर में बहुत काम होता है।" सलमा ने आहिस्ता से कहा।

बावली

"बीमार पड़ गईं तो ख्वामखाह परेशानी होगी।" खालिद ने पलँग पर बैठते हुए कहा।

"मेरी सख्त जान को कुछ नहीं होगा।" कहकर सलमा ने लाइट बुझा दी और लेट गई। कमरे में अँधेरा होते ही खालिद की साँसें मन्द गति से चलने लगीं। पल-भर बाद ही उसके खर्राटे कमरे में गूँजने लगे। घड़ी के हरे रंग अँधेरे में चमक रहे थे। उन्हीं पर टिकी सलमा की नज़रें ज़िन्दगी का हिसाब माँग रही थीं।

अम्मा आपने मुझे दिया ही क्या है? बज्जो की आवाज़ से अम्मा का चेहरा धुआँ-धुआँ हो गया और छोटे बहन-भाइयों का मुँह उतर गया।

बज्जो शादी के बाद से हमेशा अम्मा को ताने देकर कुछ-न-कुछ नया लेकर ही टलती थी। उसकी इस बात को भैया खूब समझते थे मगर अम्मा की मजबूर आँखें उन्हें खामोश कर देती थीं कि चार दिन के लिए लड़की पैर उठाकर मायके आती है। हँसी-खुशी वापस भी जाए। कौन सा रोज़-रोज़ दरवाज़े पर खड़ी रहती है।

अपिया की शादी में बचा-खुचा रुपया खर्च हो गया। मगर अम्मा को इतमिनान था कि यह एक बहुत बड़ी जिम्मेदारी से सुबुकदोश हो गईं। अपिया के पैग़ाम ही नहीं आते थे, उनकी तेजमिज़ाज़ी की चिमिगुइयाँ खानदान-भर में होती थीं। अम्मा के लाख मना करने पर भी वह हर आने-जानेवाले से भिड़ जाती थीं। चौथी की रस्म के बाद उन्होंने अम्मा से शिकवा किया था कि उन्हें बज्जो से कम दहेज़ क्यों दिया गया? इस शिकवे में उनके शौहर जमील भी शामिल थे। छोटे भाई-बहनों को जो चिढ़ बज्जो की शादी के बाद पैदा हुई थी, वह नफ़रत की शक्ल में जमील भाई और अपिया के इस रुख को देखकर मन में बैठ गई थी। बड़े बहनोई नईम भाई कम-से-कम बज्जो के कुछ माँगने या ले जाने के वक़्त बेचैन होकर कहते तो थे कि अरे! यह क्या तकल्लुफ़ है—हर बार लड़की के आने पर दहेज थोड़ा दिया जाता है।

अम्मा ने अपिया से सिर्फ़ इतना कहा था कि नज़मा और सलमा को देने के लिए तो एक छदाम भी मेरे पास नहीं बचा है। अम्मा की आस अपिया से भी बज्जो की तरह टूट गई। जब भी अपिया आती,

घर का कोई पुराना कीमती सामान बिकता था, जिससे जमील भाई की खातिर होती थी। बीस-पच्चीस दिनों बाद जब वे जातीं तो छह मास के लिए घर की माली हालत की चूलें हिला जाती थीं। चुँधेरी की रोटी और चटनी खाते वक़्त सईद भाई अम्मा से पूछते थे, ''क्या शादी के बाद लड़कियाँ इतनी बदल जाती हैं?''

अम्मा समझाती कि वे दोनों अपने घर में खुश रहें, यही हमारी खुशी है। इस गरीबी में जितना हो सकता है, बहनों के साथ कर देने में कुछ हर्ज़ नहीं। उलटा लड़कियों की साख ससुराल में जमी रहती है। मियाँ भी दबता है कि लड़की के घरवाले ऐरे-गैरे नत्थू-खैरे नहीं हैं। हम तीनों बहन-भाई सिर हिला देते थे। जैसे अम्मा की बात में छुपी हक़ीक़त को समझ गए हों।

मैं सबसे छोटी थी इसलिए स्कूल नहीं जाती थी क्योंकि नज़मा आपा की पढ़ाई मुझसे ज़्यादा ज़रूरी थी। सईद भाई को जब नौकरी मिलेगी तो नज़मा की शादी और मेरी पढ़ाई शुरू होगी। मकान गिरवी रखकर काम चल रहा था।

नज़मा आपा की शादी तय हो गई। सईद भाई को नौकरी मिले कई मास गुजर गए थे। अम्मा का अरमान था कि आनेवाली जुलाई से मेरा नाम स्कूल में लिखा जाए। नज़मा आपा अपने घर चली गई।

सईद भाई का ट्रक के नीचे आकर इन्तकाल हो गया। मेरा स्कूल में नाम और अम्मा के अरमान सबकुछ दुखों के पहाड़ के नीचे दब गए। मैं उस वक़्त दस साल की थी। अम्मा को मेरी फिक्र खाए जाती थी। हरदम मेरे लिए परेशान रहती थी। अम्मा की कमर टूट गई। कमाई का सहारा भी जाता रहा। घर की तीन दीवारें फुसफुसी निकल गई थीं। अब केवल एक दीवार बची थी, जिस पर छत टिकी हुई थी और वह दीवार थी स्वयं अम्मा, जिनके साये में मैं साँस ले रही थी। अपनी कोख से पैदा की अपनी औलादों से उनका दिल जितना भी दुखा हो मगर ज़बान से कभी शिकवे का एक कलमा भी नहीं निकला।

एकाएक दरवाज़े की घंटी बजी। सलमा चौंक उठी, ''सुबह हो गई?'' बिस्तर से उठकर उसने तकिए के नीचे से अपना दुपट्टा

निकालकर कन्धों पर डाला। दरवाज़ा खोलकर दूध की बोतलें उठाईं और किचन में आकर चाय का पानी चढ़ाया।

"रात तुम सोई थीं?" खालिद ने सलमा के हाथों से चाय की प्याली लेते हुए खुमार-भरी आवाज़ में पूछा।

"चाय पीजिए, ठंडी हो रही है।" कहकर उसने अख़बार खालिद के सामने रखा और किचन की तरफ़ बढ़ गई।

ऑफ़िस जाते हुए खालिद ने सलमा से कहा, "अम्मा परसों आ रही हैं। सामान वगैरह की ज़रूरत हो तो बताना।"

"अच्छा!" सलमा ने लंच का पैकेट ब्रीफकेस में रखते हुए कहा।

"आज मैं जल्दी ऑफ़िस से लौटूँगा।" कहकर खालिद दरवाज़े से बाहर चला गया।

सफाई करनेवाली आ गई थी। सलमा ने घर का काम सँभाला। खालिद जल्दी आएँगे। शाम की चाय के साथ क्या नाश्ता बनाया जाए, इस सोच में डूबी बिस्तर की शिकनें बराबर कर रही थी।

शाम को जब खालिद आए तो सलमा किसी रिसाले में डूबी हुई थी। चाय के साथ गर्म समोसे और हलवा था। तारीफों के पुल बाँध चुकने के बाद खालिद ने सलमा से कहा, "इधर आओ!" सलमा खालिद के पास सोफे पर जाकर बैठ गई।

"तुम्हारा ग़म मुझसे छुपा नहीं है सलमा!" खालिद ने सलमा की कमान-जैसी भौंहों पर उँगली फेरते हुए कहा। सलमा खामोश रही। सिर्फ़ बोलती आँखें खालिद पर जम गईं।

"मैंने तुमसे पूछकर हाँ की थी...तुम्हारा भी इसरार कितना शदीद था...भूल गईं?" खालिद ने सलमा की ठोड़ी ऊपर उठाते हुए कहा।

"नहीं, भूली कहाँ हूँ?" सलमा ने भारी आवाज़ से कहा।

"अम्मा का इसरार, उनका इकलौता बेटा हूँ, तुम मेरी इकलौती मोहब्बत हो, मगर...।" खालिद की आवाज़ भर्रा गई थी।

"अम्मा और आपके अरमानों की तरह मेरे दिल में भी अरमान है कि मेरी गोद भरे...मेरे तन से न सही, किसी और के तन से आपके वजूद को मैं अपने आग़ोश में लेकर प्यार कर सकूँ। इससे बढ़कर

कौन-सा लम्हा होगा मेरे लिए सुख का?" सलमा ने आहिस्ता से कहा।

"फिर यह उदासी...यह गमगीन चेहरा...मुझे भी अन्दर से डगमगा देते हैं कि मैं अम्मा से 'न' कह दूँ!" खालिद ने जज़्बाती लहजे में कहा।

" 'न' कहने की भला क्या ज़रूरत है? शादी के सात साल गुजर गए। मेरी गोद न भरी। इसमें अम्मा का क्या कुसूर कि वह अपने पोते को खिलाने का अरमान न निकाल सकें। सुहेला बड़ी प्यारी लड़की है। मैं खुद देखकर पसन्द कर चुकी हूँ। आप यूँ परेशान न हों।" सलमा ने खालिद की पेशानी पर अपना मुलायम हाथ फेरा।

"मुझे सहारा दो सलमा, मैं बहुत परेशान हूँ।" कहकर खालिद ने अपना सिर सलमा के कन्धे पर रख दिया। सलमा ने उमड़ते आँसुओं का बड़ा-सा घूँट भरा और खालिद का सिर अपनी गोद में छुपा लिया।

खालिद खाने के बाद गहरी नींद में डूब गए। पास में लेटी हुई सलमा की आँखों में नींद कहाँ? इस घर में सिर्फ़ उसकी तनहा साँसें बसी हुई हैं और कल एक और साँस, एक और चूड़ियों की झंकार, अलगनी पर फैले कपड़ों में एक और जम्पर और ब्लाउज का इज़ाफा। या ख़ुदा! सलमा की आँखों ने बरसना शुरू कर दिया। सात साल का लम्बा अरसा गुज़र गया। बच्चे का मुँह देखने के लिए अम्मा हर रोज़ बेचैन होती थीं। खालिद पहले अम्मा की बात पर गुस्सा हो जाते थे, फिर चिढ़ने लगे, फिर खामोश...और कुछ दिन बाद उनके ख़्यालात भी बदल गए थे। जब मोहब्बत का गुरूर टूटता है तो फिर उसमें रह क्या जाता है? यही सोचकर सलमा ने अम्मा की हाँ में हाँ मिलानी शुरू कर दी। सास बहू के इस बर्ताव से खुश भी हुई और दुखी भी। खालिद को आख़िर एक दिन सलमा ने राज़ी कर ही लिया। लड़की भी जाकर देख आई। सबकुछ ठीक हो गया—दिन, तारीख, वक्त। अम्मा बेटे को दूसरा सेहरा बाँधने परसों पहुँच रही हैं। उनके आने के बाद दुल्हन के लिए खरीदारी होगी।

इसी घर में अम्मा ने उसको किस तरह से खुशआमदीद कहा था। इतनी खूबसूरत बहू पाकर सबकी बाँछें खिली हुई थीं। दहेज न लाने का भी किसी को कोई मलाल न था। माह-भर तो उसे मसहरी से किसी

ने उतरने ही नहीं दिया था। बस सजा-सँवारकर मोहल्लेवालों और खानदानवालों की नुमाइश के लिए उसे बिठा दिया जाता था। वह समय पंख लगाकर उड़ गया और अब उसके साथ ज़िन्दगी ने ऐसा मज़ाक क्यों किया? हर बात में उसके साथ ख़ुदा ने कंजूसी क्यों बरती?

"किसकी बकरी कौन डाले घास?" खाला ने बहुत उकताए हुए लहजे से कहा। उन्हें अम्मा और मेरा वहाँ जाकर रहना बहुत खल रहा था। गिरवी रखे मकान का दाम न चुका सकने के कारण हमारा मकान छिन गया था। अम्मा और ग्यारह साल की मैं...कहाँ जाते हम दोनों। अम्मा भी खूब समझ रही थीं बहन के तेवर को, मगर करतीं भी क्या वह? सिर छुपाने को जगह तो चाहिए थी।

"बाजी, यह जेवर रख लें। सलमा के लिए उठाकर रखे थे।" कहकर अम्मा ने चाँदी और सोने की बहुत मामूली चीज़ें खाला को थमा दीं।

"हर चीज़ में तो आग लगी है निगोड़ी, यूँ सोना लेने को जाओ तो बाबा के मोल देंगे, मगर पुराना बेचने के गर्ज से जाओ तो ठीकरे की भी कीमत नहीं लगाएँगे।" कहकर खाला ने जेवर रख लिये थे।

खाला विधवा थीं और पैसेवाली थीं। मगर उन्होंने जिस आदमी से दूसरा निकाह किया था वह हमारे रिश्तेदार थे। यानी अब्बा की चचाजाद बहन के लड़के, जो मेरे भाई लगते थे। मगर उम्र में वह नाना के सिन के थे। यह निकाह भी चोरी-छिपे हुआ था। खाला का सारा सामान चोरी के बहाने नाज़िम भाई अपने घर पहुँचा रहे थे। उनके घरवाले खुश थे। ऊपर से उनकी बीवी खाला को कोसती रहती थी मगर उन्हीं के भेजे रुपए से हलवा-पराँठा भी निगलती थी। यह सारी सियासत नाज़िम भाई की थी। वह अम्मा का पत्ता काटना चाहते थे ताकि वह भरपूर तरीके से खाला को अपने कब्जे में कर लें। अम्मा का मुँह ग़मों की मार से बन्द हो गया था। वह कहतीं भी किससे? एक उनका मायका था तो दूसरा ससुराल।

नानी अक्सर कहा करती थीं, 'बुढ़ापे का इश्क़ नामूसी लाता है।' वह बात आज मेरी समझ में आ रही है, जब भी खाला और नाज़िम भाई का वह सम्बन्ध मुझे याद आता है। वहाँ हमने पाँच साल गुजारे

थे। खपरैलवाले दालान में पर्दा डालकर हम रहते थे। बहनों से नाता टूट-सा गया था। उन्हें हर बात में शर्म आती थी। वह भूल गई थीं कि हम इनके कुछ लगते थे। खैर, उन्हीं दिनों खाला के घर मजलिस में शान मोहम्मद साहब की बेगम साहिबा की मुझ पर नज़र पड़ गई। उन्होंने अम्मा से बात की, अम्मा राजी न हुईं। जब खाला को पता चला तो सुबह-शाम के ताने पड़ने लगे। तंग आकर अम्मा को हाँ करनी पड़ी।

शान मोहम्मद साहब की शानदार कोठी में हमें एक कमरा दिया गया। मौलवी साहब मुझे पढ़ाने आने लगे। बेगम साहिब खुद मुझे अंग्रेजी पढ़ाती थीं। उस साल मैंने आठवीं का इम्तिहान दिया। इन सबके बदले में मेरा काम था, बेगम साहिबा की मुसाहिबी करना। वह जहाँ जातीं मुझे साथ ले जाती थीं। उनका बटुआ लेना, सीढ़ियों पर हाथ पकड़कर उतारना, बिठाना, कार का दरवाज़ा खोलना, उगालदान, खासदान पेश करना इत्यादि। उनके घर मुझे दुख न था—न खाने का, न पहनने का, मगर अम्मा हरदम घुटती रहती थीं। मैं सोलह साल की हो चुकी थी। दसवीं पास कर ली थी। घर की जिम्मेदारी भी धीरे-धीरे मेरे ऊपर बढ़ रही थी, मगर उसी के साथ मैंने इंटर कर लिया। कुछ दिन बाद बेगम साहिबा का इन्तकाल हो गया।

उनके इन्तकाल के बाद शान मोहम्मद साहब का दिमागी तवाजुन ही बदल गया। बाप की नज़रों में मुझे कुछ और नज़र आया और इस बात को अम्मा भी भाँप गईं। यहाँ से निकल भागने का रास्ता ढूँढ़ती रहीं। पढ़ाई मेरी जारी थी। बी.ए. के बाद शान मोहम्मद साहब ने अम्मा को अपना पैगाम मेरे लिए दिया। सुनकर अम्मा सन्न रह गईं।

वह रात मेरे लिए पहाड़ बन गई थी। लगा था, किसी ने दौड़ते-दौड़ते मुझे रोक लिया है। मेरी ज़िन्दगी फिर मझदार में होगी और यह दूसरा रास्ता भी अधूरा चलकर मुझे छोड़ना पड़ेगा। सारी रात बिस्तर पर बेचैन तड़पती रही थी कि यह सब क्या हो रहा है?

उसी रात सामान बाँधकर हम लोग खामोशी से इलाहाबाद से लखनऊ चले आए। वहाँ अम्मा की कोई पुरानी दोस्त थीं। उनके यहाँ पनाह मिल गई। दौड़-भागकर मुझे मिडिल स्कूल में पढ़ाने की नौकरी भी मिल गई। पाँच साल पलक झपकते गुज़र गए। मैंने एम.ए. कर

लिया था। पैगाम आ रहे थे। अम्मा का कहना था, इतने पैगाम मेरी किसी बहन के नहीं आए थे। खालिद को अम्मा ने पसन्द किया। उनकी पसन्द से ही मैंने शादी की थी। अम्मा मेरे ससुरालवालों और खालिद से बहुत खुश थीं।

मेरी शादी के दो वर्ष बाद अम्मा का इन्तकाल हो गया। खालिद ने उस समय मुझे बहुत सहारा दिया था। शादी के बाद पहली बार ज़िन्दगी में अपने पैरों के नीचे मैंने सख्त मजबूत ज़मीन पाई थी। अपने घर, अपने लोगों का सुख पहली बार मिला था। प्यार और विश्वास ने मुझे जीना सिखाया था। मगर...आज सात साल बाद फिर मेरे पैरों के नीचे से ज़मीन गायब हो रही है। मैं फिर हवा में लटकनेवाली हूँ। सुहेला मेरी सौत बनकर क्या ज़ुल्म, क्या कहर ढाएगी मुझ पर, खालिद का बर्ताव कैसा होगा? क्या मैं खालिद को बँटते देख पाऊँगी?

सलमा की आँखें रोते-रोते सूज गई थीं। बाथरूम में जाकर उसने मुँह धोया और ड्राइंग रूम में जाकर बैठ गई। हफ्ते-भर बाद मेरा कमरा अलग होगा। खालिद मुझमें और सुहेला में बँट चुके होंगे...उफ़् मेरे ख़ुदा! सलमा ने आँखें बन्द कर लीं।

दूर से अजान की आवाज़ आई। खिड़की के नीचे परिन्दे चहचहाने लगे थे। सलमा ने एक थकी नज़र खिड़की से बाहर डाली और खामोशी से उठकर किचन की तरफ़ बढ़ी।

दुल्हन के कपड़े-लत्ते, जेवर वगैरह खरीदे जा चुके थे। सबको सजाती हुई सलमा सोच रही थी कि दुनिया के सारे रिश्ते क्या झूठे होते हैं? हर रिश्ता कुछ माँगता है। जब न दो तो टूट जाता है।

मैं पानी से भरी बावली रिश्तों के नाम पर बँटती आई। हमेशा दिया, कुछ लिया नहीं। आज जब अपनी कोख से एक बच्चा न दे सकी, तो मैं एक बेकार शै मान ली गई। मेरा और खालिद का रिश्ता इस औलाद को लेकर टूट गया। अगर खालिद मेरी गोद न भर पाते तो क्या मैं दूसरी शादी करती? उस समय गोद लेने की बात उठती! सब्र और कुर्बानी की बात उठती! तो औरत के नाम के साथ क्या मर्द कुर्बानी नहीं कर सकता है?

"अरे खालिद दौड़ो, बहू बेहोश हो गई!" अम्मा ने खालिद को पुकारा और स्वयं पानी लेने दौड़ीं।

ख़ालिद कमरे से भागता हुआ आया। हाथ में दुल्हन के रंगीन कपड़े लिये, सलमा नंगे फ़र्श पर चित पड़ी हुई थी। होंठ काँप रहे थे। चेहरा सफेद था। पानी के छींटों से पपोटे हिले और सलमा ने आँखें खोल दीं।

"कैसी हो सलमा?" खालिद ने बेचैनी से पूछा।

"कैसी तबीयत है बेटी?" सास ने चेहरे का पानी पोंछते हुए पूछा।

"ठीक हूँ अम्मीजान!" सलमा ने उठते हुए कहा।

"आराम करो चलकर, मैं दूध लाती हूँ।" अम्मी ने कहा।

"नहीं अम्मीजान, मैं ठीक हूँ...आप बेकार परेशान न हों।" सलमा ने कहा।

"ठीक कैसे हो? चेहरा देखो पहले अपना, फिर बातें बनाना। मैं अभी डॉक्टर को लेकर आता हूँ।" कहकर खालिद ने सलमा को उठाया और बिस्तर पर जाकर लिटा दिया।

"मैं ठीक हूँ ख़ालिद!" सलमा ने हलके-से कहा।

"अम्मा, सलमा का ख़्याल रखिएगा। मैं डॉक्टर को लेकर अभी आया।" इतना कहकर खालिद कमरे से बाहर निकला।

"दूध लो बेटी!" अम्मी ने कहा।

"आपने ज़हमत की अम्मीजान!" सलमा ने दूध पिया और लेट गई।

"मैं औरत हूँ। औरत के दिल पर क्या गुज़रती है, वह मैं अच्छी तरह जानती हूँ। मगर बेटी, बुढ़ापे की लाठी भी तो होनी चाहिए। अपनी माँ को देखा था। तुम न होतीं तो वह आख़िरी वक़्त किसकी गोद में आख़िरी साँस लेतीं। मैं कल नहीं रहूँगी। तुम होगी, खालिद होंगे...हमेशा जवान तो नहीं रहोगे। सुहेला घर की लड़की है। तुम्हारी बनकर रहेगी। आगा-पीछा सोचकर मैंने क़दम उठाया है...हिम्मत से काम लो...।" अम्मा ने बहू के सिर पर हाथ फेरते हुए कहा।

अम्मी के प्यार और शिकस्त से भरे हाथ और लहजे की ताब सलमा न ला सकी और अम्मी से लिपटकर रो पड़ी। अम्मी की आँखों में आँसू जमा थे।

बावली

"अम्मी! डॉक्टर तो मिले नहीं अब क्या होगा?" बाहर दरवाज़े से ही खालिद कहता हुआ घुसा। कमरे में पहुँचकर सास-बहू को यूँ लिपटे देखकर वह दो पल खड़ा रहा, फिर खामोशी से सिर झुकाए बाहर निकल आया। वह क्या करे? काफी देर तक वह दूसरे कमरे में टहलता रहा।

कल खालिद की शादी है। बारात शाम को छह बजे जाएगी। बारात भी धूम-धड़ाकेवाली नहीं, बल्कि सीधी-सादी। चूँकि दूसरी शादी है इसलिए खालिद चाहता भी नहीं है कि यह सब हो।

यह पहली रात है, जब खालिद जाग रहा है और बहुत-कुछ सोच रहा है। अम्मा और सलमा दूसरे कमरे में कुछ काम कर रही हैं। सलमा के बारे में खालिद केवल इतना ही सोच रहा था कि कितनी लगन से यह काम कर रही है। मगर अन्दर बहुत बड़ा दुख छुपाए...एक बच्चे की ख़्वाहिश...।

सलमा कमरे में दाख़िल हुई और खामोशी से आकर पलँग पर लेट गई। दोनों जाग रहे थे। बात करने की किसी में ताकत नहीं थी। सलमा के दिल व दिमाग में तूफान उठ रहा था। खालिद मेरी मोहब्बत, मेरे हुस्न से थक गए हैं। अब उन्हें उनका नामलेवा चाहिए। कल इस घर की रात कैसी रात होगी? क्या मुझसे यह सब बर्दाश्त हो पाएगा?

क्यों न मैं चौथा रास्ता चलकर देखूँ? तन व तनहा, जब हर रिश्ता झूठा है, हर रिश्ता कहीं जाकर टूट जाता है तो फिर यह आडम्बर पालने से फायदा? कल सुहेला का भ्रम टूट गया तो? शादी के बाद मैं यह घर छोड़ दूँगी। क्या होगा यहाँ रहकर? अपने घर में छोटी होने के नाते कुछ मिला नहीं। यहाँ बीवी बनकर भी सिर्फ़ आध मियाँ की हकदार और शायद...कल वह भी न हो।

सलमा की आँखों से आज की रात एक बूँद भी आँसू नहीं गिरा। वह खामोश फैसला करती छत को ताक रही थी।

मैं अम्मा के साथ देहात में रहूँगी। वहाँ भी दिल न लगा तो कुछ और सोचूँगी। फैसले के बाद सलमा को नींद आ गई। हफ्तों बाद आज पहली रात थी, जब वह सोई थी।

पत्थर गली

सुहेला के घर बारात पहुँच गई थी। शर्बत का दौर चल रहा था। निकाह का वक़्त आठ बजे था। घरवाले समधिनों की आव-भगत में लगे थे। मेहमान औरतें सबकुछ छोड़कर सलमा को देखने किसी-न-किसी बहाने उस कमरे में आ-जा रही थीं। मसनद से लगी अम्मीजान, सलमा और फूफीजाद बहनें बैठी थीं।

"ऐ बहन, काउनवाली है खालिद मियाँ की बीवी?" गाँव से आई सुहेला की किसी रिश्तेदार ने पूछा।

"वही, गुलाबी कपड़ेवाली!" दूसरी ने तिरछी नज़रों से इशारा किया।

"निरी बावली है क्या?" नाक पर अँगुली रखकर पहली हैरत से जम गई।

"सुना तो मैंने भी यही है कि मियाँ के लिए लड़की खुद ढूँढ़ी है, फिर तो बावली ही कहना ठीक है।" बटुवे से तम्बाकू फाँकती औरत ने कहा।

"अजीब बातें हैं?" कुछ औरतों के सिर झुक गए।

सब तरह की आवाज़ें—धीमी, मद्धिम, तेज—सलमा के कानों में पहुँच रही थीं। उसने फैसला कर लिया था, इसलिए बड़े हलके मन से सबकुछ ले रही थी, बल्कि खुश थी।

"पर्दा कर लो, मौलवी साहब निकाह को आ रहे हैं।" बाहर से हाँक लगाई गई।

दुल्हन के कमरे से उबटन और इत्र की महक उठ रही थी। सुहेला की सारी सहेलियों को बाहर निकालकर सिर्फ़ बड़ी-बूढ़ियाँ वहाँ रह गईं। मौलवी साहब अन्दर आए। बाहर निकाह के छुआरे और शक्कर बँट चुकी थी।

निकाह हो गया था। खाना लगना शुरू हुआ। रुख्सती का समय रात के ग्यारह बजे था। खाने के बाद सलमा दुल्हन के कमरे में चली गई। लड़कियाँ उसे सजा रही थीं। मज़ाक हो रहा था। सलमा भी हँस रही थी। किसी ने आकर सलमा के कान में कहा, "अम्मीजान आपको बुला रही हैं।"

"अच्छा अभी आई।" कहकर सलमा ने भारी कामदानी का गुलाबी दुपट्टा सिर पर डाला और उठी। पर अभी दो क़दम ही चली थी कि

चकराकर गिर पड़ी। लड़कियाँ एकदम घबरा गईं। सुहेला भी परेशान होकर दौड़ी। कोई दौड़कर अम्मीजान से कह आया। सारी औरतों में बात फैल गई कि पहली बीवी दुल्हन के कमरे में बेहोश हो गई। जितने मुँह उतनी बातें। इस फैली सनसनी को चीरती हुई अम्मा कमरे में पहुँचीं।

मेहमानों में कोई लेडी डॉक्टर भी थी। उसने पहुँचकर सलमा का मुआयना किया। नब्ज़ देखी। सबके चेहरों पर चिन्ता थी। डॉक्टर अफरोज़ ने मुस्कराकर अम्मीजान से कहा, "मुबारक हो!"

"जी!" अम्मा ने बदहवास होकर पूछा।

"घबराने की बात नहीं है। यह तो बड़ी मुबारक बीमारी है!"

"सच कहो!"

"यकीन न हो तो जाँच करा लें, मगर बहू है आपकी हामला!" कहकर अधेड़ उम्र की डॉक्टर अफरोज़ खड़ी हो गईं।

अम्मा और सुहेला का चेहरा देखने के काबिल था। रुख्सती का वक़्त करीब था। सलमा झेंपी-सी बैठी हुई थी। उसे अपनी बेवक्त की बेहोशी पर बड़ा गुस्सा आ रहा था। यह भी कोई वक़्त है भला? लोग क्या सोचते होंगे?

"सलमा भी एकदम बावली है! जब हामला थी तो यह बात छुपाई क्यों?" किसी ने कहा।

"दूसरी शादी बच्चे के लिए ही तो हुई है।" दूसरी औरत फुसफुसाई। सलमा ने घबराकर अम्मीजान को देखा।

"हाँ, दुल्हन! तुम्हारे पैर भारी हैं।" अम्मीजान ने सलमा का माथा चूमा।

रुख्सती हो गई। सुहेला और खालिद कार में बैठकर जा चुके थे। उनका इन्तजाम होटल के शानदार कमरे में हुआ था। बाकी घरवाले दूसरी कारों पर बैठकर लौट आए।

खालिद को पता चल गया था। एक अजीब तड़प लिए सुबह-ही-सुबह सलमा के पास पहुँचे और अपनी बेचैन सवालिया आँखें सलमा के चेहरे पर गड़ा दीं। सलमा अभी-अभी सोकर उठी थी और चप्पल में पैरों को डाल रही थी।

पत्थर गली

अचकचाकर सलमा ने खालिद को देखा। शादी का लिबास, सर्ज की कत्थई शेरवानी, जिसके सारे बटन खुले थे। बाल बिखरे थे। सलमा की आँखें गीली हो उठीं। लगा, दिल की ज़मीन पर बेतहाशा शीशे टूटकर गिर रहे हैं और खालिद के हर उठाए क़दम के नीचे दबकर वह सारी किरचियाँ उसकी नसों में पैबस्त हो रही हैं। दर्द का एक अजीब लावा उसके अन्दर तड़पने लगा मगर उठी हुई आँखों में एतमाद था। चौथे रास्ते की तरफ़ बढ़ने की रोशनी, मगर तनहा नहीं। एक नए रिश्ते के नाम पर ज़िन्दगी के नए सफ़र पर चल पड़ने का मूक अनुबन्ध था।

सलमा ने आगे बढ़कर खालिद को कुर्सी दी। फिर खामोशी से सामने बैठ गई। खालिद के शाने थके और निढाल थे। सलमा के दिल में रह-रहकर एक ही बात उठ रही थी—मैं तो एक बावली ठहरी, प्यास के रिश्तों के नाम पर अपने को बाँटनेवाली। मेरे दिल के दालानों में थके-प्यासे परिन्दे अपनी प्यास बुझाते रहेंगे, दुख बाँटते रहेंगे, मगर आख़िरी साँस तक जीने और मरने का साथ न निभा पाएँगे। मैं पानी से भरी बावली, कहाँ जाऊँगी? मुझे तो अन्तिम साँस तक खुले आसमान और ज़मीन के सीने में धँसे जीना है।

मरुभूमि में जिस तरह कभी-कभी बारिश बावली को ऊपर, मुँह तक पानी से भर देती है और बाढ़ के वेग से जल-थल एक हो जाते हैं, खालिद की आँखों से अनबहे आँसुओं से वही हाल सलमा का हुआ था।

सरहद के इस पार

खपरैल तड़ातड़ कच्चे आँगन में गिरकर टूट रही थी। मगर किसी में हिम्मत नहीं थी कि आँगन में निकलकर या फिर दालान से ही रेहान को आवाज़ देकर मना करता। अम्मा को दौरा पड़ गया था। हाथ-पैर ऐंठ गए थे। मुँह से झाग निकल रहा था। उनके पास सिर्फ़ एक ही अभिव्यक्ति रह गई थी और वह थी गिरकर बेहोश हो जाना।

"मुसीबत जब आती है तो चारों तरफ़ से आती है!" दद्दा ने अम्मा का हाथ सहलाते हुए कहा।

"रोने से काम नहीं चलेगा लड़की। पीछे की खिड़की से किसी को पुकारो। शायद शकूर घर पर मिल जाए।" दद्दा ने नरगिस से कहा जो माँ का चेहरा देख-देखकर रो रही थी। दद्दा की बात सुनकर वह भागी।

"शकूर चचा...शकूर च...चा!" नरगिस की भर्रायी आवाज़ गूँजी।

"क्या है बन्नो?" शकूर चचा शेव बनाते हुए सामने आए।

"भैया आज फिर सारे खपरैल आँगन में फेंक रहे हैं!" नरगिस ने रोते हुए कहा।

"आ रहा हूँ।" कहकर शकूर कमरे में लपके।

खपरैल के टूटने की आवाज़ के साथ एक आवाज़ उभर रही थी—"मैं बता दूँगा। गिर-गिनकर बदला लूँगा। मुझसे बचकर कोई नहीं भाग सकता है, मैं पूरी दुनिया जलाकर राख कर दूँगा!"

रेहान भाई को पीछे से पकड़कर शकूर चचा कमरे में ले आए थे। इस पकड़ा-पकड़ी में उनके हाथ-पैर कई जगह से जख्मी हुए थे। नरगिस

को रेहान भाई की हालत देख-देखकर सुरैया आपा से नफ़रत हो गई थी। वह अगर ऐसा न करती तो क्या भैया की ऐसी हालत बनती?

अम्मा को होश आ गया था। दद्दा उनको रूह-अफज़ा पिला रही हैं। अब्बा को शकूर चचा ने फोन कर दिया है। भैया कमरे में बन्द हैं। खिड़की से उसने झाँका। वह सुस्त, बेदम, फर्श पर पसीने से नहाए औंधे पड़े हुए हैं।

सात साल की नरगिस सबकुछ देख रही है। दद्दा सुरैया आपा को दुपट्टा फैलाकर कोस रही हैं। अम्मा उन्हें मना कर रही हैं। ऊपर नीम पर बैठी चील चीख रही है।

इन्हीं चीलों को रेहान भाई कितना परेशान करते थे। जिस दिन बाज़ार से वह गोश्त लाते, साथ में छिछड़े ज़रूर लाते थे। फिर आँगन के ऊँचे चबूतरे पर खड़े होकर छीछड़े उछालने का नाटक करते चीखते थे—अंडे-बच्चेवाली चील चिलोरिया।...

एक बार खिसियाई चील उनकी उँगली को जख्मी कर गई थी। कितना ख़ून निकला था। सुरैया आपा भी क्या चील है? भैया को पागल बना दिया। दद्दा कहती है, 'नासपीटी, जहन्नुमी है। जाने कितने घर उजाड़ेगी हर्राफा!'

"नरगिस! इधर आओ!" अम्मा की कमजोरी में डूबी आवाज़ उभरी।

"आई अम्मा!" नरगिस दौड़ी हुई आई।

"मेरी तिलेदानी से ज़रा महीनवाली सुई निकाल लाना।"

नरगिस भागती हुई असवाबवाली कोठरी में घुसी। अन्दाजे से तिलेदानी टीन के बक्स से उठाई और कोठरी से बाहर भागी। इस अँधेरी कोठरी से नरगिस को बड़ा डर लगता है। जाने अम्मा इसमें कैसे सामान रखती-उठाती हैं।

"जाकर ज़रा खलिकुन को तो बुला लाओ। कहना, नवाब दुल्हन की तबीयत ठीक नहीं है। दद्दा ने फौरन बुलाया है।"

नरगिस दरवाज़े की तरफ़ बढ़ी।

"बेकार आप परेशान हो रही हैं, मैं ठीक हूँ।" अम्मा ने रेहान भाई क़ी बुशर्ट उठाते हुए कहा।

सरहद के इस पार

"मेरे जीते-जी सारे चोंचलें हैं। मर गई तो कौन आएगा यहाँ पर?" दद्दा ने कहा और मरतबान से कुछ मेवे, जड़ी-बूटी जैसी चीज़ें निकालकर पुड़िया बाँधने लगीं।

गली में सन्नाटा था। हिन्दू-मुसलमान फसाद हुए अभी दो ही दिन गुजरे थे। मगर अम्मा के लिए दो युग। खपरैल पर बैठकर रेहान के जो मुँह में आता, बकता था। माँ-बाप को शर्मिन्दगी के सिवाय कुछ हाथ नहीं आ रहा था।

"मारो सारे हिन्दुओं को, गले दबा दो इनके! साले, कहते हैं कि तुम पाकिस्तानी हो। जाकर पूछो इनसे, तुम्हारे बाप-दादा कहाँ हैं? मेरे बाप-दादा इसी धरती के आग़ोश में गढ़े हैं। सबूत चाहिए तो जाकर देखो हमारे कब्रिस्तान, सबके सब मौजूद हैं वहाँ—खुद गद्दार हैं और हम पर इलज़ाम लगाते हैं।...नौकरी न देने का अच्छा बहाना ढूँढ़ा है! आख़िर कहें भी क्या? मारो सब कातिलों को! मारो, खून की नदियाँ बहा दो मार-मारकर!"

सबको पता था, रेहान के दिमाग़ पर असर है। पैट्रोलिंग पुलिस के सिपाही भी हँसते ग़ुज़र जाते थे। कुछ 'पागल है' कहकर थूकते और कुछ सिपाही जाने क्या सोचकर सिर हिलाते, जैसे वह सब समझ रहे हों।

शकूर कई बार नीचे से समझा चुका था मगर कौन समझता है। पूरा मोहल्ला हिन्दुओं का है, सिर्फ़ तीन-चार घर मुसलमानों के हैं। गली के पार सारा-का-सारा मुहल्ला मुसलमानों का है। बात यहीं नहीं रुकी। जब कर्फ़्यू खत्म हुआ तो जान-बूझकर रेहान शेरवानी पहनकर निकला।

"देखें किस माई के लाल में ताकत है मुझे छूने की!"

दद्दा ने सिर पीट लिया, "यह हमें रुस्वा कराके रहेगा। भुस में चिंगी डाल रहा है। आग न लगती होगी तो लग जाएगी।"

दोपहर में वर्माजी की पत्नी अम्मा से कह गई थीं, "बहिनजी! परेशान न हों। हम रेहान को हमेशा से जानते हैं, अपना लड़का है। उसकी बातों को सब समझ रहे हैं। आप चिन्ता न करें।"

इस तरह से कई पड़ोसिनें अम्मा के शर्मिन्दा सरापे को सहारा देकर दद्दा के हाथों का पान खाकर चली गई थीं। अम्मा सुता मुँह लिये बैठी रहीं। क्या कहतीं?

रेहान ने फर्स्ट क्लास में एम.ए. पास किया था। पाँच साल से नौकरी की तलाश थी। पी-एच.डी. से मन उचटा हुआ था। सुरैया से उसकी दोस्ती बी.ए. में हुई थी। दोस्ती इश्क़ में बदली और फिर शादी के वायदे में, मगर जब घरवालों को पता चला तो उन्होंने सुरैया से साफ कह दिया कि सैयद की लड़की शेखों में नहीं जाएगी। खानदान भी छोटा, औसत लोग हैं, फिर दो वर्ष से बेकार लड़का। लड़की का गला न घोंट दें ऐसे घर में शादी करने से।

बहुत दिनों तक यह बात रेहान से छुपी रही, मगर जब सुरैया की मँगनी हो जाने की बात उसके कान में पहुँची तो उसे एकाएक यकीन ही नहीं आया। परसों ही तो सुरैया से उसकी मुलाकात हुई थी। उसने ज़रा भी जो इशारा किया हो। अपनी बेबसी पर वह बेकरार हो उठा।

सुरैया के घर तो जा नहीं सकता था। घुटता रहा। वायदे के मुताबिक सुरैया जुमे के दिन आई भी नहीं।

बेकारी, इश्क़ में नाकामी और बेवफाई ने रेहान को दीवाना बना दिया। दद्दा का ख़याल था कि सुरैया की फुफ्फी ने रेहान पर जादू-टोना किया है। वह बहुत जल्लाद दिल की औरत है। उसने अपनी सौत के गुप्त अंगों को जलते चिमटे से दागा था। ऐसे बुरे लोगों के बीच में रेहान जाकर फँस गया। जितना रेहान को सुरैया से नफ़रत दिलाई जाती, उतना ही वह उसके लिए अधिक व्याकुल होता गया।

फसाद फिर हो गया। शहर में तनाव बढ़ गया। पुलिस हरकत में आ गई और रेहान बेकरार। ऊपर छप्परों पर बैठा फिर औल-फौल बकने लगा। आज उसे नौकरी मिल जाती तो क्या सुरैया की शादी की तारीख तय हो पाती? नारायणजी का जुम्ला नश्तर चुभो रहा था—'रहते हैं हिन्दुस्तान में, मगर सपने देखते हैं पाकिस्तान के!' दिल चाहा, पटख-पटखकर नारायण को मारकर पूछे—मन्दिरों की मूर्तियाँ डॉलर और

पाउंड के लालच में कौन बेचता है? उसकी बातों की हक़ीक़त को कोई समझना नहीं चाहता है। सब उसे पागल, दीवाना कहते हैं। कोई नहीं पकड़ता इन गद्दारों को जो शराफत का लिबास पहनकर दूसरों पर कीचड़ उछालते हैं। उसका खून फिर गर्म होने लगा। सुरैया की छत पर उसके कपड़े फैलाकर बुआ नीचे गई है। धानी दुपट्टा हवा में लहरा रहा है। छींटदार शलवार व कमीज हवा में फड़फड़ा रही है।

"मारो कातिलों को, मारो मेरे कातिल को। सब नामर्द अन्दर बैठे हैं। कोई बाहर नहीं निकलता है। यह मेरा वतन है, मेरा वतन। देखता हूँ, कौन मुझे जीने से रोकता है? हिम्मत है तो आओ, निकलो। एक-एक का सिर फोड़ डालूँगा!" कहकर उसने खपरैल फेंकने आरम्भ कर दिए। गनीमत यह थी कि दो घंटे के लिए कर्फ्यू हटा था।

शकूर चचा गुस्से से काँपते हुए ऊपर चढ़े। बिना कुछ कहे दो जोरदार चाँटे रेहान के मुँह पर जड़े और पीठ पर दो घूँसे—'बदतमीज! बेअदब! जो मुँह में आता है, बकता चला जा रहा है!' धक्का देकर नीचे आँगन में रेहान को गिराया और लात-घूँसों की बारिश कर दी।

"सुरैया सिर पर सवार है! हिम्मत है तो उसके बाप को गालियाँ दो। उससे डरता है। डरपोक!" शकूर चचा रेहान भाई को मार-कूटकर दद्दा के पास आकर बैठ गए। उनके चेहरे से दुख और ग्लानि टपक रही थी।

"मोहल्ले में इसकी बेहूदगी की वजह से नज़रें चुरानी पड़ती हैं। कम्बख्त ने कहीं का नहीं रखा।" अभी शकूर कुछ और कहते कि बम के धमाके से वह चौंक पड़े। लपककर बाहर भागे।

आँगन में रेहान भाई औंधे पड़े थे। मुँह से राल बहकर आँगन की मिट्टी भिगो रही थी। नरगिस का दिल भैया के सिर से मिट्टी झाड़ने का चाह रहा था मगर सबके फूले मुँह देखकर वह सहमी बैठी रही।

ऊपर नीले आसमान पर बेशुमार चीलें पंख फैलाए ऊँची उड़ान भर रही थीं। बाहर खामोशी छा गई। कर्फ्यू शुरू हो गया था। शकूर चचा ने खिड़की से पुकारकर कहा, "अम्मा! कल्लन मियाँ चल बसे। अफज़ल के बनाए बम फट गए। पुलिस उनके घर में है। कल्लन मियाँ की बीवी भी जख्मी हुई हैं और अफज़ल, उसकी बोटियाँ छत की बल्लियों से लटक रही हैं!"

"हाय...कैसा बुरा ज़माना लगा है।" दद्दा इतना कहकर रह गईं। नरगिस की आसमान पर टिकी आँखें खौफज़दा हो गईं। कहीं भैया को मरा समझकर चीलें उनसे बदला लेने न आ जाएँ? इस ख़याल के आते ही नरगिस भागी और रेहान भैया की चौड़ी पीठ से लिपट गई।

रात अँधेरी थी। शहर खामोश। धड़कते भयभीत दिल, भारी बूटों और लाठियों की ठक-ठक को सुनते-सुनते सो गए थे। रेहान चुपचाप छप्पर पर बैठा दूर तक फैली खाली सड़क पर नज़रें गाड़े जाने क्या देखने की कोशिश कर रहा था।

रेहान के मन में आज सुरैया के लिए नफरत-ही-नफरत उफन रही थी। सुरैया का विवाह पाकिस्तान में किसी बड़ी ऑफ़िसर से हो रहा था। इसीलिए वह चुप रही थी कि शादी के बाद सरहद के पार निकल जाएगी। सरहद के इस पार किसी के दिल पर कौन-सी बिजली गिरेगी, वह इन सारे अहसासों से पूरी तरह से आज़ाद होगी।

घंटाघर ने बारह बजाए। रात की खामोशी फट गई। रेहान ने आसमान पर नज़र डाली—तारे छिटके थे। वह व्याकुल हो उठा। खड़े होकर उसने चारों तरफ़ देखा। पीली मलगिजी रोशनी में गलियाँ बन्द दरवाजों से लिपटी सिसक रही थीं। मन में बवंडर उठा। छप्पर—छप्पर आगे बढ़ने लगा। गर्मी के दिन थे। लोग अपने आँगनों में लेटे सो रहे थे। सुरैया का पक्का ऊँचा मकान पल-पल उसके समीप होता जा रहा था। काश! एक बार उस बेवफा से मुलाकात हो जाती तो बताता कि नफ़रत में भी उतनी ही शिद्दत होती है, जितनी इश्क़ में। अपने अलफाजों से आग लगा दूँगा उसके खामोश सरापे में, सारी उम्र अंगारों पर लोटती रहेगी।

नीचे आँगन में कोई भयभीत आवाज़ उभरी, "कौन है? कौन है?"

"क्या हुआ?" नीचे आँगन में घरवाले जाग गए थे और एक-दूसरे से पूछ रहे थे। रेहान चौंक पड़ा। जाने किसका घर है? वह दबे पाँव घर की तरफ़ लौटने लगा।

"कुछ नहीं, बिल्ली होगी, तुम सो जाओ।" आँगन से आवाज़ उभरी। फिर खामोशी छा गई।

सरहद के इस पार

लौटते हुए उसके कानों में उन्हीं घरों में से एक से दबी-दबी महीन आवाज़ पहुँची, 'बचाओ! बचाओ!' बढ़ते क़दम रुक गए। ठीक उसी के पैरों के नीचे कुछ घट रहा है। तड़पकर वह उस घर के आँगन में कूदा और तेजी से दालान की तरफ़ बढ़ा। आवाज़ कमरे से बुलन्द हो रही थी। पैर की ठोकर दरवाज़ें पर मारी। दरवाज़ा भिड़ा हुआ था। दोनों पट भड़-से खुल गए।

एक लड़की को पकड़े दो लड़के खड़े थे और वह उनसे अपने को छुड़ा रही थी। पास ही सूखा-सा लड़का बैठा बीड़ी पी रहा था।

"क्या बात है?" रेहान की आवाज़ से वह चौंककर उछले और फिर उग्रता से आगे बढ़े।

"कौन हो तुम? इस घर में कैसे घुसे?" एक ने लड़की की कलाई मोड़ते हुए कहा।

"पहचाना नहीं? अपना पार्टनर है यार! रेहान है रेहान!" एक ने हँसते हुए कहा।

"वह दीवाना रेहान?" दूसरे ने हैरत से पूछा।

"यह कौन है?" रेहान ने अन्दर घुसते हुए पूछा।

"दिखता नहीं है क्या? लड़की है और कौन है?" एक लड़के ने हँसकर कहा।

"सुझाई तो तुम्हें कुछ नहीं दे रहा है दरिन्दे!" इतना कहकर रेहान ने उसके मुँह पर घूँसा मारा। खून का फव्वारा छूटा और सामने के दाँत उछलकर दूर जा गिरे।

लड़की हिन्दू थी और कमसिन भी। कर्फ्यू लगने की आपा-धापी में यह लोग उसे उठा लाए थे। भीड़-भड़क्के में किसी को पता भी न चला, कौन किधर जा रहा है। सबको इतने कम वक़्त में सामान खरीदना, मिलना-जुलना रहता था कि बौखलाए लोग यह समझ नहीं पाते थे कि उनके आसपास क्या घट रहा है।

घृणा की आग में वासना की लकड़ी दहक उठी थी। दोनों लड़के पगलाए हुए थे। इतनी मुश्किल व कोशिशों से वह बहला-फुसलाकर लड़की लाए थे। रेहान सारा मज़ा किरकिरा कर रहा है।

"तुमको बड़ी हमदर्दी हो गई है इस हिन्दू लौंडिया से?" दादा टाइप दूसरे लड़के ने गर्दन से रूमाल निकालकर पैर पर मारते हुए बड़ी शाने-बेनयाजी से कहा, जिसमें भिड़ने की चुनौती थी।

"बहुत...!" रेहान ने कूल्हों पर अपने बड़े-बड़े हाथ रखते हुए कहा।

"सारे दिन साला दीवाना बना हिन्दुओं की माँ-बहन तौलता है और अब रात के अँधेरे में हिन्दू लौंडियों की वकालत करने निकला है!" उस मरियल-से लड़के ने बीड़ी हाथ से फेंकते हुए कहा।

"इस वक़्त मेरे तन-बदन में उतनी ही आग लगी है जितनी तुम्हारी बहन को किसी हिन्दू के घर में इस हालत में देखकर लगती।" रेहान ने सीना तानकर गर्दन ऊपर उठाई।

"यार, मज़ाक मत करो! तुम्हारा भी हिस्सा होगा, समझे!" दादा टाइप लड़के ने पैंतरा बदलते हुए रेहान को आँख मारते हुए कहा।

"फिर निकाला मुँह से यह अल्फाज़ तो..." काँपता हुआ रेहान का हाथ उठा।

"हिन्दू लौंडिया के लिए मुसलमान भाई पर हाथ उठाओगे?" उसी लड़के ने आस्तीन चढ़ाई।

"कोई अपनी जगह से हिला तो मार-मारकर भूसा भर दूँगा!" रेहान ने धीरे-धीरे लड़की की तरफ़ बढ़ते हुए लड़कों को धमकाया।

"हमारे घर कौन जला रहा है? हमारी माँ-बहन को कौन खराब कर रहा है? हम या वह?" खून आस्तीन से पोंछता हुआ पहला लड़का बोल उठा।

"इस पर दूसरा पागलपन का दौरा पड़ा है।" मरियल लड़के ने धीरे-से कहा।

"मेरे जीते-जी इस मोहल्ले में किरपी जालिम औरंगजेब की पैदाइश नहीं हो सकती। तारीख दोबारा मेरे सामने नहीं दोहराई जाएगी वरना... ।" रेहान ने लाल आँखें तरेरीं। लड़की को आगे बढ़कर कन्धे के पास से सहारा दिया।

"उसे यहीं छोड़ दो वरना हम तीन हैं।"

"मैं एक ही काफी हूँ तुम सबको सँभालने के लिए। हाथ-पैर मरोड़कर फेंक दूँगा! सुलझाते रह जाओगे!" रेहान ने मरियल-से लड़के

को एक लात घुमाकर मारी और दूसरों की घूँसों से खातिर की। लड़की से कहा कि बाहर खड़ी हो जाए।

मार-कूटकर उसने तीनों लड़कों को कमरे में बन्द किया और लड़की को लेकर कच्ची दीवार पर चढ़ा। फिर लड़की को दोनों हाथों से ऊपर उठाया। नरगिस से दो-तीन साल ही बड़ी होगी। छप्पर पर बिठाकर धीरे-से बोला—

"तुम्हारे पिताजी का नाम?"

"रामखिलावन।" लड़की ने काँपते हुए कहा।

"नुक्कड़वाली पंचूरिया की दूकान?"

"हाँ, वह हमारे बापू की है।" लड़की ने उत्साहित होकर कहा।

"अच्छा, अब इस भयानक माहौल में तुम्हें घर तक कैसे पहुँचाऊँ?"

"हमार चचा पुलिस में सिपइया है।" लड़की ने भोलेपन से कहा।

"होंगे।" लापरवाही से रेहान ने कहा। उसके दिमाग में एक ही बात थी कि लड़की की बदनामी न हो। सामने एक ही रास्ता है। छप्पर-छप्पर चलता उधर जाए, मगर यह लड़की...?

"तुम चल पाओगी छप्पर पर बिना शोर किए?" रेहान ने पूछा।

"काहे नाहीं!" लड़की उसी उत्साह से बोली।

घंटाघर से तीन का गज़र गूँजा।

"चलो।" रेहान उठा।

"मगर भैया! बीच में गली पड़िए, ओका कैसे लाँघब?"

"चलो उठो तो!" रेहान ने लड़की के सिर पर चपत मारी।

खामोश क़दम छप्परों पर उठ रहे थे—खपरैल के बीच में रास्ता बनाते हुए। काम जोखिम का था। तैश में भी रेहान को लड़की की बदनामी का डर लगा हुआ था। नीचे गलियों में गश्त करती पुलिस भी ऊँघ रही थी।

लड़की को उसके घर की छत पर चढ़ाकर रेहान जब लौटने लगा तो सुबह का उजाला फैलनेवाला था। सामने सुरैया का मकान गर्दन ऊँची किए खड़ा था। रेहान ने नफ़रत से मुँह फेर लिया।

दावतनामा अम्मा की पलँग पर पड़ा था। सुनहरे हर्फों से सुरैया और एमतेयाज़ का नाम लिखा हुआ था। परसों सुरैया की शादी थी। नायन ने बताया कि चौथी के दूसरे दिन सुरैया पाकिस्तान चली जाएगी।

नायन के जाने के बाद अम्मा चुपचाप हाथ में पकड़े कपड़े की बखिया उधेड़ती रहीं, मगर दद्दा ने कोसना शुरू कर दिया। नरगिस को एक ही बात समझ में नहीं आ रही थी कि हर एक से भिड़नेवाले निडर रेहान भैया सुरैया आपा से क्यों डरकर बैठ गए? उनका सारा ज़ुल्म सह रहे हैं, जबकि हमेशा खुद कहते थे, 'अम्मा! ज़ुल्म सहनेवाला जालिम के हाथ और मजबूत करता है।' तो क्या रेहान भाई की खामोशी सुरैया आपा के हाथ और मजबूत कर देगी? बहुत बड़े और भारी हो जाएँगे उनके हाथ क्या?

"उस हुराफा के सीने में मर्द का दिल है, इस निगोड़े के सीने में लड़की का दिल है। उलटी गंगा बह रही है।" दद्दा सुरमेदानी में सुरमा भरती हुई बोलीं।

पलँग पर सोये रेहान भाई के पास दबे पाँव नरगिस पहुँची। धीरे-धीरे उनके बाजुओं पर हाथ फेरा। मछलियों की सख्ती का अन्दाजा लगाया। पत्थर है पत्थर, नरगिस ने सोचा। मुड़कर सामने गई ताकि चेहरे का मुआयना करे। गाल अब भी लाल हैं। बीमार कमजोर होते तो चेहरा पीला होता। मुँह पर बैठी मक्खी हँकाते हुए नरगिस को इतमिनान हुआ।

"क्या है, भाई के क्यों चक्कर लगा रही है? सोने दे उसे।" दद्दा ने नरगिस को झिड़का।

आँगन में चबूतरे पर बैठकर नरगिस चुपचाप ऊपर आसमान को ताकने लगी। नीले आसमान पर पंख फैलाए चीलें उड़ रही थीं।

"होली जल रही है क्या?" हँसते हुए किसी का जुम्ला उछला।

"हाँ, ख़याल और परवाज़ की होली नहीं, बल्कि चिता कहें।" रेहान ने काग़ज़ के ढेरों से लपकते शोलों को देखकर कहा।

"किसके ख़याल और परवाज़ की चिता है?" सड़क से गुजरते हुए किसी ने पूछा।

"इक़बाल! शायरे अज़ीम, जिसने पाकिस्तान बनने का ख्वाब देखा था!" रेहान ने किताब के और पन्ने फाड़े और ढेर पर डाले। शोले लपके।

सरहद के इस पार

"अरे-अरे रेहान! यार, तुम वाकई पागल हो गए हो? क्या इसीलिए सुबह-सुबह इक़बाल का दीवान माँगने आए थे?" परेशान-सा परवेज़ कह उठा।

"सब घरों से इक़बाल को बटोर लाया हूँ।" रेहान ने शोलों को ताकते हुए कहा।

"मगर क्यों?" परवेज़ ने पूछा।

"जो शायर दिलों को काटने की बात करते हैं, इनसानी रिश्तों को तोड़ने की बात करते हैं उनका अदब कोयला है जिसे छूकर हाथ काले होते हैं और दिमाग तारीक़। समझे मियाँ परवेज़!" रेहान ने, वहीं गली में उकड़ूँ बैठते हुए कहा।

"खुद इक़बाल आए थे कहने तुमसे क्या?" सलीम ने उसे झिंझोड़ा। गली में चारों तरफ़ इक़बाल के शेर काला काग़ज़ बनकर उड़ रहे थे।

"नहीं! मगर जो कहते हैं और समझते हैं वह यह जान लें कि ऐसे इल्ज़ाम के कटघरे में खड़ा करके कोई उस शायर की शख्सियत के परखचे भी उड़ा सकता है।" रेहान ने गोद में रखे काग़ज़ उसमें फेंके।

"कौन उड़ा सकता है सिवाय जनाब रेहान, दीवाने नम्बर वन के! इतने अहमक़ होंगे यार, मुझे मालूम न था? निरे पागल ही हो उठे हो क्या?" असलम ने ग़म और गुस्से से कहा।

"सुरैया का गम़ इक़बाल को जलाकर कम हो जाएगा क्या?" परवेज़ ने धीरे-से कहा।

"कौन सुरैया?" रेहान ने हँसकर पूछा।

"तुम्हारी महबूबा और कौन?" असलम जलकर बोला।

"दीवाने हो क्या? मेरी महबूबा मेरे दिल के दायरे में होती। किस कम्बख्त का नाम ले रहे हो, जो अपनी सरहद का आर-पार भी नहीं समझती है अहमक़!" रेहान ने कहकहा लगाते हुए कहा।

"अंग्रेजों ने हमें फसाद की शक्ल में पाकिस्तान तोहफे में दिया है और हम इस जख़्म को जब तक जीएँगे, पालते रहेंगे—करें भी क्या? कर ही कुछ नहीं सकते हैं। अपाहिज जो ठहरे...।" रेहान ने बुझते, अधजले काग़ज़ों को डंडी से हिलाया। पूरी गली में जले छोटे-बड़े काग़ज़ के टुकड़े उड़ रहे थे।

"मेरे ग़म को सुरैया की सरहदों में कैद करके तुम सब हक़ीक़त से फरारी चाहते हो।" रेहान ने हँसते हुए कहा।

जेब से सुनहरी डिबिया निकालकर बची राख उसमें अहतियात से भरी और डिबिया बन्द करके दोबारा जेब में रख ली।

"मगर दोस्त! यह फरारी कब तक? कहीं पर जाकर बन्द गली में सिर फूटेगा ही, तब इस दीवाने को याद कर लेना।" रेहान ने कहा और घर की तरफ़ चल पड़ा।

आलम और परवेज़ के साथ खड़े दूसरों ने नाउम्मीदी से सिर हिलाया, जैसे कह रहे हों–'अब इसका ठीक होना नामुमकिन है...। बेचारा!'

राख से भरी डिबिया शादी के दिन सुरैया को भेजकर रेहान के दिल को करार आ गया था।

दद्दा को जितना डर था, वह सब धरा-का-धरा रह गया। पूरे दो दिन ऐसा घोड़ा बेचकर रेहान सोया जैसे उसी के घर से लड़की की डोली उठी है।

गली में कुछ लड़के अवश्य दूकानदारों से पूछ रहे थे कि क्या बात है, वह दीवाना रेहान नज़र नहीं आ रहा है?

हँसकर दूकानदार चुप हो जाते। सबको रेहान से प्यार था। रामखिलावन तो जैसे रेहान के हाथों बिक ही गया था। सरस्वतीवाली बात क्या भूलनेवाली है?

घर में सबने ख़ुदा का शुक्र अदा किया कि यह खतरे के दिन खैर व आफियत से टल गए। शकूर भी मुतमईन-से शाम को बैटमिंटन खेलने जाने लगे।

दो दिन से रेहान का पता न था, घर नहीं लौटा था। जाता भी कहाँ था? या तो छप्पर पर बैठा चीखता-चिल्लाता रहता था या फिर गली में इधर-उधर घूमता-फिरता और फिर घर लौटकर चुपचाप पलँग पर पड़ जाता था।

शकूर चचा थककर दद्दा के पास आकर बैठ गए।

सरहद के इस पार

"अम्मा! तमाम ढूँढ़ लिया, अस्पताल, नदी, कुआँ...उस रेहान के बच्चे का कहीं पता नहीं है।"

"अपने हिफजा मान में रखना परवरदिगार!" दद्दा ने कहा।

"अजीब-अजीब उन्हें शौक हुए हैं। कुछ दिन पहले रामखिलावन के घर से हाथ में राखी बँधवाए, माथे पर टीका लगवाए निकल रहे थे। अभी भी किसी डिसूजा या गुरमीतसिंह के यहाँ पड़े होंगे सैकुलर इंडिया का जाम पिए! हम यहाँ खूने जिगर पीएँ, उनकी बला से!" शकूर चचा ने गुस्से से उबलते हुए कहा। परसों उनका मैच है। प्रैक्टिस पर जा नहीं पा रहे हैं। उनकी बीवी रजिया भी मायके गई हुई हैं। वहाँ उनके भाई की तबियत खराब है। उनकी कभी की झुँझलाहट भी इस गुस्से में मौजूद थी।

अम्मा चुपचाप काम में लगी थीं। रेहान भाई के मामले में उनकी कोई राय नहीं रहती है।

घर में हंगामा है। अम्मा की लम्बी खामोशी उनकी अपनी चीखों से छनाकेदार आवाज़ के साथ टूटी है। शीशे-ही-शीशे बिखर रहे हैं। चीखें हैं कि रुकने का नाम नहीं ले रही हैं। शकूर चचा घुटनों के बल रेहान भाई की लाश के पास बैठे हैं। अब्बा दीवार से सिर टिकाए खामोश खड़े हैं। दद्दा का हाल बुरा है। किसे-कौन सँभाले?

दो हफ्ते बाद रेहान भाई की लाश नैनी के पास नाबदान से निकली है। बदन पर ढेरों चाकू के निशान हैं। जख़्मों से बदबू फूट रही है और पेट की अँतड़ियों में कीड़े रेंग रहे हैं!

घर में पूरा मोहल्ला उमड़ा है। सरस्वती और रामखिलावन का रोना तो रुक ही नहीं रहा। नरगिस सरस्वती की लाल आँखें देखकर सोचती है, अगर सुरैया आपा यहाँ होती तो क्या वह रोती? अगर सुरैया आपा यहाँ होती तो भैया मरते ही क्यों?

भीड़ में तीन लड़कों के बारे में कानाफूसी चल रही है। कुछ लोगों को उन्हीं पर शक है। कौन होंगे वह तीन लड़के? नरगिस सोचते-सोचते थक जाती है। परवेज़ भाई, असलम भाई, शाहिद भाई—तीनों तो भैया के पास बैठे रो रहे हैं। यह भैया को क्यों मारेंगे?

धूप आधे आँगन में भर गई थी। भीड़ छँटने लगी थी। नरगिस अपने को बहुत तन्हा महसूस कर रही थी। उठकर चबूतरे पर उकड़ूँ बैठ गई और आसमान की ओर ताकने लगी। नीले आसमान पर चीलें डैने फैलाए उड़ रही थीं। कहीं दूर से आवाज़ उभरी :

अंडे-बच्चेवाली चील चिलोरिया!

घबराकर नरगिस ने भैया को देखा। आज तो भैया सचमुच मर गए...कहीं चील..? वह तेजी से भैया से लिपटने भागी। आधी राह में ही दादी ने उसे पकड़ लिया, 'कहाँ चली?'

नरगिस ने घबराकर दद्दा को देखा। उसे यह बात समझ में नहीं आ रही थी कि बदला भैया से चीलों को लेना था मगर यह कीड़े कहाँ से आ गए! भैया तो चींटियों, कीड़े-मकोड़ों को काग़ज़ से उठाकर घर में किनारे जाकर फेंकते थे कि कहीं किसी के पैर के नीचे दबकर मर न जाएँ। फिर यह सब कीड़े भैया के बदन को क्यों काट रहे हैं?

दद्दा ने उसे सीने से लिपटा लिया। सफेद मलमल की जम्पर से उठती खुशबू में उसे भैया की महक आती लगी। दद्दा की आवाज़ दूर आती सुनाई पड़ी, 'सुरैया का ग़म इसे घुन की तरह चाट गया।' घुन तो गेहूँ में लगता है, खलिकुन गेहूँ पछोड़ते हुए शिकायत करती थी। नरगिस को याद आया—घुन का चाटा खोखला गेहूँ का दाना। दद्दा के सीने से मुँह हटाकर उसने भैया की तरफ़ देखा : 'तो सुरैया आपा घुन थीं।'

बन्द दरवाज़ा

"शब्बो, तुम सोई नहीं क्या अब तक? तबीयत तो ठीक है न?"

"बदन तो फुँका जा रहा है अम्मी, किसी कल करार नहीं है।"

"आज उमस भी तो ग़ज़ब की है। ऊपर से अंग्रेजी दवाओं का असर! चलो आँखें बन्द करो, मैं पंखा झलती हूँ।"

"नींद कहाँ आती है अम्मी इस गर्मी में?"

"सोने की कोशिश करो बेटी! कल सफ़र भी करना है। थकान तुम्हें निढाल कर देगी।"

शबाना के दिल में शाम से एक ख़्वाहिश बार-बार दस्तक दे रही थी कि शहर जाने से पहले वह उन्हें एक नज़र देख ले। अब ज़िन्दगी का कोई भरोसा नहीं रह गया है कि कब उसकी डोली इस घर से रुखसत हो जाए। किसको भेजे उनके पास? सारे कासिदों के हाथ काट दिए हैं अब्बा जान ने अपनी डाँट से...। उसकी ज़रा-सी तकलीफ पर तड़प जानेवाली अम्मी भी जाने कैसे अनजान बन गई हैं कि उसके दर्द को महसूस नहीं कर पाती हैं और अब्बा जान के हुक्म के आगे सिर झुका बैठी हैं।

शबाना आसमान पर आँखें टिकाए अपनी ज़िन्दगी की उधेड़बुन में उलझी हुई है। एकाएक अम्मी का हाथ पंखा झलते-झलते नीचे गिर गया। शबाना ने अम्मी की तरफ़ चेहरा घुमाया, वह गहरी नींद में डूब चुकी थीं।

'वह सोए तो नहीं होंगे—मेरी ही तरह बेचैन होंगे—मैं खुद जाऊँ? जाकर दरवाज़ा खटखटाती हूँ—अगर चचा जान दरवाज़ा खोलने आ

गए तो कयामत टूट पड़ेगी। एक नए झगड़े की शुरुआत होगी। अब्बा और अम्मी को ताने पड़ेंगे। अब्बा बददिल होकर शिकार खेलने निकल जाएँगे और घर में उसकी सिसकियाँ गूँजेंगी और अम्मी की आहों भरी फटकार! उसने घबराकर आँगन में नज़र दौड़ाई। सब गहरी नींद में डूबे हुए हैं।

सामने दीवार पर चमेली की बेल फैली हुई है। इस बार कितने फूल दिए हैं इसने। बचपन में हम दोनों इसी बेल के नीचे चमेली के फूल के गज़रे गूँथते थे। फिर वह उसे खुद अपने हाथों से मेरे सिर के चारों तरफ़ सजाते थे। लड़ाई हो जाने पर मैं मेहनत से गूँथे उन गज़रों को लुम्हे-भर में टुकड़े-टुकड़े कर देती थी।...दिल में उठती यादों की तूफानी आँधी मोटी-मोटी बूँदों में बदल गई। दोनों हाथों से दिल को पकड़कर वह आगे को झुक गई। क्या करूँ मैं मौला?

हिचकियों की आवाज़ सुनकर अम्मी हड़बड़ाकर उठ बैठीं और उसके सिर को सीने से लगाकर सहलाने लगीं, "अपने को सँभालो शब्बो बेटी, अपने को सँभालो मेरी जान!" दोनों छोटी बहनें घबराई-सी पलँग के पाँयताने आकर बैठ गईं। नसीबन सामने खड़े होकर पंखा झलने लगी और एक-एक करके सब जाग गए।

"शब्बो आओ, डॉक्टर आ गई हैं।" अम्मा की आवाज़ से वह चौंक पड़ती है। उसकी नज़रें सामने खड़ी जवान लड़की की गोद में हुमकते उस गोरे-से गदबदे बच्चे पर टिकी हुई हैं। कितना प्यारा है, एकदम चाँद का टुकड़ा! उसकी बाँहें उसे गोद में लेने को मचल उठीं।

"क्या सोच रही हो शब्बो? ऊपर आओ न?" अम्मी के दोबारा पुकारने से वह चौंकी और मुलायम घास पर पैर रखती सीढ़ियाँ चढ़ने लगी।

"कैसी हो शबाना?' डॉक्टर गुप्ता ने उसकी नब्ज पकड़ते हुए कहा।

"ठीक हूँ।' इतना कहकर शबाना ने सिर झुका लिया, जैसे कहना चाह रही हो कि आप तो औरतों की डॉक्टर हैं फिर भी औरत के मर्ज़ को नहीं पहचान पातीं?

"उधर लेट जाओ ताकि ब्लड प्रेशर ले सकूँ," कहकर डॉ. गुप्ता उठी। वह भी उठकर दूसरे कमरे में चली गई। इन सारे दिखावों से क्या फायदा है? बिलावजह कुछ नई दवाएँ लिखी जाएँगी, कुछ पुरानी काटी जाएँगी। आज कहरा से आए उसे पन्द्रह दिन हो गए हैं और इस बीच जाने कितने टेस्ट डॉ. गुप्ता ने करवा लिए हैं, मगर निकला कुछ नहीं।

फूफा के घर सारा दिन आराम से कट जाता है, मगर रात बड़ी बेचैनी से कटती है। नींद हज़ार मिन्नतों के बाद आती है तो आधी रात को एकाएक टूट जाती है। सामने भूत की तरह ऊँचे-ऊँचे सफेद खम्भे खड़े देखकर शबाना घबरा जाती है कि वह कहाँ पर है? याद करने पर उसे ख़याल आता है कि वह तो फूफा अब्बा की कोठी में है। फिर थोड़ी देर पहले वह कहाँ थी? कौन था उसके पास जिसकी साँसों की गर्मी उसे खुशी और सन्तोष के झूले झुला रही थी। उसे कोई रंज न था। धीरे-धीरे वह याद करती है, उसे सपना याद आता है–

गाँव में वह अपने घर के पिछवाड़ेवाले खँडहर में थी। बोसीदा दीवारें जंगली घासों से भरी थीं। गिरी छतवाले इस वीराने में वह औंधे पड़े एक खम्भे पर बैठी थी। उसके दोनों हाथ काज़िम के हाथों में थे। वह आहिस्ता-आहिस्ता उसके नाखूनों को सहला रहा है।–'ऐसा अच्छा सपना क्यों टूट गया मेरे मौला!' शबाना बेचैनी से तकिए पर सिर रगड़ती है, फिर दुपट्टा मुँह पर डाल लेती है।

चचा जान उनकी दूसरी शादी करना चाहते हैं–क्या वह उसे छोड़कर दूसरी शादी पर रज़ामन्द हो जाएँगे? कभी नहीं–कभी नहीं–दिल के अन्दर से कोई चीखा। आसमान पर खिले तारे धुँधलाने लगे। फिर सिर्फ़ पानी का अथाह समुद्र तारों को बहा ले गया!

रात-रानी की झाड़ के पास दो पलँगें बिछी हैं। आँगन में ढलते चाँद की फीकी रोशनी फैली हुई है। दूर कहीं टिटहरी चीख रही है।

"सो गईं क्या भाभी?" फूफी जान की आवाज़ अँधेरे में उभरी।

"नहीं तो," अम्मी ने करवट बदलकर कहा।

"क्या सोचा है आपने शबाना के बारे में?"

"मैं क्या सोच सकती हूँ भला? अपने परवरदिगार पर मुझे पूरा भरोसा है।"

"वह तो भाभी हम सबका पालनहारा है, मगर हमारा भी तो कोई फर्ज़ है न?"

"आख़िर मैं क्या करूँ? तुम्हीं कोई तरकीब बताओ—जो अपने बस में है वह सारे फर्ज निभा रही हूँ। घर-बार छोड़कर पन्द्रह दिन सफ़र में रहती हूँ। किसके लिए? इसी शबाना के लिए न? उसके इलाज में कोई कमी न रह जाए!"

"भाभी, यह बीमारी ऐलोपेथिक इलाज से नहीं जाएगी। उसकी दवा आप भी जानती हैं और मैं भी! मैं आपसे अब क्या कहूँ। आप खुद बड़ी हैं और समझदार हैं।"

"सबकुछ समझती हूँ। कोई बच्ची थोड़े हूँ, मगर बात इतनी बिगड़ चुकी है कि अब न रईस मिर्ज़ा नाक पर मक्खी बैठने देते हैं न तुम्हारे भाई साहब—फिर बात बने कैसे जब शुरू ही नहीं हो पाती है?"

"काज़िम और शबाना का आपसी रिश्ता सिर्फ़ मियाँ-बीवी का नहीं है। बचपन के हमजोली हैं, साथ-साथ पले-बढ़े। एक-दूसरे को भूलना गैर-मुमकिन है दुल्हन भाभी!"

"मैं अन्धी नहीं हूँ। सब देखती हूँ, मगर न देखने का बहाना करती हूँ!"

"मैं खुद भाई साहब से बात करती हूँ। आपसी लाग-डाँट में दो मासूम ज़िन्दगियाँ बरबाद हो रही हैं। सच कहती हूँ भाभी, शबाना का खून आप दोनों की गर्दन पर होगा।"

"बस करो, ख़ुदा के लिए बस करो! मैं माँ हूँ, कसाइन नहीं जो अपनी पहलौठी औलाद के ग़म को न समझूँ। मगर क्या करूँ, जो घुटना खोलती हूँ जख़्मी पाती हूँ।"

इसके बाद आँगन में खामोशी छा गई। ढलते चाँद का हाल फीका पड़ गया और टिटहरी की तेज़ चीख़ रात की इस खामोशी को झिंझोड़ रही थी।

"दुल्हन भाभी आज न जाएँ।" सुबह नाश्ते पर अमज़द अली ने कहा।

"वहाँ इन्तज़ार हो रहा होगा हमारा भैया!" शबाना की अम्मी ने कहा।

बन्द दरवाज़ा

"कल लन्दन से मेरे एक दोस्त आ रहे हैं दस साल बाद! वह भी शबाना को देख लेते तो अच्छा था। भाई साहब को आप लोगों के रुकने का तार दिए देता हूँ।" इतना कहकर अमज़द मियाँ कुर्सी से खड़े हो गए।

"आप भी फूफा जान, ऐसा सोचते हैं—आप तो सारी दुनिया घूम चुके हैं, जमाना देख चुके हैं फिर...?" शबाना की झुकी आँखें पल-भर को उठीं और फूफा के चेहरे पर से होती हुई दोबारा नाश्ते की प्लेट में गड़ गईं।

"क्या हिसाब है?" गुलाबी चमकीली बाँकें उठाकर शबाना ने मनहारिन से पूछा।

"सुहाग की कीमत नहीं पूछी जाती है बिटिया! जो पसन्द हो वह पहना देंगे।" इतना कहकर मनहारिन चूड़ियाँ छाँटने लगी, मगर शबाना का चेहरा बुझ गया।

"शबाना उठो, कपड़े बदल लो, नमाज़ हो गई है। मर्द मस्जिद से आते होंगे।" अम्मी की आवाज़ गूँजी।

"जी अच्छा!" कहकर वह उठी और अपने कमरे में जाकर उसने दरवाज़ा अन्दर से बन्द कर लिया। आज ईद का दिन है। घर में चहल-पहल है, मगर उसका दिल घबरा रहा है।

शबरात की रात थी। वह रात जितनी रौशन थी उसने दोनों की उम्मीदों के चिराग हमेशा के लिए गुल कर दिए थे। वही आख़िरी मुलाकात थी। उसे गुजरे साल-भर हो गया है।

उस दिन दोनों घरों में सारे दिन की मेहनत से बना हलवा पड़ा रह गया था। दर पर आया सवाली भी खाली हाथ वापस गया और बुजुर्गों की रूहें बिना फातेहा के कब्रिस्तान लौट गईं।

शाम को रईस मिर्ज़ा टहलकर आ रहे थे। घरों को मोमबत्तियों से सजाया जा रहा था। पटाखे छूट रहे थे। जब वह खँडहर के पास आए तो उन्हें कुछ आवाज़ें सुनाई पड़ीं। उन्होंने सोचा, कोई चिराग जलाने आया होगा। वह आगे बढ़े। दोनों साये मीर साहब के घर की तरफ़ बढ़ने लगे।

एकाएक छत पर किसी ने अनार छुड़ाया, जिसकी रौशनी में उन दोनों सायों को वह पहचान गए। वह चेहरे शबाना और काज़िम के थे।

घर पहुँचकर रईस मिर्ज़ा अपनी बेगम पर बरस पड़े। उसी वक़्त काज़िम घर में दाख़िल हुआ। उसे देखते ही वह आपे से बाहर हो गए—''आ गए आपके सपूत! पूछिए अपने लख्ते-ज़िगर से इनकी करतूतें—कहाँ गुलछर्रे उड़ा रहे थे जनाब!''

''अब्बा जान, इतना ज़ुल्म न करें। शबाना के साथ मैंने शादी की है। उसे आप दुल्हन बनाकर लाए थे। उसे मैं कैसे पहचानना बन्द कर दूँ? मेरा भी ज़मीर है, मेरे भी अहसास है।''

''खामोश!'' गर्जदार आवाज़ से हवेली दहल गई। नौकरानी के हाथ से हलवे की सेनी छूटते-छूटते बची। ''एक औरत के लिए ज़मीर की पुकार तुम्हें बेकरार कर रही है? नालायक, अगर अब मैंने उसके साथ तुम्हें देखा तो जायदाद से आक़ कर दूँगा, समझे!'' रईस मिर्ज़ा काज़िम के इस जवाब से तिलमिला गए थे।

''घर लाने को आपने मना किया, मैंने आँख बन्द करके हुक्म की तामील की। मुँह से उफ़् न की मगर हर बात की एक हद होती है। हम घर पर नहीं तो दुनिया के किसी कोने में मिलने का तो हक़ रखते हैं। रही आपकी जायदाद, वह आपको मुबारक!''

''अरे नामुराद! मैं तुझे आक़ करता हूँ!'' रईस मिर्ज़ा भिन्ना उठे।

''मैं आपकी नज़रों से दूर हुआ जाता हूँ।'' इतना कहकर काज़िम बाहर की तरफ़ मुड़ा।

''मैं तुझे दूध नहीं बख़्शूँगी—संखिया खाकर मर जाऊँगी।'' माँ ने उठकर काज़िम का रास्ता रोका और उससे लिपटकर फूट-फूटकर रोने लगी। इस चीख-पुकार की आवाज़ शबाना के घर में भी पहुँची। घर ही कितनी दूर था उनका!

दूसरे दिन रईस मिर्ज़ा ने मीर साहब के पास कहलाया कि हमारे खानदान की रस्म रही है कि मर्द ने जिस औरत को छोड़ा, दोबारा उधर का रुख न किया। काज़िम से शादी के लिए लड़कियों की लाइनें लगी हुई हैं। गलतफहमी में न रहना कि अल्लाह का बन्दा थूककर चाटेगा। मर्द का

बच्चा है, मर्द की तरह बर्ताव करेगा। मीर साहब कौन-से कम थे। जवाब दे बैठे—हमारा खानदान कौन सा कम है। लड़कियाँ मर जाती हैं मगर नालायक ससुरालवालों का मुँह नहीं देखतीं। कितनी ज़िन्दा मिसालें उन्हें चाहिए? अगर याद न आए तो हमारी कज्जो फूफी को याद कर लें जो उनके मामू से ब्याही गई थीं। मरती मर गईं मगर मियाँ के नाक रगड़ने पर भी उन्होंने उनकी ड्योढ़ी नहीं लाँघी और उनसे पर्दा करने लगी थीं।

यह खबरें जंगल की आग की तरह अमज़द अली के पास पहुँचीं। नौशाबा सीना पीटकर रह गईं और अपने बड़े भाई की सख्त दिली पर।

"कब तक आप लोग खानदानी इज़्ज़त के नाम पर इनसानी कुर्बानी माँगेंगे भाई साहब!" नौशाबा के तेवर बदले हुए थे। आज ही वह शहर से गाँव पहुँची थीं और बिना नहाए-धोये, बिना कुछ खाए-पीए भाई के पास आ बैठी थीं।

"जब तक मैं ज़िन्दा हूँ बीबी, खानदानी तौर-तरीकों में तब्दीली नहीं आ सकती है और इसके लिए कुर्बानी तो देनी पड़ती है।" मीर साहब ने गाव-तकिए पर हाथ टिकाए हुए बड़े ठंडे लहजे से कहा।

"चाहे लड़की ज़िन्दा दर ग़ोर हो जाए?" नौशाबा झुँझलाकर बोलीं।

"बेइज्जती से उस घर में पल-भर शबाना जी नहीं सकती है। यह तुम भी जानती हो और मैं भी।" मीर साहब ने ठहरे, मगर उदास लहजे में कहा।

"आप लड़कीवाले थे, थोड़ा दब जाते। बात सँभालने में हर्ज़ भी क्या था?" नौशाबा ने बात का रुख बदला।

"यहीं पर बुनियादी सोच की गलती है। लड़कीवाले की ऐसी क्या मजबूरी है जो वह लड़की कुर्बान कर दे। रईस मिर्ज़ा काज़िम की दूसरी शादी कर सकते हैं तो मैं शबाना की भी दूसरी शादी कर सकता हूँ। ताली दोनों हाथों से बजती है!" मीर साहब ने कहा।

"कुछ तरकीब निकालें आप!" नौशाबा भाई के पास सरक गईं।

"मैं अपनी टोपी उनके क़दमों पर जाकर नहीं रख सकता हूँ बीबी, इस कीमत पर लड़की ससुराल गई तो किस काम की? इस ग़म का

पत्थर तो अब दिल से हटनेवाला नहीं है तो फिर सिर झुकाकर ग़म मनाने से क्या फायदा? सिर उठाकर इस बिपता को झेलेंगे।" कहते हुए मीर साहब उठे और मर्दाने मकान की तरफ़ चल पड़े। उनके जाने के बाद जनानख़ाने में खामोशी छा गई। नौशाबा गहरी सोच में डूब गई थीं।

पास के कमरे में बैठी शबाना सबकुछ सुन रही थी। बेदम-सी बिस्तर पर लेट गई। आख़िर कब तक खानदानी मर्यादा को निभाना पड़ेगा? शाकरा आपा ने खामोशी से शादीवाली रात को इमामबाड़े में जाकर ज़हर पी लिया था, मगर मुँह खोलकर कह नहीं पाई कि वह अपने मामूजाद भाई वाज़िद से शादी करेंगी। लाल सोहाग का जोड़ा सफेद कफ़न में बदल गया था। शर्म, हया, सबर, रहम ये सब औरत के जेवर हैं। नानी बताती हैं, उबटन मलते वक़्त नायन ने उनकी उँगली तोड़ दी थी। कई दिन दर्द को पीती, पैर को छुपाती दुल्हन बनी बड़ी मसहरी पर बैठी रहीं। वह तो पैर से पायजेब उतारते वक़्त नन्द ने फूली उँगली को देख लिया और फौरन डॉक्टर को बुलाया। खाला जान ने सारी उम्र भाई के घर शौहर के मरने के बाद काट दी, जबकि लाखों की जायदाद की मालिक थीं। चाहतीं तो सबकुछ खरीद सकती थीं।

गुज़रे कल की वह औरतें क्या थीं? बलिदान की मूर्तियाँ या फिर बलि की वेदी पर चढ़ाई गई बकरियाँ?...ऐसे हालात में उसे भी जलते-जलते पिघलना है। मर्यादा की लौ को सिर पर उठाए दम तोड़ना है। घूँट-घूँट इस दर्द के समुन्दर को पीना है। बड़े घरों की कहानियाँ उनके आँगन में दम तोड़ती हैं। ऊँचा खानदान मान-मर्यादा का क़ब्रिस्तान होता है, जहाँ हर रोज़ एक नई क़ब्र खुदती है और बुजुर्गों की खाहिशों के कफ़न में लिपटी लाश दफन कर दी जाती है। मेरी क़ब्र भी मेरा इन्तज़ार कर रही है। शबाना सोच की गहराइयों में उतरने लगी।

काज़िम का घर से निकलना लगभग बन्द-सा हो गया था। वह दिन-भर अपने कमरे में पड़ा रहता। शाम के वक़्त ऊपर छत पर खड़ा हो जाता और डूबते सूरज की किरणों से नहाया सुनहरा खँडहर देखता रहता और

तब तक खड़ा रहता जब तक शबाना के बड़े दरवाज़े पर लटकी कन्दील जल न जाती।

काज़िम की गिरती सेहत को देखकर रईस मिर्ज़ा फिक्रमन्द रहने लगे थे। बहुत कहने पर भी वह अब घर से निकलता नहीं था। माँ ने लाख जतन किए मगर उसने दूसरी शादी की हामी नहीं भरी।

"मेरे भी अरमान हैं बेटे! नवासे का मुँह देखती, उसे गोद में खिलाती।" एक दिन काज़िम के करीब बैठकर उसका सिर सहलाती हुई माँ ने कहा।

"इस अरमान को अरमान ही रहने दीजिए तो अच्छा है, वरना मेरी औलाद मुझे वैसा ही दुख देगी जैसा मैं आपको दे रहा हूँ।" इतना कहकर काज़िम ने आँखें बन्द कर लीं। माँ को इस जवाब की उम्मीद न थी, वह गुमसुम-सी काफी देर बैठी रहीं।

एक महीना शहर में रहकर रात-दिन यादों में डूबी, बास्केट-भर दवाओं के साथ शबाना कहरा लौट आई। स्टेशन पर मँगरू खड़ा था। शबाना घर से आए ताँगे में बैठ गई। ताँगे पर पड़े पर्दे की जाली से चिपकी वह बाहर ताक रही थी। इन रास्तों पर दिन-भर वह और काज़िम दौड़ते थे। सिंघाड़े का तालाब देखकर उसे काज़िम का डूबना और फिर उसे निकाला जाना याद आया...उस दिन के बाद से उसने कभी सिंघाड़ा खाने की फरमाइश तो दूर, उसका नाम भी नहीं लिया।

"ज़रा धीरे भैया...मेरा दिल डूब रहा है!" शबाना ने कहा। ताँगे की रफ्तार कम हो गई। "हाय अल्लाह!" एक सिसकी-सी शबाना के मुँह से निकली। घबराकर अम्मी ने जाली से झाँका। सामने दूकान पर काज़िम खड़ा था। अम्मी को साँप सूँघ गया। काज़िम हड्डी का ढाँचा रह गया था। लम्बा, तगड़ा, गोरा-चिट्टा लड़का पिघलकर चौथाई भी नहीं रह गया था।

काज़िम और शबाना साथ-साथ खेलकर बड़े हुए थे। इतनी दोस्ती थी दोनों घरों में कि लोग मिसाल देते थे। रईस मिर्ज़ा ने आम का बाग इन्हीं बच्चों से लगवाया था। माली खुदे गड्ढे में खाद-मिट्टी डालता और यह दोनों अपने नन्हें हाथों से आम का पौधा उसमें रखते। सारे

दिन काज़िम मीर साहब के यहाँ खेलता रहता था। आने-जानेवाले कितने दिनों तक समझते थे कि काज़िम मीर साहब का लड़का है।

जब से शादी तय हुई थी, शबाना काज़िम से पर्दा करने लगी थी। अम्मी कहतीं—दुल्हन बनने पर नूर नहीं उतरेगा! मँगनी के बाद दो वर्ष तक वह केवल ईद-बकरीद में एक-दूसरे को देख पाते थे।

शादी की रात, अरसे बाद मुलाकात, सारी रात बातों में कट गई। उनके मिलनेवाले एक थे, शैतानियाँ एक थीं। पसन्द एक थी, खालाज़ाद बहन शीरीन के माँझे से लेकर मोती के खारिश होने, कल्लू मिस्त्री के मरने, खलीकुन मिरासिन के यहाँ चोरी होने तक की सारी समाजी व व्यक्तिगत बातें हुई थीं। उसी के बीच धीमी फुहार की तरह बिरह का बयान भी था।

सुबह होते-होते वह दोनों थककर ऐसा सोए थे कि चौथी में लेने आए हुए लोग दुल्हन की खैरियत पूछने को बैठे ही रह गए! चौथी के दिन ही ऐसी-वैसी कुछ हरकत हो गई, जिससे रईस मिर्ज़ा का पारा चढ़ गया था। वलिमें की दावत में भी ऐसा कुछ हुआ था कि रईस मिर्ज़ा हथ्थे से उखड़ गए। इधर घर की बात समझकर मीर साहब खामोशी से सबकुछ पी गए। उस खामोशी को रईस मिर्ज़ा अपनी तौहीन समझ बैठे।

चौथी की रस्म के बाद मोहर्रम आ गया। ससुराल ग़म के चाँद में शबाना क्या जाती। ग़म का चाँद भी ऐसा निकला कि फिर कभी डूबा ही नहीं।

दो माह बाद जब पहली ईद पड़ी तो मीर साहब इन्तज़ार करते रहे कि लड़की के ससुराल से बुलावा आए और रईस मिर्ज़ा इस बात से नाराज रहे कि ईद में भी मीर साहब ने इस बात की कोशिश नहीं की कि उनकी नाराज़गी धुल जाती, गर्ज़ कि दोनों तरफ़ शिकायतों की फेहरिस्त एक-दूसरे को थमा दी गई।

उस वक़्त पिछले तीस सालों का सम्बन्ध धुँधला गया था। जिसने सुना दाँतों तले उँगली दबा ली। खानदानवालों ने सोचा, रईस मिर्ज़ा गर्म मिजाज़ हैं, चन्द माह बाद उनका गुस्सा उतर जाएगा। मीर साहब ज़रा

खामोश मिज़ाज़ आदमी हैं। शिकार के शौकीन, वह बात सँभाल लेंगे। फिर लड़की का मामला है, मगर ऐसा नहीं हुआ। सरो के दरख़्त की तरह खड़े-खड़े धराशायी होने की रस्म वे जानते थे। झुकना उन दोनों की ज़िन्दगी के शब्दकोश में न था।

शबाना को लगता था कि अब्बा ने उसके चारों तरफ़ दीवारें चुन दी हैं और वह अपने ही मकबरे में ज़िन्दा दफन है। कभी-कभी वह आईना देखकर सोचती, 'ये वही आँखें हैं जिन्हें देखकर काज़िम कहता था—यह आँखें हैं या ताक पर जलते दीये जिन्हें देखने की मुझे आदत हो गई है! तुम मुझसे यदि दूर हुईं तो कैसे बिन रोशनी के जिऊँगा?' कभी-कभी मज़ाक में कहता—'यदि मुझे शिकार का शौक होता तो तुम्हारी यह आँखें बहुत काम आतीं। अँधेरे में कन्दील की तरह जगमगातीं और मैं शिकार मार गिराता!' यह सब याद करके शबाना पंख-कटे परिन्दे की तरह तड़प जाती थी।

'बेटी, दवा खाने में ज़िद कैसी? दवा नहीं खाओगीं तो ठीक कैसे होगी?''

''मुझे अब ठीक नहीं होना है अम्मी।''

''क्या कह रही हो? ऐसी बातें करके मेरे दिल को मथो न शब्बो।''

''ठीक ही तो कह रही हूँ अम्मी! इन दवाओं ने आज तक सेहत तो मुझे दी नहीं है। हाँ, पाबन्दी और मुझ पर लगा दी है।''

''अच्छा, यह गोली खा लो, तुम्हें मेरे सिर की कसम है।''

''नहीं अम्मी! आप ज़िद न करें। आपको मेरी कसम है।''

''तुम्हारी सेहत के लिए यह दवाएँ बहुत ज़रूरी हैं शब्बो।''

''अम्मी, अगर मैं इन दवाओं से सेहतमन्द हो भी गई तो करूँगी क्या ठीक होने के बाद? मुझे अब मर जाने दीजिए अम्मी।''

''शब्बो।'' इतना कहकर अम्मी उससे लिपटकर रोने लगीं।

''आप सब यही चाहते हैं अम्मी। और मैं भी। कहता कोई नहीं है मुझसे, मगर मुझे महसूस होता है, बहुत शिद्दत से महसूस होता है।''

पत्थर गली

"बस करो बेटी, ख़ुदा के वास्ते बस करो, मेरे सब्र का इम्तिहान न लो... मेरे माबूद, यह कैसा खेल है जो तू अपने बन्दों के साथ खेल रहा है!"

अम्मी सिसक रही थीं। बहनें रो रही थीं। घर की नौकरानियाँ आँसू पोंछ रही थीं, मगर शबाना बहुत इतमिनान से ठोड़ी घुटने पर रखे आँगन में फैली धूप को देख रही थी, जिसमें गेहूँ फैला था और गौरैया डरते-डरते दाना चुगती और फिर उड़कर मुँडेर पर बैठ जाती थी।

काज़िम का दिल सुबह से घबरा रहा था। कई बार सोचा कि सारी मान-मर्यादा छोड़कर एकदम से शबाना के घर पहुँच जाए और उसी पुराने हक़ से दरवाज़ा खटखटाए और ऊँची भारी आवाज़ में कहे, 'काज़िम।'

आज उसकी शादी का भी दिन है। पूरे छह साल गुज़र गए हैं उस बात को, मगर लगता है, युगों पहले की कोई लोक-कथा थी जो उसे किसी ने सुनाई थी। अगर अम्मा का ख़याल न होता तो वह उसी दिन शबाना के घर धड़धड़ाता हुआ घुसता और पूरे हक़ से अपनी बीवी को पकड़कर बाहर ले आता, चाहे दर-दर भटकना ही क्यों न पड़ता। मगर अम्मा? वह ज़हर खाने को तैयार थीं। उनकी कोई बात सिर्फ़ धमकी तक नहीं रहती है। जो कहती हैं वह कर बैठनेवाली औरतों में से हैं। उन्हीं की मौत के डर ने उसके पैरों में जंज़ीर डाल दी थी।

आज उसका दिल उसी तरह मचलकर शबाना की अम्मी के बिस्तर पर सोने को चाह रहा था जैसे कि बचपन में वह उनसे लिपटकर सोता था। दो साल से उसने किसी की झलक नहीं देखी है। देखी है तो सिर्फ़ बड़े दरवाज़े पर लटकी कन्दील। यह दरवाज़ा पूरे गाँव का सबसे ऊँचा दरवाज़ा था। मीर साहब कहते थे—दूल्हा घोड़े पर बैठा-बैठा घर के अन्दर आना चाहिए। मेरी तो सिर्फ़ तीन लड़कियाँ हैं, पूरी शान-शौकत, दौलत इन पर मुझे लुटानी है। किसके लिए कल बचाकर रखना है? मगर आज, काज़िम उनका दामाद...काज़िम ने घबराकर सामने देखा—गली का मोड़ उसे दावत दे रहा था शबाना के घर जाने की और वह चुपचाप नुक्कड़ पर खड़ा फैसला नहीं कर पा रहा था।

अम्मीजान नमाज़ पर बैठी सोच रही थीं कि रईस मिर्ज़ा के घर कहलवा दें। फिर डरकर इस ख़याल को झटक देतीं। फिर दिल में हलचल उठती। किसी तरह काज़िम तक ही यह खबर पहुँचा देतीं। वह आख़िरी दीदार तो कर लेता।...कहलवा दें...मगर अब कहलवाने से क्या फायदा? उनका दिल हाँ और नहीं के हिंडोले में झूल रहा था।

इसी बीच गाँव का कम्पाउंडर को देखने आ गया है। हाथ की तस्बीह रख के वह उठीं। मीर साहब जायदाद के काम से शहर गए हुए थे। कम्पाउंडर ने शबाना को देखकर फौरन शहर ले जाने का मशविरा दिया।

कोई उनको जाकर इत्तला दे दे कि वह इन चिरागों को बुझता तो देख लेते। उनमें न कन्दीलोंवाली चमक है न रंगीनी...कमजोरी से शबाना की आँखें बन्द होने लगीं। उसे महसूस हुआ, वह और काज़िम सिंघाड़े के तालाब के पास खड़े हैं। फिर चमेली की बेल के नीचे बैठ सफेद फूल चुन रहे हैं और उसके बाद मौलवी साहब से आमोख्ता पढ़ रहे हैं। एक सनसनाहट पूरे बदन पर छा रही थी। पैर वह उठाना चाह रही है कि चलकर काज़िम के घर की तरफ़ जाए, मगर पैर मन-मन भारी हो रहे हैं। आँखों के सामने चमेली के फूल बिखर रहे हैं।

काज़िम ने सुबह से कुछ नहीं खाया था और अब कुएँ पर, तालाब पर, खेत पर, बब्बन की दूकान पर बिना मकसद फिर रहा था। पानी तक हलक से उतर नहीं रहा था। बस लग रहा था जैसे कोई बन्द दरवाज़े को बुरी तरह पीट रहा हो। इस निरन्तर दस्तक ने जब भीषण रूप धर लिया तो वह बेकरार-सा आम के बाग की तरफ़ लपका। आम पकनेवाले थे, खुशबू फैली हुई थी।

कुएँ के पास पड़ी रखवाले की खाट पर वह बेदम होकर पड़ गया। पत्तों से छनते आसमान को देखते हुए सोच में डूब गया। कब तक चलेगी यह ज़िन्दगी? मुझे अब कुछ करना पड़ेगा...यूँ घुटना आख़िर कब तक...कब तक?

एकाएक काज़िम खटिया पर से उठा और हड़बड़ाकर खड़ा हो गया। कोई दिल पर हथौड़ा मार रहा था। उसे महसूस हुआ कि उसका दिल एक बहुत बड़ा फौलादी दरवाज़ा है जिस पर फरियाद करनेवाला अपनी पूरी ताकत से दस्तक दे रहा है।

दीवानावार वह उठा और आम के पेड़ों के नीचे खड़ा होकर अधपके आमों को अजीब नज़रों से देखता रहा। उनका सेन्दूरी रंग काज़िम के पीले चेहरे को और वहश्तनाक बना रहा था!

"का भवा छोटे सरकार?" रखवाला कुएँ की मुँडेर पर अब ज़्यादा देर बैठा नहीं रह सका और घबराया-सा काज़िम के पास आकर खड़ा हो गया। उसकी बीवी भी बच्चा बगल में दबाए कोठरी से बाहर निकल आई।

"कुछ नहीं," काज़िम ने कहा और झटके से आगे बढ़ गया। हरे पत्तों के बीच से झाँकते आमों को वह घूम-घूमकर देखता रहा, फिर एकदम से आगे बढ़कर आम तोड़ने लगा। जहाँ तक काज़िम का हाथ पहुँच सकता था वहाँ से आम गायब हो रहे थे। यह बाग चार हाथों ने साथ-साथ लगाया था, मगर आज फल तोड़नेवाले हाथ सिर्फ़ दो थे।

"हम अभी आत हैं," कहता हुआ रखवाला तेजी-से बाग से निकला और काज़िम के घर की तरफ़ लपका। अधपके आमों का ढेर उसे बुरी तरह डरा गया था कि बड़े सरकार को वह इस बर्बादी का क्या जवाब देगा।

सावन का महीना है। आसमान पर घनघोर घटा छाई हुई है। घर के पिछवाड़े पासियों की बस्ती से गीत गाने की आवाज़ आ रही है। काज़िम छत पर चुपचाप बैठा हुआ है। आज चार दिन हो गए हैं। घर से बाहर निकलने का दिल ही नहीं चाहता है। कभी-कभी उसे लगता है कि यह ज़िन्दगी कितनी बेमकसद-सी होकर रह गई।

टपाटप बूँदें पड़ने लगीं और देखते-ही-देखते फुहार मूसलाधार बारिश में तब्दील हो गईं। काज़िम उसी तरह बैठा भीगता रहा। शाम का धुँधलका रात की स्याही में बदलने लगा तो वह अपनी जगह से उठा और मुँडेर के पास आकर खड़ा हो गया। बड़े दरवाज़े पर कन्दील जल

उठी थी। रंग-बिरंगी फूल कीं पत्तियाँ दूर से नज़र आ रही थीं। काज़िम अँधेरे में खड़ा उस बन्द दरवाज़े को एकटक देख रहा था। उसके पीछे आँगन और कमरों में घूमते शबाना के वजूद को महसूस कर रहा था।

बिजली चमक रही थी। मूसलाधार बारिश ने काज़िम को शराबोर कर दिया था। नीचे कोई घर का दरवाज़ा पीट रहा था। काज़िम चौंका, मगर नीचे जाने का दिल नहीं चाहा।

"दरवाज़ा तोड़े का इरादा रहा का भौजी?" जुम्मन ने दरवाज़ा खोलते हुए घुड़का। सिर पर बोरा ओढ़े बारिश से बचती जुलेखुन नायन आई।

"तुम्हई कान में तेल डाल के बैठे हो तो, एमा हमार का गलती?" सिर का बोरा चौखट पर डालती हुई जुलेखुन अन्दर आई। सामने दालान में काज़िम की अम्मी दुल्हन बेगम बैठी रेशमी दुलाई की गोट काट रही थीं। जुलेखुन खामोशी से बाहर तख़्त के पाये के पास बैठ गई।

"अरे, कब?" कपड़ा काटते हुए दुल्हन बेगम के हाथ रुक गए। कैंची के मुँह में गुलाबी साटन फँसा रह गया।

"अभी दुल्हन बेगम, यही आधा घंटा गुज़रा होगा।" जुलेखुन इतना कहकर अपने दुपट्टे से आँसू पोंछने लगी।

"क्या उन लोगों ने कहलाया है?" दुल्हन बेगम तख़्त से उठती हुई बोलीं।

"नहीं सरकार, हम खुद सुनकर दौड़े गए रहे। वहाँ से इधर आय गए। हमने तो आप दोनों को सोअर किया रहा। दोनों बच्चों का गद्दा-फल्लिया धोया रहा।" जुलेखुन ने हाथ में पड़े चाँदी के कड़े घुमाते हुए कहा। यह कड़े उसे रईस मिर्ज़ा ने काज़िम की पैदाइश पर दिए थे।

दुल्हन बेगम अन्दर कमरे में गईं। रईस मिर्ज़ा गाव-तकिये से टेक लगाए बड़े आराम से हुक्का पीते हुए कोई किताब पढ़ रहे थे। वह पास जाकर बैठ गईं।

"अरे...यह क्या हो गया?" रईस मिर्ज़ा के मुँह से हुक्के की नाल छूट गई।

"ख़ुदा को शायद यही मंजूर था?" दुल्हन बेगम ने आहिस्ता-से कहा।

"मगर...काज़िम कहाँ है?" एकाएक रईस मिर्ज़ा उठ खड़े हुए।

"पता नहीं। मेरी भी मत मारी गई है। शाम से उसे नहीं देखा!" परेशान-सी वह काँपती हुई उठीं और कमरे से बाहर की तरफ़ लपकीं।

"अरे जुम्मन—देखो छोटे सरकार कहाँ हैं?" रईस मिर्ज़ा की आवाज़ गूँजी।

"मुझे जाना चाहिए—मीर साहब अकेले होंगे!" इतना कहकर रईस मिर्ज़ा शेरवानी की तरफ़ बढ़े। उनके इस जुम्ले की ताब दुल्हन बेगम न ला सकीं और चकराकर गिरते-गिरते बचीं।

"चलता हूँ," इतना कहकर रईस मिर्ज़ा ने छड़ी उठाई।

"आप...?" सिर्फ़ इतना कह पाईं दुल्हन बेगम।

"तुम लोग बाद में आ जाना, मौत दुश्मन की हो तो भी उसमें शरीक होना चाहिए और यह तो..." रईस मिर्ज़ा कहते हुए आगे बढ़े।

"ठहरिए। यह खबर आप खुद काज़िम को देंगे," दुल्हन बेगम सामने खड़ी थीं। उनका यह तेवर रईस मिर्ज़ा के लिए नया था। उनके लहजे का ठोस और भारीपन और उसमें छुपे तन्ज़-भरे शिकवे को रईस मिर्ज़ा अच्छी तरह समझ गए थे। दोनों पल-भर खामोशी से एक-दूसरे को देखते रहे। ग़म, पछतावा, तड़प, सन्तोष, जीत, याद—जाने कौन-कौन से रंग उनके चेहरों से होली खेल रहे थे।

"जी!" कहता हुआ काज़िम सामने खड़ा था। उसे देखकर दोनों की खामोशी और गहरी हो गई।

"अब्बा जान! आपने मुझे याद किया था?" काज़िम ने उन दोनों को बारी-बारी से देखते हुए पूछा।

"हाँ बेटे...!" इतना कहकर रईस मिर्ज़ा कमरे में टहलने लगे।

"तो फिर आप कुछ...?" इतना कहकर काज़िम चुप हो गया।

"देखो...जो हुआ वह एक दिन होना था बेटे...मैं चलता हूँ, तुम अपनी अम्मी के साथ आना।" आदत के मुताबिक हमेशा की तरह कहते हुए रईस मिर्ज़ा दालान में आए और आँगन पार करते हुए ड्योढ़ी में आकर रुक गए। वह रात भी इतनी ही स्याह थी जब वे सारी रात मीर साहब के घर पर रहे थे। जागते हुए, टहलते हुए। सुबह कहीं जाकर डॉक्टर ने चाँद-सी लड़की की आमद की खबर मीर साहब को दी थी

और उन्होंने जुलेखुन को इस खुशी में एक कीकर का पेड़ दे डाला था और उस चाँद-सी लड़की का नाम शबाना रखा था।

रोने की आवाज़ घर की ड्योढ़ी लाँघती हुई गली में आने लगी थी। बारिश थम गई थी और लोगों की भीड़ बड़े दरवाज़े की तरफ़ बढ़ रही थी। रईस मिर्ज़ा टूटे दरख़्त की तरह मीर साहब के गले लगे। मीर साहब मिट्टी के टीले की तरह ज़मीन पर गिरकर बिखर चुके थे। पिछले चन्द साल दोनों के बीच से जाने कहाँ छिटक गए। खुलूश और मोहब्बत की नदी फिर उसी तरह बहने लगी थी, जैसे बरसों पहले बहती थी। देखनेवालों को महसूस हुआ कि खुशी न सही, मगर गम दो बिछड़ों को जल्द मिला देता है और फिर मौत...वह तो टूटे दिलों को जोड़ देती है।

जब वही नहीं रही बेटा, तो आन-बान-शान का झगड़ा कैसा?" दुल्हन बेगम ने काज़िम से कहा।

"यह आपका नहीं, अब्बा जान का ख़याल है, उसे आप दोहरा रही हैं। मगर अम्मी, अब मैं वहाँ जाकर क्या करूँगा?" काज़िम बहुत गहरे दुख से बोला।

"बेटा, अब जो होना था सो हो गया उसे..."

"यही तो कह रहा हूँ अम्मी! अब जब सबकुछ खत्म हो गया है तो वहाँ जाकर मैं क्या करूँगा...मुझे तन्हाई चाहिए," कहता हुआ काज़िम उठा और अपने कमरे की तरफ़ मुड़ गया।

दुल्हन बेगम चकराई खड़ी रहीं। बेटे को आज उनकी गोद की भी ज़रूरत नहीं पड़ी। इतना बड़ा ग़म बिना उनकी पुचकार और आग़ोश के वह कैसे झेल लेगा?

बारिश थम गई थी। रोने की आवाज़ दीवारों को फलाँगकर घर के आँगन में फैल रही थी और दुल्हन बेगम के लिए उसे सुनना बर्दाश्त के बाहर हो रहा था।

कातिब

''चल हट यहाँ से! मुआ हलक़ का दरबान बना खड़ा है!'' पक्के कटहल के लिसलिसे मुलायम टुकड़ों को निगलते हुए दादी ने पास खड़े पोते नवेद को अपने पोपले मुँह से झिड़का।

''अम्मी जान भी कमाल करती हैं।'' नौशाबा पटरे पर बैठी हुई बच्ची को दूध पिलाते हुए होंठों-ही-होंठों में बुदबुदाई।

''नेवाले गिनता है मेरे! अरे बन्नो! मेरी हर चीज़ पर इसकी नज़र रहती है। मैं माँगती हूँ इससे गँडेरियाँ, जब ये मुझे दिखा-दिखाकर चूसता है।'' काँपते हाथों से दादी ने जूठा कटोरा तख़्त के नीचे सरकाया और कुल्ली करने लगी। नवेद रोता हुआ पलँग पर औंधा लेट गया और टाँगें अदवाइन पर रगड़ने लगा।

''अम्मी जान, बच्चों से कभी-कभी ऐसी बराबरी कर बैठती हैं कि क्या कहूँ?'' नौशाबा ने कुढ़ते हुए आहिस्ता-से कहा और सोती हुई लड़की को खटोले पर लिटाया। चूल्हे पर चढ़ी दाल उबलने लगी थी। पीला पानी लाल अंगारों पर गिरने लगा था। उसने लकड़ी बाहर खींची और नवेद की तरफ़ बढ़ी।

''नौशाबा, ज़रा चाय देना।'' अकरम की आवाज़ कोठरी से आई।

''अभी लायी!'' कहकर नौशाबा ने औंधे पड़े रोते बेटे को गोद में उठाकर मनाना चाहा मगर पाँच साल का नवेद अपनी हठ छोड़ने को तैयार न था। माँ के मनाने से उलटा वह और मचलने लगा था।

''यह देखो! चिया बीबी ने तुम्हारी हथेली में क्या रख दिया है?'' नौशाबा ने दस पैसे का सिक्का बेटे की गदबदी हथेली में दबाते हुए

कहा। नवेद की रोती आँखें हँस पड़ीं। माँ के गले में झूल गया। नौशाबा ने उसका चेहरा दुपट्टे से पोंछा। पलँग से उछलकर वह सीढ़ी की तरफ़ दौड़ा।

"अकरम मियाँ...अकरम मियाँ घर पर हैं?" किसी ने नीचे से पुकारा।

"जी हैं...आप ऊपर तशरीफ ले आएँ।" कहकर नौशाबा ने पर्दा गिरा दिया और खुद आड़ में खड़ी हो गई।

"कौन? अख्तर साहब! सलाम अलैकुम—आइए, आइए!"

"वालेकुम अस्सलाम अकरम मियाँ!" अख्तर साहब ने रूमाल से चेहरा पोंछते हुए कहा।

"अपनी जान की कसम! आप तो ईद का चाँद हो गए हैं हुजूर! तशरीफ रखें! अरे सुनती हो, अपने अख्तर मियाँ के लिए इलायचीवाली चाय भेजना।" अकरम मियाँ अपनी जगह से उठते हुए बोले।

"ईद का कहाँ, मोहर्रम का चाँद कहें। हमें तो आज भी उम्मीद नहीं थी आपके दीदार की। बस ज्यारत किस्मत में बदी थी सो मंजूर हो गई।" अख्तर साहब ने पास पड़ी कुर्सी पर बैठते हुए कहा।

"क्यों काँटों में घसीट रहे हैं?" अकरम मियाँ हँसते हुए बोले।

"हक़ीक़त बयान कर रहा हूँ, उसे आप मज़ाक समझ रहे हैं।" अख्तर साहब ने कोठरी का जायज़ा लेते हुए कहा।

"कुरान पाक की कसम! हमें शर्मिन्दा न करें। ख़ुदा को हाजिर व नाजिर जानकर कह रहा हूँ। आपका ही काम कर रहा था। चन्द सतरें बाकी रह गई हैं। काग़ज़ सँभालते हुए अकरम साहब दीवार से टिक गए।

"मेरी खुशकिस्मती है जनाब, वरना मैं तो इस उम्मीद से आया था कि आज भी नाउम्मीदी हाथ लगेगी। बहरहाल आपकी इत्तला के लिए अर्ज़ है कि मेरा इंटरव्यू अगले माह की पच्चीस तारीख को है। किताब तब तक छप जानी चाहिए, वरना आप जानतें हैं कि..." अख्तर साहब का चेहरा कुम्हला गया।

"तालीमी मोहकमे में इतनी सियासत समझ में नहीं आती है। तौबा, तौबा!" अकरम मियाँ ने बड़ी उदासी से कहा।

"आपकी दुआ से सियासत कहाँ नहीं है!" अख़्तर साहब ने शाने उचककर कहा।

"आप बजा फरमा रहे हैं। यह सब आसारे-क़यामत हैं। अब आप परेशान न हों। चाय नोश करें...मैं कल से लगातार आपका काम अंजाम दे रहा हूँ। क्या बताऊँ अब मैं अपनी तकलीफों के बारे में... खैर छोड़िए...आप चाय पिएँ वरना यह कम्बख्त भी शरबत में तब्दील हो जाएगी!" कहकर अकरम मियाँ ने चाय की चुस्की ली।

"कुल तीस सफे की किताब है और साल से ऊपर हो गया है!" अख़्तर साहब ने बड़े तन्ज़-भरे अन्दाज़ से कहा।

"कहने को तीस सफे थे मगर किसी क़यामत से कम न थे। अब इस घर को क्या कहूँ? चार सफे तो छत के टपकने से फैलकर खराब हो गए। बाकी दो बच्चे के हाथ से खाना गिरने से बर्बाद हो गए। दिल ऐसा खराब हुआ कि आपका काम फिर हाथों से उठाया न गया। मेरी मेहनत और काग़ज़ तो बराबर खर्च हुए मगर मुँह से उफ़् न निकली।" अकरम मियाँ बहुत ग़मग़ीन हो गए।

"हाँ, अकरम मिया!" शायद इसी सबको बुजुर्ग ज़िन्दगी का नमक कहते हैं।" अख़्तर साहब ने उनको ढाँढ़स बँधवाने के अन्दाज़ से कहा।

"मगर अख़्तर साहब, नमक कुछ ज़्यादा हो गया है। पानी माँगने लग गया हूँ अब तो!" अकरम मियाँ भी मुस्कुराकर बोले।

"आपसे मुझे पूरी हमदर्दी है। अब आप मेरे ऊपर रहम खाएँ और किस्सा मुख़्तसर करें वरना..." अख़्तर साहब ने उकताकर कहा।

"हाँ-हाँ, अभी लिखना शुरू करता हूँ। हम कातिबों की दास्तान तो नस्ल-दर-नस्ल चलेगी, कम्बख्त मीर हमज़ा की दास्तान जो ठहरी। किस तंगदस्ती से मैंने यह दिन काटे हैं वह बस मेरा ही दिल जानता है। परेशानी ऐसी कि अल्लाह दे और बन्दा ले।" कहकर अकरम मियाँ पालथी मारकर बैठ गए। एक लम्बी डकार ली। कलम को सियाही में डुबोया और लिखना शुरू किया।

"बाकी किताबत किए हुए काग़ज़ मुझे दे दें, ताकि मैं उन पर नज़र डालता रहूँ।" अख़्तर साहब ने इधर-उधर देखते हुए कहा।

कातिब

"वह सामने स्टूल पर रखे हैं। ज़हमत तो होगी।" बिना सिर उठाए अकरम मियाँ बोले।

"सुनते हैं...मैं बाज़ार तक जा रही हूँ। मुन्नी सो रही है, ज़रा ख़याल रखिएगा।" नौशाबा की आवाज़ के साथ ही किसी चीज़ के गिरने की टकराहट सुनाई पड़ी।

"अच्छा!" कहकर अकरम मियाँ उसी तरह लिखते रहे।

"कड़ाही से गर्म-गर्म अँदरसे उतर रहे होंगे दुल्हन! आते वक़्त लेती आना!" इतना कहकर दादी तख़्त पर उठकर बैठ गईं।

"देखा आपने, सफेद काग़ज़ पर कैसी मोतियाँ जड़ दी हैं मैंने—काली, चमकीली! बहुत मेहनत की है।" अकरम मियाँ ने कलम की सियाही झिटकी।

"हूँ! वह तो आपका कमाल है। देखता हूँ...मगर क्या अकरम मियाँ? आपने तो ग़ज़ब कर दिया। तेरे हुस्न का जमाल...आपने जीभ के नीचे तीन नुक़्ते लगा दिए हैं और लाम को 'रे' बना दिया है...वाह... तेरे हुस्न का चमार... मेरे कलाम में चमरौटी का ज़िक्र कहाँ था?" अख़्तर साहब गुस्से भरी बेबसी से बोले।

"मेरे हाथ-पैर न फुलाएँ! यह रही पेंसिल, जहाँ गलती हो आप ठीक करते जाएँ। उस दिन घर में मोची जूते लाया था। बेटा उसे चमार कह रहा था और मैं उसे मना कर रहा था...खैर..." अकरम मियाँ शर्मिन्दा-से बोले।

"वाह, कमाल है...मेरे इश्क़ की गर्मी को...आपने मेरे चिक की गर्मी लिख दिया है!" झुँझलाए हुए अख़्तर साहब ने अकरम मियाँ को घूरा।

"क्या अर्ज़ करूँ...इस तंग घर में मक्खियाँ बहुत हो जाती हैं। नौशाबा का रातों-दिन इसरार था। चिक ला दो, चिक ला दो!" अकरम मियाँ ने अज़ीब बेचैनी से कहा।

"आप मेरे कलाम के कातिब कम, ग़ज़लों के कातिल ज़्यादा नज़र आ रहे हैं!" अख़्तर साहब मारे गुस्से के सिर्फ़ इतना ही कह पाए।

"अभी जनाब आपकी आँखों के सामने ब्लेड से खुरचकर ठीक किए दे रहा हूँ...अब मुझे सुकून से यह ग़ज़ल लिखने दें वरना..." अकरम मियाँ ने बड़ी आजिज़ी से कहा।

"मैं टलनेवाला नहीं हूँ आज।" अख़्तर साहब ने गर्दन तानी।

"आपका घर है।" अकरम मियाँ ने चहककर कहा।

कोठरी में काफी देर खामोशी छायी रही। अख़्तर साहब अपने ख़यालों में गुम थे। तीस सफे का तीन सौ रुपया हुआ। कहाँ से लाएँगे? उन्हें पता है कि अकरम मियाँ पाँच रुपया सफा भी लिखते हैं मगर मानेंगे थोड़े ही। कैसे टाला जाए इन्हें? रुपया अलग रखा तो मैंने अकरम मियाँ के नाम से था, मगर बीमारी कहकर थोड़ी आती है। सब खर्च हो गए। ऊपर से यह बेकारी—पता नहीं, यह नौकरी भी नसीब में है या नहीं।

"नौशाबा अभी लौटी नहीं है और कमरे में खासा अँधेरा छा गया है। आगे लिखना मुश्किल है।" अकरम मियाँ बुदबुदाए।

"सूईच कहाँ हैं बताएँ, मैं जलाए दे रहा हूँ बत्ती।" अख़्तर साहब कुर्सी से खड़े होते हुए बोले।

"बत्ती कहाँ है हुजूर, यह तो फिटिंग कभी कराई थी मगर बिजली कभी नहीं आई इन तारों में...मिट्टी का लैम्प जलाया जाता है अभी!" अकरम मियाँ ने ठंडी साँस भरी और सिर झुका लिया।

"जल्दी जला लीजिए, ताकि कम-से-कम दस सफे तो आज मैं ले जा सकूँ अपने साथ।" अख़्तर साहब ने थके लहजे से कहा।

"कलम के अलावा हर चीज़ हाथ से छूट जाती है—बस आती होगी नौशाबा।" बच्ची उठ गई थी। उसके रोने की आवाज़ सुनकर अकरम मियाँ बाहर निकले और दूर से चुटकी बजाकर बच्ची को बहलाने लगे।

"दूल्हन आ गई क्या?" दादी हड़बड़ाकर बोलीं।

"अभी नहीं अम्मा! बस आती होगी!" अकरम मियाँ ने परेशानी से सीढ़ी की तरफ़ देखा।

"ज़रा बूझो तो बेटे अकरम यह पहेली—अँदरसे आए, सबने खाए!"

"अँदरसे यहाँ कहाँ हैं अम्मा!" अकरम मियाँ झुँझला गए।

मगर दादी अपने सफेद बालों से भरा सिर हिलाती हुई पोपले मुँह से दोहराती गईं—

"अँदरसे आए, सबने खाए।...बूझ तो बूझ नहीं तो अपनी नानी से पूछ! अँदरसे आए..."

"हिसाब तो पूरा कर गए न?" नौशाबा ने अकरम की पीठ पर तेल मलते हुए पूछा।

"नहीं। कहने लगे सारा काम जिस दिन पूरा कर देंगे, पाई-पाई अदा कर दूँगा।" अकरम मियाँ औंधे पड़े-पड़े बोले।

"जितना किया था उसका तो दे जाते।" नौशाबा ने जलकर कहा।

"अच्छा, अब मुझे चाय बना दो। सारी रात जागना है। तड़के ही असलम साहब आ जाएँगे।" एक जोरदार अँगड़ाई लेते हुए अकरम मियाँ उठ खड़े हुए।

"हाय अल्लाह! क्या उनका काम पूरा नहीं हुआ?" नौशाबा का हाथ हैरत से उसकी ठुड्डी से लग गया।

"चार-पाँच सफे बाक़ी हैं अब। तुम जाओ, मुझे लिखना है।" अकरम मियाँ दावात-कलम ठीक करते हुए बोले।

"सुबह होने में देर ही कितनी है?" कहकर नौशाबा बावर्चीखाने में गई। चाय का डिब्बा पत्ती से खाली था। मियाँ से क्या कहती। वह तो यही चाहती थी, अभी वह सो जाएँ। सुबह किसी से कटोरी-भर पत्ती उधार माँगकर लाएगी। शाम को ध्यान ही न रहा, वरना अमतुल से ले आती। डिब्बे को रकाबी पर उलटकर खूब झाड़ा, कुछ बुरादा गिरा। खौलते पानी में उसे औटाने लगी।

"इस किताबत में मुआ क्या रखा है? दिन-रात आँखें फोड़ो तब जाकर चार पैसे हाथ लगते हैं।" प्याली तिपाई पर रखते हुए नौशाबा बोली।

"खानदानी हुनर है।" अकरम मियाँ ने कलम रखते हुए कहा।

"हमारी बहन के ससुराल में क्या खानदानी हुनर नहीं है? अच्छा खाते-पीते हैं और कल के लिए कुछ जोड़ते भी हैं। वक़्त-ज़रूरत पर दूसरों के हाथों पर कुछ रखते भी हैं।" नौशाबा ने चिढ़कर कहा।

"खानदानी हुनर की मिट्टी पलीद न करो। वह ठहरे लकड़ी की टालवाले। उसमें क्या हुनर नज़र आया तुम्हें? वह तो धन्धा है।" कहकर अकरम मियाँ हँसने लगे।

"हुनर वह है जिससे धन बरसे।" नौशाबा ने रुआँसे होकर कहा।

"शुक्र करो कि मशीन नहीं लगी है, वरना किताबत करती और हम हाथ-पर-हाथ धरे बैठे रहते। दो वक़्त की रोटी नसीब न होती।"

अकरम मियाँ ने ऐसे कहा जैसे 'दिन में तारे नज़र आ जाते' कहना चाह रहे हों।

"अब कौन-से फाके नहीं करने पड़ रहे हैं? इससे भली तो नौकरी है। कम-से-कम बँधी-टकी तनख्वाह तो हाथ लगती है।"

"अब तुम बिलावज़ह परेशान न करो मुझे।" तेज़ आवाज़ से अकरम मियाँ ने नौशाबा को झिड़का।

"मैं तो खुद परेशान हूँ, जाने कैसे इस घर का खर्च चलाती हूँ। कितनी बार कहा कि यह कलम घुमाना छोड़ो और कोई नौकरी ढूँढ़ो। कम-से-कम बच्चों का तो ख़याल करो।" नौशाबा का बड़बड़ाना तेज़ हो गया था।

"लो कलम रख दिया...अब नहीं लिखूँगा...तुम रुपयों का इन्तजाम कर लो—असलम साहब से जो एडवांस लिया था न मुन्नी की पैदाइश में, वह लौटा देंगे और उनका यह अधूरा काम भी!" कहकर अकरम मियाँ ने गुस्से में सामान समेटना शुरू कर दिया।

"तुमसे कौन बात करे? हवा से लड़ते हो!" नौशाबा ने रुँधे गले से कहा।

"कर तो रहा हूँ वही जो तुम कह रही हो। अब क्या परेशानी है तुम्हें?" अकरम मियाँ कमीज़ का दामन झटकते हुए बोले।

"मैंने यह तो नहीं कहा था कि जो चार पैसे मिलते हों वह भी छोड़ दो। इस काम के साथ नौकरी भी ढूँढ़ते रहो।" नौशाबा यह कहती अकरम को बिठाने लगी।

"छोड़ो मुझे!" अकरम मियाँ मर्दाना ताव में बोले।

"तुम्हें मेरे सिर की कसम! काम करो वरना—घर में कल सामान लाने के लिए एक भी छदाम नहीं है। तुम्हें बच्चों की कसम है!" नौशाबा की आँखें भीग गईं।

लहू का घूँट पीकर अकरम मियाँ लैम्प की रोशनी में बैठ गए और सिर झुकाकर लिखने में जुट गए। नौशाबा कोठरी से बाहर निकल आई। चुपचाप चबूतरे पर बैठकर सोचने लगी। अगले माह भाई की शादी है। तीनों बहनें सोने के जेवर भाभी को दे रही हैं और मैं...जाने के लिए किराए के पैसे ही नहीं, देना-दिलाना तो बहुत दूर की बात है...अम्मा

ने भी खूब इंसाफ किया मेरे साथ...शादी के बाद एक भी दिन जो फ़रागत से गुज़रा हो। सिर ढको तो पैर खुलता है पैर ढको तो सिर! अपने घुटनों पर सिर रखकर नौशाबा बड़ी देर तक खामोश बैठी आँसू बहाती रही।

उर्दू विभाग में ग़ज़ब की चहल-पहल थी। इंडो-पाक सेमिनार का पहला दिन था। पाकिस्तानी अदीब आ चुके थे। हिन्दुस्तानी कहानीकार और प्रोफेसर उनकी आवभगत में आँखें बिछा रहे थे। इस भीड़ में अकरम मियाँ झोला टाँगे खड़े थे। उनकी बेचैन आँखें प्रोफेसर जमाल को ढूँढ़ रही थीं।

"यह मेरा कहानियों का नया मजमुआ है। पहली कॉपी आपके नज़र करता हूँ।" नए उभरते जवान कहानीकार ने पाकिस्तानी अफ़सानानिगार को किताब पेश करते हुए कहा।

"वाह! किताबत तो कमाल की है—क्या आज भी इतने अच्छे कातिब हिन्दुस्तान में मौजूद हैं?" बड़े ताज्जुब से पूछा गया।

"क्यों नहीं जनाब, एक-से-एक..." नया कहानीकार चहका।

"बन्दा आदाब अर्ज करता है। मैं ही अकरम खुशनवीस हूँ। मैंने ही जनाब यह किताबत की है।" अकरम मियाँ जाने किस रौ में यह जुर्रत कर बैठे।

"वाकई आप खुशनवीस हैं। कोई नहीं कह सकता कि यह पाकिस्तानी कातिब ने नहीं लिखा है।" अदीब ने भौंवें तानीं।

"साहब, हमारे हिन्दुस्तान को आप..." अकरम मियाँ की बात कट गई।

"अकरम मियाँ!" कहानीकार का लहज़ा सख्त हो गया।

"खूब!" अदीब हलके-से मुस्कुराए।

"आप मेरे अफ़साने पढ़ेंगे तो आपको ज़रूर पसन्द आएँगे।" कहानीकार ने सारे दाँत बाहर निकालते हुए बड़ी अदबी लजाज़त से कहा।

"वक़्त निकालूँगा," कहते हुए वह पाकिस्तानी अदीब बिना उनकी तरफ़ देखे आगे बढ़ गए। कहानीकार ने मारे गुस्से के अकरम मियाँ को

देखा—'कम्बख़्त जाने कहाँ से बीच में टपक पड़ा था। दो टके का कातिब...एक-आध जुमले और बोल लेता मगर चुगंद सारा वक़्त खा गया।'

कहानीकार का अन्दर का अदीब बावला हो गया था।

"अरे अकरम मियाँ, ज़रा इधर आना..." सामने फारुख साहब खड़े आँखें तरेर रहे थे।

"हाज़िर हुआ।" अकरम मियाँ कहते हुए आगे बढ़े और सलाम किया।

"सलाम वगैरह को फिलहाल मारिए गोली। यह बताएँ आप मेरी किताब कब खत्म कर रहे हैं?"

"मैंने तो आपसे साफ-साफ..."

"खाक-पत्थर आपने साफ-साफ कहा था। कमाल कर दिया आपने तो! उर्दू की इतनी बड़ी अदबी महफ़िलें रोज़-रोज़ नहीं होती हैं। इन्हीं महफ़िलों की जान होती हैं यह किताबें वरना कौन पढ़ता है उन्हें बाद में? मैं खाली हाथ खड़ा हूँ और कल के छोकरे किताबें पेश कर रहे हैं!" फारुख साहब भाटिनों की तरह हाथ चलाने और नक़ल करने पर उतर आए थे।

"आप तो..."

"मियाँ तुम आदमी हो या पायजामा? चलो, पाँच की जगह छह रुपया सफा ले लो...मगर लिखो तो!" फारुख साहब अकड़कर बोले।

"अभी आया!" कहकर अकरम मियाँ तीर की तरह प्रोफेसर जमाल की तरफ़ लपके, जो भीड़ से निकलकर बाहर की तरफ़ जा रहे थे।

"जनाब!" अकरम मियाँ ने पुकारा।

"कौन? अकरम! कहो? ले आए दावतनामे?" प्रो. जमाल ने बेचैनी से पूछा।

"जी हाँ...यह रहे...जनाब, मुझे कुछ अर्ज़ करना था। घर में कुछ..." अकरम मियाँ प्रो. जमाल के चेहरे के बदलते रंग की ओर देखकर हकलाने लगे।

"क्या हो रहा है तुम्हें? मुझे थमा रहे हो? अन्दर ऑफ़िस में जाकर दो।" प्रोफेसर जमाल झिड़कते हुए बोले। उन्हें इस वक़्त अकरम मियाँ

का मुँह बहुत करीह लगा। दाढ़ी बढ़ी हुई। मलगजे कपड़े में गन्दा झोला लिये ठीक सफेदपोश लोगों के बीच में टहल रहे हैं!

"जमाल साहब!" सामने से आते हुए वाइस चांसलर ने हँसकर पुकारा।

"हाजिर हुआ!" प्रो. जमाल लपके। फिर दोनों आगे बढ़ गए। विदेशमन्त्री की गाड़ी दूर से आती देखकर सब हाथ बाँधकर अगवानी के लिए खड़े हो गए।

झाड़ खाकर, अकरम मियाँ अपने में सिमटे-सिमटाए से ऑफ़िस की तरफ़ लपके। दावतनामे वहाँ देकर जब लौटे तो सारी भीड़ सामने लगी कुर्सियों पर बैठ चुकी थी। जमाल साहब स्टेज पर खड़े होकर कुछ फरमा रहे थे। अकरम मियाँ ने एकाएक अपने को एकदम तन्हा महसूस किया।

एक के बाद एक अदीब माइक पर आकर बोल रहे थे। आख़िर में जमाल साहब ने जलसे के खातमे और लंच पर चलने की दावत दी। अकरम मियाँ दरवाज़े पर चुपचाप खड़े प्रो. जमाल को देख रहे थे। सारे मेहमान उठे। भीड़ बड़े हॉल की तरफ़ बढ़ने लगी। अकरम मियाँ की आँखें तो प्रो. जमाल पर टिकी हुई थीं। उन्हीं पर नज़र रखे हुए वह आगे बढ़ने लगे। हॉल में घुसकर दरवाज़े के पास कोने में हाथ बाँधकर खड़े हो गए। प्लेट थमाते हुए किसी ने मशीनी अन्दाज़ से उनकी तरफ़ प्लेट बढ़ाई और आगे बढ़ गया। मुर्ग, कबाब, पुलाव, शीरमाल, खुशबुओं ने उनकी सारी फिक्र धुँधली कर दी और वह बचैनी से खाने में जुट गए।

"जो कुछ नई नस्ल आज कहानी के नाम पर लिख रही है वह ज़्यादा दिन ठहरनेवाला नहीं है।" अफ़सानानिगारी में अपने को तोप समझनेवाले असकरी साहब ने भौंवें सिकोड़कर कहा।

"बात आपकी ठीक है। कहानी में अगर कहानीकार न हो तो फिर जनाब मज़मून लिखना चाहिए। कहानी लिखने के लिए कोई जोर-जबर्दस्ती तो है नहीं।" उर्दू कहानी-आलोचक परवेज़ साहब बड़े गहरे लहजे में बोले।

"उर्दू-कहानी को अभी बड़ी दिक्कतों से गुज़रना है, तब कहीं..." पाकिस्तानी अदीब ने बड़ी गम्भीरता से कहा।

"पहले उर्दू ज़बान ही ज़िन्दा रह जाए तो बड़ी बात है, फिर कहानी की पेचीदगियों-भरे सफर का ज़िक्र हो।" नफीस साहब बड़े तेज़ लहजे में कहते हुए उन लोगों के पास आकर खड़े हो गए।

"देखिए नफीस साहब! यही बात आपकी मुझे बहुत नागवार गुजरती है। आप ठहले अंग्रेज़ी के उस्ताद। अंग्रेज़ों का सारा गुस्सा उर्दू पर उतारते हैं।" उर्दू डिपार्टमेंट की सीनियर रीडर एजाज़ अहमद ने उन्हें टोका।

"मरनेवाली ज़बान को अब मैं क्या कहूँ?" नफीस लापरवाही से बोले।

"उर्दू कहाँ मर रही है? कितने लिखनेवाले अदीब शायर यहाँ जमा हैं। रिसाले, अखबार! उँगलियों पर गिनें, हज़ारों में गिनती है उनकी।" एजाज़ अहमद की साँस तेज़ चलने लगी थी।

"अब आप न्यूज़ बुलेटिन और कोर्ट के सम्मनों की फेहरिस्तों को भी उर्दू अखबार का नाम दे दें तो मैं क्या कर सकता हूँ?" नफीस साहब उसी लहजे से बोले।

"कैसी ऊट-पटाँग बातें कर रहे हैं आप!" एजाज़ अहमद आपे से बाहर हो गए।

"आप ही होश-हवास की बात करें। किसी अदबी रिसाले का नाम लें जो हर माह बाकायदगी से निकलता हो?" नफीस साहब कहकर हँस पड़े।

"उसके मसायल हैं...पैसा...पुश्तपनाही..."

"यही तो मैं एक जुम्ले में कह रहा हूँ कि हिन्दुस्तान में उर्दू का कोई मुस्तिकबिल नहीं है।" नफीस साहब का लहज़ा गम्भीर था।

'मुस्तिकबिल तो हुजूरेवाला इस ज़बान का पाकिस्तान में भी नहीं है। पंजाबी और सिन्धी रोज़ उसका रास्ता रोके खड़ी रहती हैं।" पाकिस्तानी अदीब का कहकहा गूँजा।

"अरे ग़ज़ब। आप साहेबान कर क्या रहे हैं...प्लेटें खाली हैं?"

"आइए...कुछ लें।...अच्छा मैं खुद लेकर आता हूँ," कहते हुए प्रो. जमाल आगे बढ़े। उन्हें देखकर अकरम मियाँ का चलता मुँह रुक गया और पुलाव में सना हाथ प्लेट में थम गया।

फारुख साहब आगे बढ़े—मेहमानों की खातिर-मुदारात करें। 'हम जब पाकिस्तान जाते हैं तो यह आँखें बिछाते हैं किन्तु पत्ता तक हाथ से तोड़ने नहीं देते हैं,' कहते हुए प्रो. जमाल भी आगे बढ़ गए।

खाना खत्म हुआ। हाथ पोंछते हुए मेहमान शामियाने के नीचे जमा होने लगे। अकरम मियाँ सोच रहे थे—इस वक़्त दो बज रहा है। कब मुझे मौका नसीब होगा? उधर नौशाबा पर क्या गुज़र रही होगी? अम्मा की तबीयत जाने कैसी होगी। उन्हें अस्पताल हर हालत में मुझे ले जाना चाहिए था। डॉक्टर ने परसों ही कह दिया था...मगर जमाल साहब भी—इतना खर्च हो रहा है। वही बात हुई, हीरे की खान में कोयले पर मोहर लगी है। हज़ारों की रेल-पेल में मेरे सिर्फ़ दो सौ रुपए कब से लटका रखे हैं। पचास इन दावतनामों के और हो गए हैं। इस तरह लटका-लटकाकर हिसाब करने में जाने क्या राज़ है? सारा दिन अलग निकल गया। घर में होता तो दस-बीस रुपए का काम ही कर लेता।

"अजी सुनिएगा—अकरम मियाँ...कमाल है! आप तो हवा के घोड़े पर जैसे सवार हों।" सुल्तान साहिब ने हाँक लगाई।

"नहीं जनाब!" अकरम मियाँ इस खुलूस से झेंप-से गए।

"लीजिए, पान खाइए।" पान का डिब्बा सुल्तान साहब ने आगे बढ़ाया।

"शुक्रिया!" अकरम मियाँ इस दुलार से सिकुड़ गए।

"शुक्रिया तो मुझे अदा करना चाहिए। मेरी किताब 'उदास पतझड़' को उर्दू अकादमी का इनाम मिला है। क्या ग़ज़ब की किताबत की थी आपने!" सुल्तान मियाँ बड़े प्यार से बोले।

"ज़र्रा नवाजी है आपकी, वरना यह इनाम तो आपके ख़याल और अहसास को मिला है। बहुत-बहुत मुबारकबाद आपको!" कहकर अकरम मियाँ को लगा, चिलचिलाती दोपहर में एकाएक सायेदार दरख्त के नीचे खड़ा होना उन्हें नसीब हो गया है। सोचने लगे, क्यों न इन्हीं से अपनी परेशानी बताकर कुछ रुपए कर्ज ले लूँ।

आपके घर मैं खुद आनेवाला था। चन्द माह बाद जलसा होगा, तशरीफ लाइएगा आप। दावतनामा भेजूँगा। अच्छा, ख़ुदा हाफिज़!"

कहकर वह आगे बढ़ गए। अकरम मियाँ दिल मसोसकर रह गए। आवाज़ गले में घुटकर रह गई। चारोंखाने चित कुर्सी पर ढेर हो गए।

"अब जनाब अब्दुल रज्ज़ाक साहब अपना मजबून पढ़ेंगे।" इस आवाज़ के साथ ही ख़ामोशी छा गई।

"आप ज़रा उठें तो...पीछे जाकर बैठें।" अकरम मियाँ के कान में किसी ने कहा।

"यानी?" अकरम मियाँ सिर से पैर तक सवाल बन गए।

"यह हमारे मोआज़िज मेहमान हैं।" लड़के ने कहा और अधेड़ उम्र के उस शख्स को बिठाने लगा।

"क्या करूँ मैं यहाँ बैठकर? तीन बज रहे हैं..." सोचते हुए अकरम मियाँ ने घड़ी पर नज़र डाली और सिर झुकाकर शामियाने से बाहर निकल आए।

"तो आप भी मौजूद हैं यहाँ पर? मियाँ, आपने इंटरव्यू में खूब ज़लील करवाया। वह तो कहिए मैंने वाइस-चांसलर और प्रो. साहब को पटा लिया था। वरना—क्या फाश गलतियाँ की थीं आपने किताबत में!" अबूबकर बाहर सड़क पर मिल गए और अकरम मियाँ को आड़े हाथों लिया।

"इन कातिबों का हाल क्या पूछते हो? इनके तो जाने कितने किस्से मशहूर हैं। हमारे नाना मियाँ मरहूम सुनाते थे कि एक कातिब को कुरान शरीफ लिखने को दिया गया। जब पूछा गया कि ध्यान से लिख रहे हो, तो यह कहने लगे—'बड़े ध्यान से लिख रहा हूँ। जहाँ कहीं शैतान का ज़िक्र आ रहा है वहाँ आपके वालिद का नाम लिख रहा हूँ!' " तहसीन साहब ताली बजाकर हँसे। उनके इस लतीफे पर सारे रिसर्च स्कॉलर हो-हो कर हँसी से बेहाल हो गए।

"जैसा आपने लिखकर दिया था, मैंने नकल कर दिया था। मैं कातिब हूँ, युनिवर्सिटी का प्रो. नहीं।" अकरम साहब हत्थे से उखड़ गए थे। उनके गले में कुछ फँसने लगा था।

"आप मुझ पर छींटाकशी कर रहे हैं।" अबूबकर अकड़ गए और आस्तीन चढ़ाने लगे।

"छोड़ो यार! दो टके के कातिब के मुँह लग रहे हो! अब तुम लेक्चरर हो। किस माई के लाल में दम है, तुम्हें ज़लील करे। अब तो

तुम सेलेक्शन कमेटी में जाकर दूसरों को ज़लील करोगे!" तहसीन ने उनकी पीठ थपथपाते हुए कहा।

"जगह-जगह मैंने आपका इमला दुरुस्त किया है, मगर कहाँ तक करता?"

"मैट्रिक पास हूँ, पी-एच.डी. होता तो पूरा मज़मून ही दोबारा लिख देता!" अकरम मियाँ का ग़म गुस्से की शक्ल में निकलने लगा था।

"ठहरो बताता हूँ—तुम यूँ नहीं मानोगे...अब लेना इस डिपार्टमेंट से किताबत का काम...जूते मरवाकर निकालूँगा, समझे!" अबूबकर ने कहा। तभी अकरम मियाँ की नज़र प्रोफेसर जमाल की कार पर पड़ी। वह उधर लपके।

"क्या बात है?" रेंगती कार अकरम मियाँ के सामने आने से रुक गई।

"जनाब, पैसे की तरफ़ से हाथ तंग है। अर्ज़ किया था, वालिदा की तबीयत खासी खराब है, उन्हें..."

"तुम भी कमाल के आदमी हो! यह वक़्त रुपए माँगने का है? हफीज़ से मिल लो जाकर। मैं ज़रा शाम के प्रोग्राम के लिए परेशान हूँ, वहीं जा रहा हूँ," कहकर प्रो. जमाल ने कार तेज़ की और हवा हो गए।

"इस भीड़ में हफीज़ को कहाँ ढूँढूँ?" अकरम मियाँ पूरी तरह से टूट चुके थे।

"कैसे खड़े हो अकरम मियाँ?" बदलू जमादार ने पूछा।

"अरे बदलू, हफीज़ मियाँ को देखा है?" बेचैनी से पूछा।

"वह तो भैया छुट्टी पर हैं। हफ्ते-भर बाद आएँगे। गाँव में लड़की बीमार है, शहर लिवाने गए हैं।" बदलू बोला।

"वाह रे किस्मत!" अकरम मियाँ जमकर रह गए। लौट जाएँ या जमाल साहब का इन्तज़ार करके जाएँ। आज चला गया तो कल फिर आना पड़ेगा। बैठ जाता हूँ, चाहे रात यहीं गुजारनी पड़े। सोचते हुए वहीं सीढ़ी पर बैठ गए।

"मेहमानों से गुजारिश है कि वह शाम की चाय के लिए हॉल में तशरीफ ले चलें।" इस ऐलान के बाद कुर्सियाँ खाली होने लगीं और इस भीड़ के साथ अकरम मियाँ हॉल की तरफ़ लुढ़कने लगे।

"कैसी बात करते हैं? उर्दू रस्मुलख़त (उर्दू लिपि) को छोड़कर हिन्दी लिपि अपनाने का मतलब? उर्दू-अदब का गला घोंटना है।" रईस साहब के होंठों के किनारे गुस्से से फड़कने लगे।

"मीर, ग़ालिब, हिन्दी लिपि में ठीक से लिखे नहीं जा सकते। बहुत-सी मजबूरियाँ हैं। हर ज़बान का अपना मिज़ाज़ होता है।" ज़मीर साहब ने मुँह से पाइप निकालते हुए किसी दार्शनिक की तरह कहा।

"सस्ती शोहरत की भूख है, वरना जिस ज़बान के पास उसका अपना ख़त (लिपि) हो उसे छोड़ने का इसरार क्यों? उर्दू भी तो हिन्दुस्तान की बेटी है। उसी की आग़ोश में पैदा हुई और खेलकर बड़ी हुई है, फिर यह सौतेलापन क्यों?" रईस साहब ने एक हाथ दूसरे हाथ पर मारते हुए कहा।

"आप कुछ भी कहें, उर्दू मर रही है। हिन्दुस्तान में कल उर्दू का कोई नामलेवा नहीं रहेगा।" नफीस साहब ने नाक पर आए चश्मे को उँगली से ठीक करते हुए कहा।

"आप जैसे लोगों ने यह सब कह-कहकर उसे बर्बाद किया है, वरना हर ज़बान का अपना वजूद है।" प्रो. तारिक ने नफीस साहब से कहा।

"उर्दू अब फिल्मों, टी.वी. और गानों में ज़िन्दा रह जाएगी या फिर हिन्दी के कुछ अदीबों के अदब में, वरना कल उसका कोई पुरसाने-हाल नहीं होगा। मेरी बात लिख लीजिए। जो हक़ीक़त आपको कड़वी लग रही है, वही कल सच साबित होगी। तब याद कीजिएगा, था कोई नफीस!" ऊँची आवाज़ से नफीस साहब ने कहा।

"फिल्में, गाने, टी.वी. आम लोग देखते हैं। तो फिर वह आम लोगों की समझ की ज़बान हुई। फिर उसे आप मौत की नींद क्यों सुला रहे हैं?" लगा रईस साहब नफीस साहब की टाई पकड़ लेंगे।

"इसलिए कि वह आपके पेट की ज़बान नहीं रह गई है। उर्दू पढ़कर आप नौकरी हासिल नहीं कर सकते हैं। और खुले लफ्ज़ों में कहूँ तो वह रोटी की ज़बान नहीं है। रही बात आम पसन्द की तो माफ करिएगा, उर्दू ज़बान की फिल्म और टी.वी. प्रोग्राम को हिन्दी का सर्टिफिकेट दिया जाता है!" नफीस साहब जोश में आ गए थे।

"हर युनिवर्सिटी में जो उर्दू के इतने टीचर हैं वह क्या हैं?" इस बार जहूर साहब ने चमककर कहा।

"बात समझें। जो ज़बान स्कूल में नहीं पढ़ाई जा रही है वह कल कहाँ से उर्दू के टीचर पैदा करेगी?" नफीस साहब का लहज़ा भारी और गहरा हो गया था।

"हमारे पाकिस्तान में आजकल वही उर्दू पसन्द की जा रही है जिसमें हिन्दी के अल्फाज़ हों। मगर रस्मुलख़त बदला जाए, यह बात गले से उतरती नहीं है।" पाकिस्तानी अदीब ने कहा।

"उर्दू के लिए न फंड है न ही कुछ..." रईस साहब तड़प उठे।

"आप भी कमाल करते हैं। फंड की बात भी खूब कही। फंड के नाम पर जो कुछ है वह उर्दू ज़बान के लिए नहीं, बल्कि आपसी ताल्लुकात की बुनियाद मजबूत करने के लिए है। इस हालत में उर्दू चिथड़े ही पहने नज़र आएगी। रेशम तो उसके लिए ख्वाब है ख्वाब!" जहूर साहब बोले।

"यह बहस यहीं खत्म करें वरना बात शिकवे-शिकायत से..." नफीस साहब ने दबी ज़बान से कहा, क्योंकि आस-पास ऐसे लोग खड़े थे जो समझते, उन पर छींटाकशी हो रही है।

"क्या छोड़ें, जो साहेबान बोर्ड और अकादमी की कुर्सियों पर बैठे हैं वह अपने गरिबान में झाँककर देखें कि उर्दू के दोस्त हैं या दुश्मन?" रईस साहब की आवाज़ तेज़ हो गई थी।

"मुसलमानों की हमेशा से कमजोरी रही है कि वह वक्ती फायदे के लिए मुस्तकबिल के बड़े-से-बड़े सौदे तय कर लेते हैं।" नफीस साहब ने उदासी से कहा।

"जी! क्या फरमाया, ज़रा फिर से कहिएगा?" जहूर साहब ने बड़ी तल्ख़ी से पूछा।

"बड़ी बातें बार-बार दोहराई नहीं जाती हैं, एक बार ज़हन नशीन हो जानी चाहिए।" नफीस साहब ने गहरी साँस लेते हुए बड़े तन्ज़ से कहा।

"मुसलमान में ऐतमाद तो आए, उसमें उमंग तो जागे।" जहूर साहब किसी बेसहारा इनसान की तरह बोले।

"आख़िर मुसलमान कौम सैंतालिस के बाद अपने घरों में बैठकर क्या कर रही है?" नफीस साहब ने फिर एक सवाल उछाला।

"सोने के अंडे दे रही है!" पीछे से आते शागिर्दों की भीड़ में से किसी ने जुम्ला कसा।

नहीं यार! बैठी रोटियाँ बेल रही है!" दूसरे ने झटके से कहा।

"बिलकुल गलत, वह डरी-सहमी घरों के दरवाज़े बन्द किए बैठी है।" तीसरे ने कहा और जोर से धप साथी की पीठ पर मारी।

"नहीं, यह नहीं हो सकता बल्कि सुरंग खोद रही है, ताकि शीरीं के लिए दूध की नहर बना सके!" कहता हुआ लड़कों का यह गिरोह हँसता हुआ हॉल के बाहर ही रुक गया।

"इतने सालों से उर्दू इस मुल्क में है, मगर वही किताबत का पुराना नुस्खा। अंग्रेज़ी व हिन्दी की किताब तो दस दिन में छपकर आ जाती है, मगर उर्दू की किताब को दस महीना तो सिर्फ़ किताबत में लगते हैं और कभी-कभी साल-दो साल! एक किताब आने का मतलब है पाँच साल—मज़ाक नहीं है।" जहूर साहब ने भारी आवाज़ से कहा।

"आदत की बात है। किताबत के हुरूफ ज़्यादा खूबसूरत और रौशन होते हैं, टाइप तो नेहायत बेकार लगता है। फिर किताबत एक हुनर है, फन है। कहाँ जाएँगे वह बेचारे हुनरमन्द कातिब, अगर टाइप चल गया?" रईस साहब ने तेज़ी से कहा।

'हाँ, मुझे कहाँ जाना है?' अकरम मियाँ चाय की खाली प्याली मेज़ पर रखते हुए सोचने लगे।

"कारें तैयार हैं। मेहमान खुसूशी तशरीफ ले चलें।" प्रो. जमाल एकाएक नमूदार हुए। इतना सुनते ही भीड़ दरवाज़े से बाहर निकलने लगी।

"जनाब!" अकरम मियाँ लपके।

"कल देखा जाएगा।" प्रो. जमाल ने उन्हें झिड़का ही नहीं, बल्कि जिस हिकारत से उन्होंने उनको देखा भी, उससे अकरम मियाँ सोचने लगे—'इससे अच्छा था किसी सड़क पर खड़ा होकर हाथ फैला लेता। कुछ-न-कुछ तो मिल ही जाता इन दस घंटों में!' अकरम मियाँ सिर

झुकाए झोला लटकाए भीड़ के बीच से कारों की रेल-पेल से बचते हुए बस स्टॉप पर जाकर खड़े हो गए।

"बड़ी देर लगा दी आपने!" नौशाबा ने दरवाज़ा खोलते ही पूछा।

"अम्मा कैसी हैं?" अकरम मियाँ ने परेशानी से पूछा।

"पहले जैसी हैं। होश आता है तो जाने क्या-क्या माँगती हैं। कोई शब्बो थी? उसे पुकारती हैं, फिर रंगीन सन्दूकची मँगवाती हैं।"

"हाँ, मेरी चचाजाद बहन थी।" अकरम मियाँ कुर्ता उतारते हुए बोले।

"सोने के गुलुबन्द को निकालने की जिद्द करती हैं!" नौशाबा धीरे-से बोली।

"पहले का वक़्त उन्हें याद आ रहा है।" अकरम मियाँ ने चप्पल कोने में रखते हुए कहा।

"रुपए मिले?" एकाएक नौशाबा ने बेचैनी से पूछा।

"यह लो, सँभालो।" कुर्ते की जेब से अकरम मियाँ कुछ निकालते हुए बोले।

"हाय अल्लाह! क्या जेब कट गई?" नौशाबा दुख से चीखी।

"मुझ गरीब कातिब की जेब कौन काटेगा? बस के किराए से बचे हैं—एक रुपया पचहत्तर पैसा—कुल जमापूँजी!" कहते हुए अकरम मियाँ पलँग पर बैठ गए।

"तौबा है! क्या जमाल साहब मिले नहीं।" नौशाबा ने हैरत से पूछा।

"मिले, बार-बार मिले, मगर उनके पास मेरे लिए वक़्त नहीं था। वह बड़े-बड़े आलिमों, अदीबों के आगे-पीछे आँखें बिछा रहे थे और मुझसे आँखें चुरा रहे थे। मेरी नज़रें उन्हें ढूँढ़ते-पकड़ते थककर चूर हो गईं नौशाबा!" अकरम मियाँ का चेहरा धुआँ-धुआँ हो रहा था।

"अजीब आदमी हैं। काम कराके पैसा न देना कहाँ का इन्साफ है?" एकदम से नौशाबा का लहज़ा तेज़ हो गया।

"मुझे खूब ठंडा पानी दो—मैं बहुत थक गया हूँ।" कहकर अकरम मियाँ कटे पेड़ की तरह पलँग पर ढह गए। कोठरी की चारों दीवारों पर

बाप-दादा के हाथों के लिखे खताती के नमूने टँगे हुए थे। गाँव में शादी-ब्याह के सेहरों, मोहर्रम के नौहों और मर्सिए के लिखने से लेकर शहर आकर शेरो-शायरी और अफ़सानों की किताबें लिखने तक का खानदानी सफ़र याद आया। उनके दादा को आख़िरी दिनों में राशा हो गया था। उनके बराबर का कोई लिखनेवाला दिल्ली शहर में नहीं था। दादा बताते थे, जिस वक़्त आज़ादी के बाद विदेश भेजने के लिए राष्ट्रपति का पत्र उनके पास किताबत के लिए आया था तो वह जड़ हो गए थे—कैसे लिखें और कैसे इनकार करें? आख़िर उन्होंने जान पर खेलकर लिखा। राष्ट्रपति उनके हाथों की क़ैफ़ियत जानते थे, मगर उन्हें यकीन था—इस हालत में भी वह सबसे अच्छा लिखेंगे। उन्होंने क्या दिया था बीस सतरों का? पूरे पाँच सौ रुपए! अब एक-एक पैसे के लिए हज़ारों चक्कर लगाने पड़ते हैं। कातिबों के लिए तब काम था, इज़्ज़त थी मगर—जाने क्यों, अब काम के बावजूद महसूस होता है कि पैर के नीचे से ज़मीन खिसक रही है। कहीं पर ठहराव और फ़रागत का अहसास नहीं होता। क्या सचमुच कुछ...''

''सुनिए, आप ठीक ही कहते हैं। आप सबकी किताबत करते हैं मगर कातिबे-तकदीर (ख़ुदा) ने अपने कलम से हमारी पेशानी पर गरीबी की तख्ती लिखकर टाँग दी है। आपके कलम का ज़ोर उसे बदल नहीं सकता है।'' नौशाबा ने बुझे लहजे में कहा और चाय की प्याली तिपाई पर रखी।

''यह सब कहकर मुझे मायूस न करो। मैं पहले ही किस्मत का मारा, बेदह होकर घर लौटा हूँ।''

''अच्छा। कुछ नहीं कहती। सारी कड़वाहट को शरबत का घूँट समझकर पी लेती हूँ।'' कहकर नौशाबा फीकी हँसी हँस पड़ी।

''मैं बुरी तरह टूट चुका हूँ।'' अकरम मियाँ के माथे पर पसीना था। आँखों के कोने गीले थे।

''जी हलका हो गया हो तो खाना लगा दूँ।'' मियाँ के सिर पर हाथ फेरते हुए नौशाबा ने कहा।

''लाओ, वह भी ज़हर भार कर लूँ।'' उकताकर अकरम मियाँ बोले।

कातिब

"अल्लाह खैर! ज़हर खाएँ आपके दुश्मन! अभी हमारे सिर पर ख़ुदा का साया है। लोटे में पानी रख दिया है। ज़रा मुँह-हाथ धो डालें। मैं खाना लाती हूँ।" कहकर नौशाबा बावर्चीखाने की तरफ़ लपकी।

"उठता हूँ।" कहकर अकरम ने पैर फैलाए। सारे बदन में मीठा दर्द पेंगें मार रहा था। इधर-उधर करवट बदलकर उन्होंने बदन को तोड़ा, फिर चित लेट गए। खाने की सीनी लेकर जब नौशाबां आई तो मियाँ को गहरी नींद में डूबा पाया।

अकरम मियाँ आर्ट गैलरी में घूमते हुए लिखे हुए बड़े-बड़े कुतबों को देखकर सोच रहे थे कि इनमें ऐसी क्या बात है जो अख़बारवाले दीवानावार इनकी तसवीरें खींच रहे हैं और उनके लिखनेवाले कातिब मोहीउद्दीन साहब से इंटरव्यू ले रहे हैं। चिराग तले अँधेरा है। हमारे यहाँ कैसे-कैसे कातिब भूखों मर रहे हैं। और बाहर से आए कातिब की यह आवभगत...मेहमान तो मेहमान ही ठहरा। वाह रे ज़माने, खूब रंग दिखाता है तू!

एक माह से मोहीउद्दीन साहब के बारे में वह हर जगह तारीफ सुनते आ रहे थे। आज इधर से गुजरे तो सोचा, देख लें यह नुमाइश। कुतबों के नीचे लिखे हज़ारों जीरो को देखकर उनका कलेजा मुँह को आने लगा था। दिल को कोई मुट्ठियों में लेकर जैसे भींच रहा था। उन्हें पहली बार अपने पेशे से उलझन महसूस हुई कि यह भी कोई पेशा है! दूसरों की फिक्र व ख़याल को काग़ज़ पर उतारो और उसके बदले में दो वक़्त भरपेट इज़्ज़त से रोटी भी नसीब न हो। लानत है ऐसे हुनर पर, ऐसे फन पर! इससे अच्छे तो बेहुनर हैं जो अपनी मेहनत की भरपेट खाते तो हैं। सड़क के किनारे गिट्टी तोड़नेवाले को भी मेरी तरह मेहनताने के लिए मालिक के आगे हाथ नहीं फैलाना पड़ता है। शाम को उसकी देहाड़ी उसके हाथ पर रख दी जाती है। मगर यहाँ तो माँगने से भीख भी नहीं मिलती है। अब मुझे नौकरी ढूँढ़नी ही पड़ेगी। चाहे बनिए की दुकान पर बैठना पड़े मगर अब कलम हाथ में नहीं उठाऊँगा। किसी के आगे हाथ नहीं फैलाऊँगा।

पत्थर गली

दरवाज़े की कुंडी बज उठी।

"कौन?"

"मुराद।"

"आया।" कहकर अकरम मियाँ नीचे उतरे।

"बहुत ज़रूरी काम से आया हूँ। प्रो. साहब ने भेजा है। यह पाँच पेज हैं, अगर कल शाम नहीं तो हर हालत में परसों सुबह तक लिख देना।" कहते हुए मुराद ने परचा जेब से निकाला, मगर अकरम मियाँ के चेहरे की सख़्ती देखकर उसे खोलना भूल गया।

"कार्ड छपवाएँ क्यों नहीं?" अकरम मियाँ का लहज़ा तना हुआ था।

"बात कुछ ऐसी थी कि किताबत–" मुराद गड़बड़ा-सा गया।

"बात मैं खूब समझता हूँ। मशीन पैसा फौरन रखवा लेती है, मगर कातिब का पैसा दबा लिया जाता है, क्योंकि वह ज़रूरतमन्द इनसान जो ठहरा!" अकरम मियाँ बड़े ज़हरीले लहज़े में बोले।

"यह सब मैं नहीं जानता। परसों सुबह मिल जाना चाहिए।" मुराद ने घबराते हुए कहा।

"पैसा लाए हो?" बिना एडवांस लिये मैं अब काम नहीं करता हूँ।" अकरम मियाँ ने गर्दन तिरछी करके पूछा।

"मगर मुझसे तो," मुराद अधूरा जुम्ला कहकर रुक गया।

"वालिदा बीमार थीं। मुझे उन्होंने दो सौ का चेक दस बार चक्कर लगाने के बाद दिया था। बैंक खाली था। अम्मा की दवा नहीं आई थी। मैयत उठी थी मगर उनका दिया चैक नहीं भुन पाया। सब याद है मुझे। पैसा लाओ तब लिखूँगा।" अकरम मियाँ ने बड़ी तल्खी से कहा।

"क्या कह रहे हो अकरम मियाँ! इतना अच्छा कातिब उन्हें कहाँ मिलेगा। वह खुद दौड़े आएँगे–वक़्त की नज़ाकत का ख़याल करो।" मुराद ने उन्हें समझाने की कोशिश की।

"एक बार कह दिया सो कह दिया, अब मेरे दूकान जाने का वक़्त हो गया। ख़ुदा हाफिज़!" कहकर अकरम मियाँ वहीं दरवाज़े से गली में उतरे और आगे बढ़ गए।

कातिब

इस दूकान पर अकरम मियाँ को काम करते हुए पन्द्रह दिन गुजर गए थे। सुबह नौ बजे से रात नौ बजे तक फिरकी की तरह नाचते थे, मगर इतनी मेहनत करने के बाद भी उन्हें यह काम रास नहीं आ रहा था। हाथों से फिसलकर कई चीज़ें चिकने फर्श पर गिरकर चूर-चूर हो चुकी थीं। दूकानदार ने टूटी चीज़ों के दाम तनख्वाह से काटने की बात उनसे साफ लफ्ज़ों में कह दी थी।

नौशाबा उनकी इस हालत से परेशान हो उठी थी। एक दिन मौका देखकर बोली, "छोड़ो इस काम को। क्या रखा है इस नौकरी में।"

"बहुत कुछ है नौशाबा! बँधी-टकी तनख्वाह और रोज़ फुटकर बेहिसाब झिड़कियाँ। मेरे तो दोनों जेब शाम तक लानतों से भर जाते हैं। तुम्हें तो खुश होना चाहिए कि मैं कलम नहीं घुमा रहा हूँ, कोल्हू के बैल की तरह खुद घूम रहा हूँ!" कहने को अकरम मियाँ यह सब कह गए थे मगर उनका गुस्सा कब का ठंडा हो चुका था और वह खुद इस काम को छोड़ना चाह रहे थे। यह सब उनके बस की बात नहीं है। वह तो बस बहाने की तलाश में थे।

"तुम चाहे जितना डाँट लो मुझे। अपना सिर तुम्हारे क़दमों पर रखती हूँ, यह काम मत करो। जग-हँसाई अलग होती है..." नौशाबा ने गिड़गिड़ाते हुए कहा।

"पहले पढ़े-लिखे लोगों में उठता-बैठता था अब...खैर, तुम कहती हो तो कुछ सोचता हूँ।" अकरम मियाँ कहकर बाहर निकले। दिल में उन्होंने सोच लिया था कि वह यह काम छोड़ देंगे। जो रूखी-सूखी मिलती है अपने हुनर से, वही खाएँगे। अपने को बदलने में भी जब वही जिल्लत उठानी पड़ती है तो फिर किताबत में कौन-सी बुराई थी।

उर्दू ज़बान के विरोध में रोज़ अख़बार के कॉलम भरे नज़र आते थे। वोट का चक्कर सियासी फन्दा बन गया कि फलाँ ने यह कहा, फलाँ ने वह कहा। इस पर उर्दू के अदीबों ने जोरदार जवाब दिया। इस्तीफा पेश किया गया, वगैरह-वगैरह।

यह कैसा चक्कर एकाएक चल पड़ा है? एक तरफ़ राष्ट्रीय एकता, अखंडता की बात, दूसरी तरफ़—अकरम मियाँ अखबार पढ़ते-पढ़ते

सोचने लगे—'उर्दू हिन्दुस्तान की नहीं तो किसकी बेटी है? हरामी औलाद को यूँ बरसों गोदियों में खिलाकर पास-पोसकर कौन बड़ा करता है—इस मुल्क में फ़ारसी सात सौ साल राज कर गई...खैर, उसे मारो गोली। आज की बात करता हूँ... अंग्रेज़ी—गैर की औलाद—को कैसा गोद में अपना बच्चा बनाए बिठाले हुए हैं, फिर...? यह चक्कर कुछ और है।...समझ में ज़रूर आ जाएगा मेरे...' अकरम मियाँ ने अखबार तह किया और घर से बाहर निकले। चार-पाँच गली छोड़कर माज़िद खुशनवीस का मकान था। टहलते हुए उस तंग गली में मुड़ गए। एक कच्चे मकान के पास पहुँचकर दरवाज़े की कुंडी खटखटाई।

'चले आओ मियाँ।' की मानूस आवाज़ आई। टाट का पर्दा हटाकर अकरम मियाँ ड्योढ़ी में घुसे। धूप में माज़िद मियाँ बैठे थे। उनके पैरों के पास सफेद कबूतर दाना चुग रहे थे।

"आओ, आओ बरखुरदार...कैसे हो?" माज़िद मियाँ ने अपनी बूढ़ी आँखें मुश्किल से खोलते-बन्द करते हुए पूछा।

"ठीक हूँ चचा मियाँ...! आप कैसे हैं?...अखबार पढ़ा था। तबीयत कुछ कसल-सी लगी तो आपके पास आ गया।" अकरम मियाँ मोढ़े पर सिर झुकाकर बैठ गए।

"हाँ, क्यों न हो। आज तक तो अपने मुल्क का यही चलन था। जिसने दरयाए-सिन्ध पार की, वह अपना बन गया और इस मिट्टी में उसने अपनी काया को मिला दिया। हिन्दुस्तान ने हमेशा अपनी आग़ोश दूसरों के लिए खोल रखी थी। उसका दामन बहुत बड़ा है, बहुत बड़ा... भला हो अंग्रेज़ों का जो आसमानी बला की तरह जाने किधर से उड़कर आए और हमारे बीच फसाद का बीज बो गए। समझा गए कि मियाँ, तुम हिन्दुस्तानी बाद में हो—पहले हिन्दू हो, मुसलमान हो, सिख हो, ईसाई हो। यह भी सिखा गए कि जो भी तारीख तुम्हारी है उसे झुठलाओ, उसे मिटाओ, उसे गलत तरीके से पेश करो ताकि तुम अपने ही अन्धे कुएँ में एक-दूसरे क कातिल कहलाओ और हम खुले आसमान में चील की तरह तुम पर लानत भेजते हुए उड़ते रहेंगे। तुम्हारे चमकीले माजी पर तुम्हीं से खाक डलवाते हुए—जाते-जाते तोहफा तो दे गए पाकिस्तान की शक्ल में...अब उनकी बोई फसल को—कभी फसाद और

कभी इन नई बहसों को जो कभी उर्दू के नाम पर, कभी रस्मुलख़त के नाम पर उठती हैं—काटा जाता है, अपना घर भरा जाता है। कुछ की रोज़ी-रोटी इसी से चलती है।" माज़िद मियाँ के हाथ काँपने लगे और होंठ जज़्बात की शिद्दत से थरथराने लगे। एकाएक वह खामोश हो गए।

"लगता है चचा मियाँ, आपका दिल भी मेरी तरह से भरा हुआ है।"

"हिन्दी तो खुद बड़ी मोहनी ज़बान है। उर्दू उसी का दूध पीकर तो बढ़ी है। उर्दू के जिस्म में हिन्दी का खून दौड़ रहा है। जिस तरह उर्दू का बाप फ़ारसी है उसी तरह फ़ारसी संस्कृत की बहन है। हाथ में चाकू लो और हिन्दी भाषा से एक-एक उर्दू का लफ्ज़ और उर्दू ज़बान से एक-एक हिन्दी का शब्द निकालो...लहू-लोहान हो जाएँगी दोनों बहनें...दोनों बेमौत मर जाएँगी। मगर मियाँ, इन बातों को उठाईगीर सियासत दाँ नहीं जानते हैं। उनकी सियासत बड़ी मुख़्तसर होती है। अपने भाई का कत्ल करके उसकी जायदाद पर कब्जा करने तक।"

"चचा मियाँ, मुझे रंज तो इस बात का है कि उर्दू की क़ब्र पर हिन्दी ज़बान क्यों खड़ी की जा रही है? क्या उर्दू की क़ब्र खोदे बिना हिन्दी पनप नहीं सकती है? दौलत जमा की जाती है और जब वह किसी भी शक्ल में बँटती है तो उसका फैलाव बढ़ता है मगर अपने बागों, अपने खलिहानों, अपने खजानों में आग तो दीवाना ही लगा सकता है!...यह दीवाने कौन हैं चचा मियाँ?"

"खूब कहा मियाँ! मगर इन बातों को सुने कौन? आलिम हमारे समाज से गायब हो रहे हैं। अब ज़माना है तालीम हासिल करने का, जिसे हिन्दी भाषा में कहेंगे शिक्षा प्राप्ति। मगर विद्या और इल्म हासिल करने की ललक किसी को नहीं है, क्योंकि ज़माना आज बाज़ार का है और मियाँ, इल्म या विद्या बाज़ार में बिकनेवाली चीज़ नहीं है। न ही दूकान से मोल लेनेवाली।"

"इन बातों का खात्मा कहाँ होगा?"

"पता नहीं मियाँ! नए फैशन की बातें हैं। हम तो कम पढ़-लिखकर भी खूब समझते हैं। अब लोग पढ़-लिखकर कम समझते हैं। पैसा

कमाना ही सबकुछ है, चाहे वह किसी की खाल खींचकर या कंकाल बेचकर। इससे भले तो हम तब थे जब बड़े-से कुनबे की शक्ल में गुफाओं और पेड़ों पर रहते थे। सभ्य होकर अब हम ज़्यादा शातिर हो गए हैं, क्योंकि हमारा दिमाग तालीम हासिल कर चुका है, शिक्षा प्राप्त कर चुका है।''

''चचा मियाँ, हमारा क्या होगा? हमें तो इस झगड़े से कोई मतलब नहीं। हम लोग ठहरे मेहनतकश लोग। सभी हमारे भाई हैं।'' अकरम मियाँ ने कहा।

''कुछ नहीं मियाँ...कोई वक़्त ठहरता नहीं है। यह भी गुज़र जाएगा। ऐसी बातें भले ही वक़्ती तौर पर वज़नी लगती हों, मगर वही वक़्त ऐसे चेहरों को बेनकाब भी करता है और चीज़ों की असलियत को उजागर भी करता है। कोई ज़बान न किसी की कोशिश से मरती है और न ज़िन्दा होती है।'' माज़िद मियाँ ने समझाते हुए कहा।

''काश, यही सच होता! जिस तरह यह सच है कि पद्मावत का पहला नुस्खा फ़ारसी ज़बान से हिन्दी में आया है।'' अकरम मियाँ धीरे-से बोले।

''हर दौर में इनसान अपने माहौल से जूझता है। कभी कुदरत पर हावी होना चाहता है, तो कभी दूसरों के दिमाग पर। तलाश उसकी आदत बन चुकी है। जूझना उस दुनिया का कानून जिसमें वह साँस लेता है। कभी उसका हासिल किया हुआ इनसानियत और समाज और मुल्क के फायदे में जाता है, कभी नुकसान में। आदमी का यह सफ़र बहुत तुलानी है, बहुत...उतना ही तुलानी, जब आर्य इस धरती पर आकर बसे थे। उसी आर्य जाति का एक झुंड ईरान की तरफ़ और दूसरा जर्मनी की तरफ़ चला गया था।'' माज़िद मियाँ बोले।

''यानी कि हम सब नस्ली एतबार से एक हैं?'' अकरम मियाँ चौंककर बोले।

''हाँ मियाँ, इंडो-ईरानी और इंडो-योरोपियन ज़बानें इनसानी तारीख बताती हैं। भ्राता और बरादर में क्या फर्क है? एक संस्कृत और एक फ़ारसी—हमने यह सबकुछ बचपन में पढ़ा था। अब किसे फुर्सत है कि वह तारीख की किताबें खोले?''

कातिब

"लो चाय पियो मियाँ!" एकदम से पर्दे के पीछे से माज़िद मियाँ की बीवी ने हाथ बढ़ाते हुए कहा।

"आदाब अर्ज़ करता हूँ...कैसी हैं आप?"

"अब हमारी खैरियत कैसी? क़ब्र में पैर लटकाए बैठे हैं। आज मरे, कल दूसरा दिन।"

"दुल्हन और बच्चे कैसे हैं?"

"अल्लाह का शुक्र है।" कहकर अकरम मियाँ ने चाय की खाली प्याली कच्ची ज़मीन पर रखी और माज़िद मियाँ की तरफ़ मुड़कर बोले, "अच्छा, अब इजाज़त दें चचा मियाँ, फिर हाज़िर हूँगा।"

रास्ते में अकरम मियाँ सोचते जा रहे थे कि मैं पैंतीस बरस का होकर ज़िन्दगी की कशमकश से घबरा गया हूँ और माज़िद मियाँ सत्तर साल के होके भी उमंगों और उम्मीदों से भरे हुए हैं। इन्हीं मिचमिचाती आँखों से किताबत भी करते हैं जो उनकी दो वक़्त की रोटी का सहारा है।

"अरे हरामखोर, पढ़ ले, इस धोबीगिरी में कुछ ना रखा है।" धोबिन कपड़ों की लादी के पास बैठी अपने बेटे से कह रही थी और वह कंचे खेल रहा था।

"कोयला, लकड़ी, साबुन, नील क्या कुछ सस्ता है? जान मारके भी परता नहीं पड़ता है।" धोबी इस्त्री करता हुआ अपने साथी से कह रहा था।

"इस काम से भागकर जाएँ कहाँ भैया? भाग्य में तो घाट लिखवा के आए हैं।" साथी ने बीड़ी की आख़िरी सुटकी मारी।

"भागकर जाने में भी कहाँ सुकून मिलता है भाई! गया तो था मैं भी। खैर से बुद्धू घर को आयेवाला हिसाब हुआ।"

अकरम मियाँ उनकी बातें सुनकर दिल ही दिल में कहने लगे—हर इनसान अपने पेशे से जाने क्यों उकताया हुआ है? क्या सिर्फ़ महँगाई इसकी वजह हो सकती है या कुछ और भी? अपने पेशे से क्या उम्मीद है हमारी? उसमें किस चीज़ की तलाश करते हैं हम? सिर्फ़ रोटी की या रोटी के बाद काम अंजाम देने की रुहानी खुशी का?

पत्थर गली

"बच के!" एक आवाज़ उभरी। इससे पहले कि अकरम मियाँ बचते, नाली का कीचड़ उछलकर उनको ऊपर से नीचे तक रँग गया।

"अन्धी है? देखत नाहीं है का?" सास ने बहू की चोटी पकड़ ली थी और उसे झिंझोड़कर फर्राटे से गाली बक रही थी। काम पर से लौटा भूखा शौहर खाने का बर्तन यूँ नाबदान में टपक जाने से तैश में आकर दो चाँटे बीवी के गालों पर जड़ बैठा। अकरम मियाँ कपड़ा झाड़ते मुँह पोंछते उस कमसिन लड़की के पैर का अँगूठा देख रहे थे जो शायद ड्योढ़ी से ठोकर लगने से घायल हो खून उगल रहा था।

'इस गृहस्थी के पेश में भी सुकून नहीं है। हर जगह अपने को रखने का जद्दोजहद जारी है।' सोचते हुए अकरम मियाँ घर पहुँच गए।

"क्या हुआ? नाले में नहा के आए हो क्या?" नौशाबा चावल चुनते-चुनते रुक गई और परेशानी से अकरम की तरफ़ लपकी।

"अरे कुछ नहीं, यूँ ही—मैं अभी आता हूँ।" कहते हुए अकरम मियाँ पर्दे के पीछे जाकर कपड़ा उतारने लगे और नल खोलकर उसके नीचे खड़े हो गए।

"अपना पेशा ही भला है।" सिर पर ठंडे पानी की धार पड़ते ही अकरम मियाँ के जलते दिमाग को सुकून मिला।

"चाय पीजिएगा, पानी चढ़ा दूँ?" नौशाबा ने रोती बच्ची को गद्दे पर से उठाते हुए पूछा।

'इस ज़िन्दगी की दौड़ में प्रो. जमाल और अबूबकर जैसे लोग खून चूसने और आबरूरेज़ी पर आमादा नज़र आएँगे और इन्हीं के बीच किसी सायेदार दरख़्त की तरह सुल्तान साहब जैसे लोग भी मिलेंगे, जो तारीफी जुम्लों से उनमें ज़िन्दगी की उमंग भरेंगे...यही ज़िन्दगी है—सही ज़िन्दगी तो वही हुई जिसमें हरकत हो, कशमकश हो, बहता पानी ही साफ कहलाता है।' अकरम मियाँ साबुन को बड़ी तेज़ी से बदन पर मलते हुए सोच रहे थे।

"कपड़े निकाल दिए हैं, उठा लेना।" नौशाबा ने पर्दे की डोरी पर कुर्त्ता-पायजामा टाँगते हुए कहा।

'इस दुनिया में भर पेट खाना सिर्फ़ जानवरों को नसीब है। उनके पेट अल्लम-गल्लम खाकर ऊपर तक लबालब भरे रहते हैं, तभी तो दिल

तमन्ना और आरज़ू से बेगाना और दिमाग ख़याल और फ़िक्र से आज़ाद होता है।' तेज़ पानी की धार साबुन का फेन क़दमों पर गिराने लगी।

''अब नहाते ही चले जाओगे या बस भी करोगे।'' नौशाबा की झुँझलाहट से भरी बेचैन आवाज़ उभरी।

''कुछ मुझसे कहा क्या?'' चौंककर अकरम मियाँ ने पूछा।

''आपसे नहीं तो फिर किससे बात करूँगी? आख़िर आपको हुआ क्या है?''

'अच्छे-भले सुबह घर से निकले थे, लौटे तो...' नौशाबा चावल धोते हुए बड़बड़ा रही थी।

'इनसान तो अश्रफुल मख़लूक (श्रेष्ठ) है, ख़ुदा ने उसे सभी जानवरों में सबसे बड़ा रुतबा दिया है। फिर इनसान जानवर बनना क्यों पसन्द करता है? जानवर कहीं हमारे अन्दर छुपा हुआ है। मौका मिलते ही बाहर की तरफ़ भागता है?' अकरम मियाँ ने कपड़ा पहनते हुए सोचा। इस वक़्त उनका दिमाग किसी पहाड़ी नदी की तरह बेचैन हो रहा था।

''अल्लाह तेरा शुक्र है!'' ...नौशाबा ने तन्ज भरी नज़रें तरेरीं।

'ज़रूरत है उस जानवर को मारने की...इतनी ताकत है इनसान में...' अकरम मियाँ गुसलखाने से निकलते हुए सोच रहे थे।

''चाय छान रही हूँ मैं...'' नौशाबा मियाँ को समझाने की कोशिश कर रही थी।

'इनसान को सबसे ख़ूबसूरत चीज़ ख़ुदा ने जो दी है वह है उसके हाथ, जिनके जरिए वह अपने दिल व दिमाग का इज़हार करता है, अपने को दूसरों के सामने बेनकाब करता है। इन्हीं हाथों से इनसान दूसरों का हक़ छीनकर भागता है और जालिम कहलाता है। जब वह इन हाथों से कुछ गढ़ता है तो फनकार कहलाता है।' चप्पल पहनते हुए अकरम मियाँ आगे बढ़े।

''अम्मा, बड़ी कसके भूख लगी है।'' नवेद सीढ़ी के नीचे से चिल्लाता हुआ ऊपर आया और बगल में पकड़ा बस्ता उछालकर तख्त पर पटका।

''तुम्हारी चाय ठंडी हो रही है।'' कहती हुई नौशाबा बेटे के लिए खाना निकालने लगी।

'मैं फनकार हूँ...ख़ुदा के वजूद को काग़ज़ पर उभारता हूँ। जब लफ्ज़ों का जामा उन्हें पहनाता हूँ तब लोग उसे पढ़ते हैं। और मैं उसी ख़ुदा के पैदा किए बन्दों की दिमागी तसवीर काग़ज़ पर उतारता हूँ फिर...थकन का, मायूसी का अहसास मुझे क्यों घेरता है? शायद यह मेरी अपनी कमजोरी है, अपने को सही न पहचानने की। इसी कमी से यह दुख मुझे दबोचता है और...' अकरम मियाँ छत की दीवार पर लटके छोटे-से आईने के सामने खड़े हो बाल सँवारने लगे। दोनों बच्चों की खिलखिलाहट उन्हें इस वक़्त शोर नहीं बल्कि जलतरंग का अहसास दे रही थी, जिसमें जीने की उमंग का भरपूर पैगाम था।

ताबूत

आज सुबह से नीम के पेड़ का जैसे ज़िद-सी सवार हो गई थी। बेतहाशा पीली पत्तियाँ कच्चे आँगन में गिरा रहा था। जून का महीना, तपता सूरज और लू के थपेड़े, मगर इन सारी बातों से बेनयाज़ सिर से पैर तक पसीने से शराबोर खातून आँगन में झाड़ू लगा रही थी। उसके नौहा पढ़ने के अन्दाज़ से लग रहा था जैसे आँगन में ठंडी सफेद चाँदनी छिटकी हो और वह उसमें चहलकदमी कर रही हो।

"कर्बला में हुसैन प्यासे हैं।" नौहे की तान कभी गिरती, कभी उठती मगर हाथ में पकड़ी झाड़ू बराबर बिखरे पत्तों को समेट रही थी।

आँगन में झाड़ू देने के बाद खातून फटे टाट के टुकड़ों को आड़ा-तिरछा करके उनके छोटे-बड़े सुराखों के मुताबिक बिछाने लगी। तभी दरवाज़े की कुंडी बज उठी।

"कउन आया है रे?" कहती हुई खातून टाट ज़मीन पर पटकती आगे बढ़ी और लकड़ी का दरवाज़ा भड़ाक-से खोला।

"लेव भाई रसूल तबर्रूक लेकर आये हैं!" तेज़ी से चीखती हुई खातून ने ज़ोर-से ताली बजाई और गर्दन एक तरफ़ गिराकर हँसने लगी, जैसे बड़े मज़े की बात उसने सुनी या देखी हो।

"ख़ुदा की मार तुझ पर! दरवाज़ा बन्द कर। सामना हो गया कि नहीं!" खाला बी की फटकार आँगन में गूँजी और वह पटरे पर से उठकर दालान के बड़े खम्भे के पीछे खड़ी हो गई। खातून उसी तरह

खड़ी रसूल को ताक रही थी। इस वक़्त उसके चेहरे पर बला की हिमाकत टपक रही थी। अब हँसी संजीदगी में बदल गई थी।

"हिस्सा तौलवा लेव, हमका अभी रानी मंडी बुँदिया पहुँचाये का है।" रसूल ने हाँक लगाई। कन्धे पर रखे बड़े से सेब के टोकरे के कारण उसकी गर्दन एक तरफ़ को झुकी हुई थी। काली गर्दन से पसीना किसी बरसाती नाले की तरह बह रहा था। धूप से तपकर काला रंग उन्नाबी हो गया था।

"अब आये गये हो तो, बड़बड़ाओ न कमबख्तऊ!" धीरे-से खातून ने कहा।

"चुप पगली!" रसूल ने खातून को झिड़का।

"ऐ भाई छुट्टन! पेट्रोमेक्स को छोड़ो और हिस्सा तौलवा लो, मियाँ हवा के घोड़े पर सवार आये हैं!" खाला बी ने दूसरी तरफ़ के दालान में बैठे हुए अधेड़ आदमी से कहा।

'मालन ताबूत की चादर लाई या नहीं? कहा तो है निगोड़ी से कि गुलाब और मोंगरे के फूल लगाना मगर कहीं अन्धी मारी चाँदनी के फूल न लगा दे!' खाला बी ने अपने से कहा।

"बीस किलो सेब है।" छुट्टन की आवाज़ उभरी।

"हरामखोर, कइसा आयके सिर पर सवार हो जात है।" खातून ने गुस्से में कहा और फड़ाक-से दरवाज़ा बन्द किया। कभी-कभी वह ऐसा बर्ताव करती थी जैसे दादी अम्मा हो। गालियाँ तो मुँह से ऐसी झड़ती थीं कि लगता था, शरीफों की ज़बान बोल ही नहीं सकती है।

"यह कत्था जाने कहाँ से उठा लाये हो अबकी तुम! सारा मुँह बखटा कर रह गया है। मुआ दाँतों के नीचे अलग आकर किर-किर करता है।" खाला बी ने कुर्ते की जेब से बटुआ निकालते हुए कहा।

"वही नन्हे के यहाँ से लाये रहे।" छुट्टन की आवाज़ उभरी।

"अल्लाह की बन्दियो! तुममें से किसी को होश आया कि चूने की हँडिया में पानी डाल दे...कहीं मर न गया हो? गर्मी तो जहन्नुम की याद दिला रही है।" खाला बी ने चुनौटी से चूना चाटते हुए कहा।

"डाल दिया रहा...इनका तो दिमाग खराब हो गया है—बार-बार इनका याद दिलाओ।" खातून ने सूखे पत्तों से भरी कूड़े की टोकरी को कमर पर रखते हुए होंठों-ही-होंठों में कहा।

ताबूत

"कूड़ा फेंककर जल्दी आना, सड़क पर खड़ी होकर बातें न बनाने लगना, समझी!" खाला बी ने झूमती बाहर जाती खातून से कहा, मगर वह इन सारी बातों से अब पूरी तरह लापरवाह नौहा पढ़ने में लगी हुई थी। बाल बिखरे थे, चेहरे पर पसीने की बूँदें, मगर आवाज़ में थकन का नाम नहीं...'जैनब ने रोकर पुकारा...'

घर के सारे दालानों में दरी और सफेद चादर का फर्श लग गया था। इमामबाड़े वाले दालान में सफेद चाँदनी पर सोज़ पढ़नेवालियों के लिए कालीन और सामने किताब रखने के लिए कामदार मखमली तकिया सजाया गया था। हदीस पढ़नेवाली के लिए कुर्सी और उस पर काला गिलाफ डाल दिया गया था। बीच फर्श में पंक्ति से चमचमाते पीतल के उगालदान रख दिए थे। सजावट से निपटकर अब सब दूसरे कामों में व्यस्त थे। घर में शोर अब कम हो गया था।

"उई! बारह बज गये। दो बजे से मजलिस का ऐलान कराया है, अभी तुम लोगों का काम ही नहीं खत्म हुआ। नौहेवालियों के लिए नाश्ते का इन्तजाम किया या नहीं? दरोगाइन के लिए जूस मँगवा लिया न? हदीस पढ़ने के बीच में दो गिलास शरबत चाहिए उन्हें।" खाला बी ने पबराई आवाज़ से कहा।

"काहे के वास्ते शरबत भैया?"...हुसैन प्यासे कर्बला में शहीद भये रहे, इनका शबरत चाहिए!" खातून ने माथा पीटकर कहा।

"चुप...ज़बान बहुत चलने लगी है।" मुन्नी की अम्मा की फटकार से उसका जुम्ला अधूरा रह गया, जो चबूतरे पर बैठी पान की गिलोरियाँ बना रही थीं।

"सबकुछ तैयार है खाला बी, आप परेशान न हों, वरना ब्लड प्रैशर फिर बढ़ जाएगा।" फहमीदा ने शलवार का पायँचा खोंसते हुए कहा। उसके जिम्मे नाली की सफाई थी। उसने मुर्गियों को दाना-पानी देकर दरबे में बन्द कर दिया था। अब झाड़ू से पानी निकाल रही थी।

दोपहर तक सारा काम निपट गया था। अब सब नहा-धोकर ताबूत सजा रहे थे। खाला बी सफेद चादर पर लाल रंग से खून की छींटे डाल रही

थीं। फहमीदा, हुमैरा, फरीदा बड़े करीने से आहिस्ता-आहिस्ता फूल की चादर की तह खोल रही थीं। उन्हें डर था, मोंगरे के फूल उलझकर झड़ न जाएँ। सफेद चादर पर चमकीले तारोंवाला गुलाबी दुपट्टा डालकर उस पर फूलों की चादर डाल दी गई थी। सफेद चादर और दुपट्टे में इत्र लगाया गया। ताबूत सज गया था। जनाब सय्यदा का ताबूत था। उसके पाये से कौन मन्नत का धागा सबसे पहले बाँधे, इसकी आरज़ू सबके दिल में मचल रही थी।

खाला बी ने लड़कियों को इशारा किया। लाल-पीला धागा उन्हें पकड़ाया। पाँच शमाएँ जलाकर और पाँच अगरबत्तियाँ सुलगाकर तीनों ने मन्नत का धागा बाँधा। लुबान का धुआँ बल खा रहा था। तीन कोरे कूँड़े उन बहनों ने झिझककर उठाए और फिर आँखें बन्द करके जाने क्या ख़ुदा से माँगा और चौकी पर औंधा दिए। इमामबाड़ा खुशबू से भर गया था। सब बाहर निकल आए।

अमरूद के पेड़ के नीचे सब बैठकर खाना खा रहे थे। मुन्नी की अम्मा ने जूठी रकाबियाँ समेटनी शुरू कर दीं और बार-बार अल्लाह का शुक्र अदा करने लगीं। उन्हें शायद बरसों बाद पेट-भर खाना मिला था। लिफाफे बनाने में आमदनी ही कितनी होती है? ऊपर से छह बच्चों का खर्चा। मियाँ ज़िन्दा हैं, मगर मुर्दे से बदतर! सारा दिन घर में बैठे रहना ही उनकी नौकरी है।

"ज़रा एक पान के पत्ते पर कत्था-चूना लगाकर देना।" खाला बी ने इतना कहा और वहीं दालान में बिछी दरी पर लेट गईं। हफ्तों की थकन उनके जोड़-जोड़ से पिघलने लगी और रोम-रोम टूटने लगा। जब तक पान आता वह गहरी नींद में डूब गई थीं।

खातून भी खाना खा चुकी थी और जूठे बर्तन लेकर अब नल के नीचे पहुँच गई थी। जूठी हड्डियों को उसने बड़े आराम से चबाना शुरू कर दिया था।

"ख़ुदा के वास्ते खातून, यह हरकत मत किया कर!" हुमैरा ने डाँटा।

"अल्लाह-मारी की नियत नहीं भरती है।" फहमीदा ने हलके-से कहा।

"खाला बी जो खाती हैं वही खातून को देती हैं मगर क्या कहा जाए इसे?" सायरा ने जलकर कहा।

"पागल शायद ऐसे ही होते हैं।" मुन्नी की अम्मा ने मुँह में बीड़ा रखा।

"का करें भाई...हम ठहरे गरीब मनई...पागल कहो या दीवाना!"

खातून ने उदासी से सिर हिलाया और उसी तल्लीनता से हड्डी का ऊपरी सिरा दाँतों से कुतरने में व्यस्त रही।

"सुन लिया जवाब?" कैसर ने कहा जो कुछ देर पहले आई थी।

"अल्लाह कसम, बात बनाने के लिए पागल नहीं है।" सालेहा ने झुँझलाकर कहा।

"आये गवा हरामी! ऐके मारे जान आफत मा है। ले नदीदे तू भी खा ले!" अंजीर की डाली पर बैठे कौवे की काँय-काँय से तंग आकर खातून ने रोटी का भीगा टुकड़ा उछाला। कौवे ने लपककर झपटा और उड़ गया।

"अब ज़्यादा चुचयाओ न, कायदे से बात करौ...जाने कहाँ से अल्लम-गल्लम सीखकर आती है।" मुन्नी की अम्मा बिगड़ी।

"गरीब बड़ा हरामजादा होता है।" खातून ने इतना कहा और झूम-झूमकर बर्तन मलने लगी।

"खातून! अब अपनी ज़बान को लगाम दो वरना उठती हूँ और लगाती हूँ पीठ पर धप्प।" कैसर ने खड़े होते हुए कहा।

सड़क के किनारे से उठाई इस गुनाह की पोट को खाला बी ने पाला था। बहुत इलाज कराया मगर दिमाग सही न हुआ। चौदह साल की लड़की, चार साल का दिमाग! मार-पीटकर खाला बी थक गई थीं, प्यार-मनुहार करके ऊब गई थीं, डॉक्टर-हकीम को दिखाकर नाउम्मीद हो चुकी थीं मगर खातून में कोई बदलाव नहीं आया। कभी-कभी ऐसी चुभती बात कहती थी कि लोगों को लगने लगता था—यह पागल नहीं है, बनी हुई है। मगर बनने से फायदा भी क्या था इस बेचारी को?

"तौक़ है, जंजीर है और आबिदे बीमार हैं!" खातून की आवाज़ तेज़ पानी के गिरने के बीच उभर रही थी। फहमीदा ने गर्दन उठाकर

देखा। पानी की फुव्वारें उसके चेहरे पर पड़ रही थीं और वह सिर हिला-हिलाकर नौहा पढ़े जा रही थी।

"खाला...बीबी...खाला...बीबी..." खातून एकदम से पुकार उठी। खाला बी अपने खर्राटों में मस्त थीं। मुँह खुला हुआ था और राल बहकर तकिए को भिगो रही थी।

"खाला बी...वह लाल ईदवाला जोड़ा पहिन लें?" खातून इस बार तेज़ आवाज़ में वहीं नल के नीचे से चीखी।

"क्या मजलिसवालियाँ आ गईं?" एकाएक खाला बी सोते से घबराकर जाग उठी।

"नहीं खाला बी, अभी तो केवल तीन ही बजे हैं। दो बजे का ऐलान है। आते-आते चार बजेंगे।" सालेहा ने प्लेट सजाते हुए कहा।

"खाला बी, हम लाल जोड़ा..."

"ख़ुदा की मार तुझ पर! आज हुसैन का ताबूत है। ग़म का दिन है, तुम्हारे लिए बाजे-ताशे, खुशी मनाने का दिन है! चौथी का जोड़ा पहन लो—निगोड़ी पर पैसा पानी की तरह बहाया, मगर कुत्ते की दुम लाख..." खाला बी खिन्न मन से उठीं। बड़बड़ाती हुई बेर के पेड़ के नीचे गईं और बैठकर ताँबे के लोटे से मुँह धोने लगीं।

ताबूत इमामबाड़े से निकल आया था। औरतों के रोने की आवाज़ तेज़ हो गई थी। ताबूत को पकड़े हुए औरतें आँगन में निकल आईं। ज़हरा बेगम अपनी पाँचों लड़कियों के साथ नौहाखानी कर रही थीं। आवाज़ में सोज़ था, गुदाज़ था, चौदह सौ वर्षों के अन्तराल में बहता दुख था, हक़ का संघर्ष था, जिसको याद करके सबकी आँखों में गंगा-जमुना बह रही थीं। औरतें भीड़ में घुसतीं, धक्का देतीं ताबूत की फूल की चादर में मन्नत की गिरहें बाँध रही थीं। इस लमहे सबने अपना दिल खोलकर रख दिया था जिसमें उम्मीद थी, फरियाद थी, पुकार थी, इल्तजा थी।

पगली खातून भी पसीने से सराबोर बड़े सधे हाथों से मातम कर रही थी। उसका धर्म क्या था, वास्तव में खाला बी को भी पता न था। गुनाह का कोई धर्म नहीं होता, गुनाह बस गुनाह होता है। खातून किसी के गुनाह का फल थी। यहाँ जैसा माहौल मिला वैसी ही उठान हुई।

ताबूत

उसके मन में एक बात बैठ गई थी कि शादी होते ही वह ठीक हो जाएगी। इसलिए उसे शादी का बहुत अरमान था। औरतों से सुनती आई थी कि शादी के बाद सारे दुख दूर हो जाते हैं, इसलिए वह रात-दिन ख़ुदा से एक ही दुआ माँगती थी कि उसकी शादी हो जाए।

फटे टाट के फर्श पर मोहल्ले के नंग-धड़ंग बच्चों ने मजलिस के बाद प्रसाद का सेब खाकर लौटना आरम्भ कर दिया था। दालान के फर्श पर बैठी औरतें नाश्ता कर रही थीं। दूसरे दालानों में दरी पर बैठी औरतें चाय पी रही थीं। धीरे-धीरे भीड़ छँट चुकी थी। अब सिर्फ़ वही चन्द औरतें बची थीं जो खाना खाकर जानेवाली थीं। नाश्ते के बाद ज़हरा बेगम की लड़कियों ने खातून को घेर लिया।

"क्यों रे खातून, कब हो रही है तेरी शादी?" सैयदा ने पूछा।

"अब हम का जानी?" खातून शर्म से दोहरी हो गई।

"क्यों? दुआ माँगना छोड़ दिया क्या?" नौशाबा ने कहा।

"नहीं भैया, हम रोज़ माँगत हैं।" खातून हँसने लगी।

"रोज़ बारह बजे धूप में खड़े होकर नौहा पढ़ने से दिल की मुराद पूरी होती है...पढ़ा करो...कल से पढ़ना शुरू कर दो, समझी!" सलमा ने कहा।

"फिर आप सबका ब्याह काहे नहीं हुआ? बुढ़ाये रही हैं!...यह लो बाल सफेद हो गए!" माथे पर दोहत्थड़ मारकर खातून ने कहा।

हँसती लड़कियाँ खामोश हो गईं। सैयदा का चेहरा पीला पड़ गया। खातून जवाब के इन्तज़ार में उनका मुँह ताक रही थी। वह क्या जवाब देती? वह ठहरीं इमाम की औलाद, खरी सैयद! माँ-बाप लड़के की नौकरी और पढ़ाई से कहीं ज़्यादा उसकी हड्डी और खानदान देखते हैं। बरसों से, जोड़ा मिलाया जा रहा है। कभी लड़का तो कभी लड़की उम्र में बड़े निकलते हैं, तो कभी खानदान में खोट तो कभी...उस आँगन से डोली नहीं, पाँच जनाज़े निकलेंगे। तब तक वे पाँचों जीएँगी, नौहा पढ़ेंगी, जब तक रेकार्ड घिसकर टूट न जाए, वह अपना फर्ज निबाहती जाएँगी. ..और फिर ठहरीं सैयदानी, स्कूल में पढ़ने जाएँ न घर से क़दम निकालें! ऐसे करम करेंगी तो बाबा की नाक नहीं कट जाएगी? उनका काम तो

सिर्फ़ गुज़री हस्तियों को बार-बार ज़िन्दा करके आँसू बहाना है। यही आँसू उनकी पवित्रता की निशानी हैं। यही जीवन की उपलब्धि है। उनके आज को गुजरे कल ने अपनी परिधि में ऐसा जकड़ रखा है कि वह अपनी जगह से हिल नहीं सकती हैं। वह टस-से-मस हुईं नहीं कि सीने पर बैठा नाग अपना सिर पटकने लगेगा कि यह गुनाह है...यह गुनाह...गुनाह के दलदल में सैदानियाँ नहीं फँसती हैं। वह तो सहरा की जलती रेत को अपने खून से सींचती हैं।

पास में बैठी तीनों बहनों—फहमीदा, हुमैदा, सायरा ने उन सबको कनखियों से देखा, फिर खामोशी से गर्दन झुका ली। पहले भी वह बोल नहीं रही थीं। उनकी औकात ही क्या थी? यह ठहरीं इमामज़ादियाँ, ऊपर से नौहा पढ़नेवालियाँ! उनके रुतबे का कहना ही क्या था! मगर वाह रे किस्मत, इस मान-मर्यादा के बाद घर के मर्तबान में खटाई की तरह पड़ी सूख रही थीं। उन्हें अपने घर में सजानेवाला कोई दिलवाला पैदा नहीं हुआ था।

बड़ी उमस-भरी रात थी। हवा का नामो-निशान न था। तीनों बहनें ढिबरी की रोशनी में बैठी बीड़ी पी रही थीं। रात काफी गुज़र गई थी।

"बज्जो, तुम तो थक गई होगी? सुबह से एक पहलू बैठी हो।" हुमैरा ने पहलू बदलकर कहा।

"नहीं बन्नो! थकन कैसी?" फहमीदा ने कहा जो बहनों में सबसे बड़ी थी, "जब एक बंडल बीड़ी का बन जाता है तो लगता है ज़िन्दगी की एक गिरह कम हुई है।" इतना कहकर उसने ठंडी साँस भरी।

"मुझे तो फिर भूख लग गई है।" सबसे छोटी बहन सायरा ने कहा। उसकी बात सुनकर फहमीदा के सुते मुख पर मुस्कान दौड़ गई।

"डलिया में रोटी ढकी रखी है। ले लो।" मँझली बहन हुमैरा ने हँसकर कहा।

"ज़रा बीवी, जल्दी हाथ चलाती। कल अब्बा को अस्पताल जाना है।" फहमीदा ने हुमैरा को दीवार से टेक लगाकर उँगलियाँ चटखाते देखकर कहा।

ताबूत

"अम्मा ने तो बड़े आराम से पचास रुपए की बीसी ताबूत पर न्यौछावर कर दी।" हुसैना ने ठंडी साँस भरकर कहा।

"बज्जो! मन्नत तो पूरी होनी ही थी।" सायरा बोली।

"हाँ, वह भी ज़रूरी थी बहना! मगर उसी पैसे से अब्बू का इलाज होता तो और भी अच्छा होता। वह कहाँ से गैरज़रूरी है?" फहमीदा ने उसी थकन से कहा।

"तौबा करो अपिया! क्या कह रही हो तुम?" सायरा ने घबराकर रोटी का टुकड़ा पानी से निगलते हुए कहा।

"तौबा की इसमें क्या बात है? ख़ुदा तो देख ही रहा है सबकुछ। उससे छुपा क्या है?" हुमैरा ने तेज़ आवाज़ से कहा।

"हाय अल्लाह!" सायरा इतना कहकर चुप हो गई।

तीनों के बाप कासिम अली एक मामूली साबुन फैक्टरी में काम करते थे। पैसा इतना मिल जाता था कि किसी तरह गुजर हो जाती थी। मगर दिल के रोग ने ऐसा जकड़ा था कि काम-धाम छूट गया। इलाज़ हो जाता तो अब तक कब के भले-चंगे हो जाते, मगर दुआ-ताबीज़, नज़र के फुके पानी ने हालत खराब कर दी थी। सारा दिन खून थूकते गुज़रता था। बदले में एक पुड़िया शक्कर की फाँकते थे और लाल पनीला शरबत पीते थे। सारे दिन दर्द से तड़पते हुए लड़कियों को कोसते रहते थे। हाय-हाय के बीच में हमेशा लड़के की कमी उन्हें खलती थी और ख़ुदा से कहते थे कि 'तेरी नगरी में यह कैसा अंधेर है? एक बाप की गोद लड़के से खाली रखी!' उनके घर आया कोई नया जब पूछता तो कहते—मेरी कोई औलाद नहीं है। पूछनेवाला हैरत से कहता—फिर यह तीन लड़कियाँ? जवाब देते—वह तीनों बीवी की औलादें हैं, लड़का होता तो मेरी औलाद होता।

लड़कियाँ इस हाय-हाय की ताब न ला सकीं और कमाऊ पूत बनने की कोशिश करने लगीं। एक ही काम था जो खामोशी से इज़्ज़त बचाकर किया जा सकता था, वह था बीड़ी बनाना। बाप की सुन-सुनकर माँ के दिल पर भी यह लड़कियाँ तीन बड़े भारी पत्थर बन गई थीं।

माँ के नैन-नक्श बड़े तीखे थे, मगर रंग काला था। बाप का रंग खुलता गन्दमी था और नैन-नक्श ऐसे, जैसे मिट्टी का लोंदा। माँ का

काला चेहरा हज़ार गोरी औरतों पर भारी पड़ता था। जो देखता, देखता रह जाता था। होंठों का कटाव और आँखों का खिंचाव। अल्लाह का ऐसा करम हुआ कि लड़कियों के नैन-नक्श बाप पर और रंग माँ पर पड़ गया। करेला, वह भी नीच चढ़ा। तीनों बहनें मिट्टी की माधो थीं, अब इस शक्ल और खाली दामनवाली को कौन ब्याहने आता जो माँ-बाप के कन्धों का बोझ हलका हो जाता। अपनी बदसूरती का अहसास तीनों को अपनी गरीबी और बदहाली से कहीं अधिक था। उनके बस की बात होती तो शायद वह कुछ कोशिश भी करतीं। इस मकान में सात वर्षों से रहकर रात-भर मन्नतों, मुरादों के बावजूद वे तकदीर का लिखा न मिटा सकीं और न दिन में बाप के कोसने से अपने को आज़ाद कर सकीं। उनके हाथ चलते थे, आँखें घूमती थीं। उम्मीद का कोई सितारा ज़िन्दगी में नहीं टिमटिमाता था। बस ज़िन्दगी की गाड़ी किसी तरह खिंच रही थी। उस गाड़ी के पहिए बनकर उनका ज़ोर आगे बढ़ने पर लगा हुआ था। यदि उनसे कोई पूछता कि ज़िन्दगी क्या है, तो वह तीनों जवाब देतीं—रोटी, हाथ और बीड़ी!

कच्चे आँगनवाले बड़े-से मकान के चारों तरफ़ छोटे-छोटे घरों का जाल बिखरा हुआ था। यूँ कह सकते थे कि खाला बी मकान-मालकिन थीं और शहद के छत्ते की तरह छोटी-छोटी कोठरियों में घुसे, उबले, ठुसे हुए उनके किराएदार थे। खाला बी भरी जवानी में विधवा हुई थीं। जब वास्तव में उनके लाल जोड़ा पहनने के दिन थे, उनकी चूड़ियाँ टूट चुकी थीं और उन्होंने सफेद कपड़े पहन लिए थे। उनके मियाँ उनसे लगभग 30 वर्ष बड़े थे। उनका पूरा हरम था। सौतों की फौज-की-फौज उन्हें हराने के लिए उनका इन्तज़ार कर रही थी और शौहर उन्हें खूबसूरत खिलौना समझकर खेलते थे। फिर एक दिन बजाय खिलौने के स्वयं टूट गए।

गिद्धों, चीलों की तरह सौतें उन पर टूट पड़ी थीं। लम्बी-चौड़ी जायदाद में से उनके नाम यह मकान आया था। उसी को लेकर वह खामोश हो गई थीं। इस घर में आकर ऐसी राहत की साँस उन्होंने ली थी जैसे लम्बे सफ़र से लौटी हों। अपने को धर्म के आग़ोश में डालकर

वह सन्तोष से जीने लगी थीं। धीरे-धीरे करके कच्ची कोठरियाँ बनवाईं और एक-एक करके किराए पर देने लगीं। अब यही हलवाई, नाई, दर्जी, जुलाहे भाँति-भाँति के लोग उनके बेटे, बहू, पोता-पोती बन गए थे। मायका था कहाँ? मायके नाम पर जो माँ बची थीं वह भी कुछ दिनों बाद अल्लाह को प्यारी हो गईं। हर तरफ़ से तन्हा खाला बी ने अपनी दुनिया खुद बसायी थी।

कोठरियों का किराया ही उनकी आमदनी का सहारा था। थोड़ा-बहुत दुआ-तावीज करके और पुराने नुस्खों से इलाज करके हाथ आया पैसा, पूरे साल कौड़ी-कौड़ी करके जमा करतीं। दाँतों से पकड़कर खर्च करती थीं। जमा किसके लिए करतीं। न कोई आगे था न पीछे। ले-दे के यह खजाना जो सन्दूकची में बन्द रहता था, मुहर्रम के मास में खर्च हो जाता था। एक धर्म की ज्वाला थी जो उन्हें जीवित रखे हुए थी, वरना प्यार से खाली उनकी ज़िन्दगी चटखा बर्तन थी जिसे धर्म की आस्था ने गोंद की तरह चिपका रखा था। उनके व्यक्तित्व के प्रभाव से यही हाल उस पूरे मोहल्ले का हो गया था। उसमें हिन्दू-मुसलमान सभी लोग शामिल थे। हमदर्दी का कोई अलग नाम नहीं होता है और यही हमदर्दी सबको नजदीक ले आई थी।

जब से नीम का बूढ़ा पेड़ कटा था, फलों के पेड़ पनप गए थे और आँगन रोशनी से भर गया था। खाला बी दालान में खड़ी यही सोच रही थीं। उनके सामने बेर का पेड़ था जो पहली बार पक्की बेरों से लग गया था। एकाएक उन्होंने खातून को पुकारकर कहा, ''जा सब बच्चों को बुला ला।''

''का है दादी बीबी?'' कहते हुए नंग-धड़ंग बच्चे पहुँच गए।

''छुट्टन पेड़ पर चढ़कर डाल हिलाना!'' खाला बी ने बच्चों की फौज देखकर कहा।

ऊपर से टपाटप पके बेर गिरने लगे। फैले दामन भरने लगे, मगर कितनों के बदन पर कपड़ा था जो दामन भरता? छीना-झपटी शुरू हो गई। बेर हाथ में कम आए, पैरों से कुचले ज़्यादा गए। कोई गिरा, कोई चीखा। फिर मार-पीट, नोंच-खसोट!

"मैंने ही बुरा किया था जो इन्हें बुलाया। क्या गदराव मचाया है, ख़ुदा की पनाह! इनकी माँओं को बुलाओ–जन-जनकर मेरी जान को छोड़ा है।" खाला बी ने सिर पर दोहत्थड़ मारते हुए कहा।

आँगन जब तक खाली होता, उससे पहले माँओं में महाभारत हुआ। फिर शान्ति छा गई। खाला बी को उदास देखकर मुन्नी की माँ पास खिसक आई और आहिस्ता से बोली, "खाला बी! एक घर में दो बेर के पेड़ काहे के वास्ते लगाईन हैं आप? फिर मुए की डाली झुकी है हुमैरा के छप्पर पर। पानी-खाद कोई दे, मेवा कोई उड़ावे! कैसा कलजुग आ गया!–मेरी मानें तो यहाँ पर काग़ज़ी नींबू लगवा लें। फल ऐसा कि अचार डालें या शरबत पियें या चाटें–सब अच्छा-ही-अच्छा।"

खाला बी खामोशी से आलू काट रही थीं। उनकी आँखों से मुन्नी की अम्मा को महसूस हुआ कि लोहा गर्म है। काम बन सकता है।

"सोचना क्या अब खाला बी, उठा के कटाय देव।" बड़ी राज़दारी से मुन्नी की माँ फुसफुसाई।

"हाँ," खाला बी ने सामनेवाले दूसरे बेर के पेड़ की ओर ताका। मुन्नी की अम्मा दिल-ही-दिल में खुश हुई। हुमैरा की माँ टोकरी-की-टोकरी बेर अपने छप्पर और आँगन से उठाकर सब्जीवाले को देती है और बदले में सब्जी लेती है। तनख्वाह बन्द हो गई तो क्या, तीन हथनिएँ बीड़ी से कमाई निकाल तो लेती हैं!

खाला बी को मुन्नी की अम्मा की बात जँच गई। उनके यहाँ अनार, अमरूद, अंजीर, आम, करौंदे के पेड़ हैं। सचमुच नींबू की कमी है। खाला बी इन सारे पेड़ों का धार्मिक विश्लेषण करती थीं और गुणों का बखान। अभी वह सोच में डूबी थीं कि तेज़ आवाज़ के साथ दरवाज़ा खुला और जुलेखा बुरका फड़फड़ाती हुई दाख़िल हुई और सलाम करके पलँग के पायँताने बैठ गई।

"क्या बात है? कुछ परेशान हो तुम!" खाला बी ने पूछा।

"नज़मा, सलमा के हाथ पीले हो जाते तो मेरी जिम्मेदारी भी खत्म होती खाला बी! एक परेशानी हो तो कहूँ आपसे! जायदाद के मुकदमे में बाप-बेटे घर में कहाँ रहते हैं? अन्दर-बाहर का हर काम मुझे सँभालना पड़ता है। ऊपर से उस रहीम के बच्चे ने ठीक घर के सामने दर्जी की

दुकान खोल ली है। हमारी मुसीबत आ गई। चार मुसटंडों को कटाई-छँटाई के लिए लाया है। कपड़े की कटाई कम होती है, राह चलती औरतों की नपाई अधिक! पर्दा घर का हटा नहीं कि मशीन की सुई जैसी आँखें फौरन हमारे आँगन में गड़ती हैं और काम करती लड़कियों पर बखिया करती गुज़र जाती हैं। इनकी मौत का कुंडा औंधाने आई हूँ खाला बी! मेरा और मेरी बेटियों का गली में आना-जाना मुश्किल कर दिया है कम्बख्तों ने!" जुलेखा ने दोनों हाथों को सीने पर लाकर उँगलियाँ तोड़ीं।

"इस घर से चली जाओ बीबी! यह मुरादों का इमामबाड़ा है। कोसने-काटने की कुर्बानगाह नहीं।" खाला बी खफा हो गई थीं। उन्हें मनाना आसान काम नहीं था। सब धीरे-धीरे करके उठ गए। जुलेखा जितने जोम में आई थी उतनी ही थकी-हारी सिर पर नकाब डाल खाला बी के घर से निकली।

"एक पेड़ था जिसकी डालें फल-फूलकर बताती थीं कि ज़िन्दगी में रंग है, बदलाव है। वह भी खाला बी ने कटवा दिया।" फहमीदा ने ठंडी साँस भरकर कहा।

"बेर खाने का मज़ा ही चला गया!" सायरा ने उदास होकर कहा।

"चलो हम लोग लगाते हैं, अफसोस करने से क्या हासिल?" हुमैरा ने दोनों बहनों की हिम्मत बढ़ाई।

"कहाँ लगाओगी? आँगन में पलँग बिछाने-भर की जगह तो है नहीं।" फहमीदा ने आटा गूँधते हुए कहा।

"इधर दरवाज़ेवाली दीवार के पास!" सायरा ने चहककर कहा।

"पागल हुई हो? खाला बी खफा होंगी कि दीवार की नींव खराब हो जाएगी।" हुमैरा ने लोई बनाते हुए कहा।

"चलो ठीक है—पेड़ कट गया, तो कट जाने दो। आसमान तो है न हमारे ऊपर! उसके बदलते रंग से समझ लूँगी कि कौन-सा मौसम आनेवाला है।" फहमीदा ने रोटी सेकते हुए कहा।

हुमैरा और सायरा ने बहन की तरफ़ देखा और बात समझना चाही, मगर बहन के चेहरे पर सिर्फ़ काली अँधेरी रात थी, जिस पर शोलों का सुर्ख नाच साफ नज़र आ रहा था।

"जवानी फट रही थी तो कहीं और मुँह काला करते। एक बेसहारा दीवानी पर क्यों जुल्म ढहाया?" खाला बी का कोसना जारी था। सारे किराएदार खामोश थे। औरतें आँगन में सिर झुकाए पल्लुओं से मुँह छुपाए बैठी थीं।

"पोर-पोर में कीड़े पड़ें! बदन का एक-एक हिस्सा सड़कर गिरेगा। देखते जाओ, पागल दीवानी पर जुल्म करना हँसी-खेल नहीं है।" खाला बी का गुस्सा आँसुओं में बदलने लगा था।

खातून लाख दीवानी सही, मगर थी तो उम्र के नाज़ुक दौर में। पन्द्रहवाँ समाप्त करके सोलहवें में लगी थी। जाने कब मोहल्ले-भर की लड़की जैसी मानी जानेवाली खातून को सादुल्ला ने लाल साटन के कपड़ों और फूलों के जेवर का लालच देकर फुसला लिया था। खाला बी को क्या, सबको ही यह इतमिनान था कि खातून के लिए सब भला ही चाहते हैं इसलिए बेधड़क हर घर, हर दूकान की सैर करती हुई अपनी बेतुकी बातों से सबका मनोरंजन करती पूरे मोहल्ले में घूमती थी; और आज उसी एतबार का दामन तार-तार हो चुका था! खाला बी ज़ख्मी थीं। सारी उम्र जोगन की तरह काट ली थी। बदन की भूख का अहसास...चन्दन-सा बदन राख कर लिया था। जाड़े की रातों को रो-रोकर काटा था, मगर क्या मजाल कि...मगर यहाँ उनके ही घर की एक बेज़बान लड़की के साथ...सादुल्ला के इस बहलावे को ही वह कम्बख्त शादी समझ बैठी थी।

रात को जब खाला बी बिस्तर पर लेटीं, तो खातून उसके पायँताने बैठ गई और रोज़ की तरह उनके पैर दबाने लगी। दोनों के बीच खामोशी थी। खाला बी सोच रही थीं कि यदि वह कुछ कहे भी तो क्या कहे? उनके पास सबूत क्या है? खातून दीवानी ठहरी। कौन नहीं जानता है कि वह...? फिर सादुल्ला का क्या भरोसा यदि वह मुकर जाए तो? अपना गुनाह किसी और पर थोप दे तो? जग-हँसाई होगी। एक बार फिर खाला बी को अपनी बेबसी का अफसोस हुआ। लगा, यह दुनिया सिर्फ़ मर्दों की है, केवल मर्दों की। औरत का अपना कुछ भी नहीं है। वह तो उसके हाथों की खेती है। जब फसल पक्की देखी, काटकर खलिहान भर लिया।

ताबूत

"का बात है खाला बी?" खातून ने उनकी बेचैनी देखकर पूछा। मगर जवाब में खाला बी खामोश रहीं। जैसे उन्होंने कुछ सुना ही नहीं।

"खाला बी...! सादुल्ला कहत रहा कि..." खातून के मुँह से निकले अल्फाज अंगारे की तरह दहक उठे और खाला बी ने एक जोर की लात खातून के कूल्हे पर मारी।

"अन्धी मारी, किस यजीद का नाम मेरे सामने ले रही है!" कहकर खाला बी उठ बैठीं। खातून पलँग से छिटककर नीचे गिरी, दरवाज़े की चौखट सिर पर लगी और हाय करके रह गई। उसकी हालत देखकर अपना गुस्सा दबाती हुई खाला बी ने फहमीदा को आवाज़ दी। उनका दिल चाह रहा था कि वह अपनी बेबसी का बदला खातून को बुरी तरह मारकर निकालें, मगर जाने किस ताकत ने उनके हाथ बाँध दिए थे।

फ़हमीदा सारी रात जागती रही। खातून पागल सही, खाला बी गुस्सा सही, मगर—यह कैसी रौनक है, जो पहले कभी खातून के चेहरे पर नज़र नहीं आई थी? ज़िन्दगी क्या सचमुच बदलाव चाहती है? बदलाव ही ज़िन्दगी है, वरना ठहरा पानी तो सड़ जाता है। क्या हमारी ज़िन्दगी सड़ा पानी है। अगर हरकत ही ज़िन्दगी है तो हमारी ज़िन्दगी में हरकत की जगह एक सन्नाटा है, जैसे वक़्त की चाल ठहर गई हो। उसमें कोई आवाज़ नहीं, कोई पुकार नहीं। बस एक ठहराव है। मौत भी तो इसी ठहराव का नाम है। तो फिर क्या हम तीनों मुर्दा हैं? सुबह होते-होते उसकी आँखें लगीं तो उसने सपने में देखा कि खाला बी का आँगन औरतों से भरा है और इमामबाड़े से ताबूत निकल रहा है। ताबूत की चादर खून से तर है और उससे टपकता खून दालान में बिछी सफेद चादर पर टपक रहा है—खातून अंजीर के पेड़ के नीचे खड़ी है। उसके बदन पर लाल चमकीले कपड़े हैं और माँग में सफेद अफशाँ भरी हुई हैं। होंठों पर लाली है और आँखों में...

"बज्जो उठो!" हुमैरा ने फहमीदा को झिंझोड़ा।

"बज्जो, सात बज गए हैं!" सायरा ने चाय की प्याली उठाते हुए कहा।

"हाँ..." कहती हुई फहमीदा परेशान-सी उठी। खाला बी की तरफ़ से कुछ शोर आता महसूस हुआ। उसे लगा, शायद सपने का असर है।

खातून लाख मना करने के बावजूद, हज़ार पहरेदारी के बाद सादुल्ला के पास निकल गई थी। मोहल्ल-भर के शादी-ब्याह करानेवाली खाला बी हाथ मलकर रह गई थीं। उनका सारा जीवन-दर्शन धरा-का-धरा रह गया था। उस मकान के शहद के छत्ते-जैसे किरायेदारों के बीच एक उदासी फैल गई थी। बरसों से बैठी लड़कियों के मन में एक उथल-पुथल मच गई थी। कहते, भुखमरी का रोग उन्हें पहले ही थकाए दे रहा था कि खातून ने उन्हें हिला दिया था। उनका व्यक्तित्व पुराने बरगद व पीपल की तरह था जिनके अन्दर दीमक लगने से खोखलापन आ गया था, लेकिन आँगन की मर्यादा कायम थी कि पेड़ खड़ा है। वैसे ही खानदान की मर्यादा की परिधि को इन लड़कियों ने तोड़ा नहीं था, मगर यह खातून...? पर तो वह सड़क के किनारे पड़ी गुनाह की पोट थी, उससे उम्मीद भी क्या?

पेड़ खड़े थे। धरती से उनका रिश्ता कायम था। इस खुशी में यह तथ्य गायब हो रहा था कि जो पैदा हुआ है वह रोटी खाएगा। शरीर लेकर आया है तो उसको भोगेगा भी। मगर यह समझ समाज के नियम बनानेवालों को पसन्द नहीं, क्योंकि इसी को काबू में रखने के लिए नियम बने हैं। लेकिन नियम क्या सबको बराबर का हक़ देते हैं? हाँ, उल्लंघन करनेवालों को सज़ा ज़रूर देते हैं!

लड़कियाँ, औरतें सोचती रहीं और खाला बी मजबूर खातून की हरकतों को सहती रहीं। खातून का क्या बनेगा, उन्हें पता न था। नीम पागल लड़की को कौन अपनी बीवी बनाएगा? उनको अपना बचपन याद आता। वह खातून की तरह दीवानी न थीं, फिर एक बूढ़े के हाथों में उनका हाथ क्यों दिया गया? अपना भोगा दुख, सौतों के हमले—सबकुछ उन्हें याद आ रहा था। सादुल्ला खातून से लगभग चालीस साल बड़ा था। फिर...?

मोहल्लेवालों के जोर ने खाला बी को मजबूर कर दिया कि वह सादुल्ला की बात मान लें, जबकि खातून भी यही चाहती है। जैसे-तैसे

निकाह पढ़वाकर खाला बी ने इज़्ज़त ढाँप ली और खातून के जाने के बाद वह फिर अकेली हो गईं।

सायरा ने बुर्का पलँग पर डाला और दुपट्टे के कोने में बँधे बीड़ी की मजदूरी के रुपए गिनकर हुमैरा को दिए। फिर गर्दन के नीचे दुपट्टे में रखे मोगरे के फूल हाथों में लेकर फहमीदा के पास गई।

"लो अपिया! तुम्हारे पसन्द के मोगरे के फूल...अतहर मियाँ के घर में खिले दिखे। तुम्हारा ख़याल आया। चुपचाप तोड़कर ले आई...लो।"

"अच्छा!" सिल पर मसाला पीसती हुई फहमीदा ने कहा और बहन की फैली मुट्ठी में रखे फूलों को गर्दन ऊँची करके सूँघा।

"लाओ, कान में पहना दूँ।" यह कहकर सायरा ने फूल फिर दुपट्टे में डाले और दो बराबर के फूल चुनने लगी।

नहीं! नहीं। कोई देखेगा तो क्या कहेगा?"

"कहेगा क्या? यही न कि आपको फूल पसन्द हैं।"

"ज़िद्द न करो। फूल कटोरे में डाल दो। पानी में पड़े ताज़े रहेंगे।"

फहमीदा का मन कानों में फूल पहनने का था, मगर कुँवारियाँ यह शौक नहीं करतीं। यह तो सिर्फ़ सुहागिनों का हिस्सा है।

फहमीदा मसाला पीसकर उठी तो उसे जोर का चक्कर आया और जब तक नाली के पास पहुँचती, एक तेज़ उबकाई आई और ढेर-सा खून कच्ची ज़मीन ने सोख लिया! फहमीदा यह देखकर सन्न रह गई। अब्बा का दिया तोहफा है! दोनों बहनें अन्दर कोठरी में थीं। उसने जल्दी-से राख करछे में भरी और खून पर डाल दी।

इस बार खाला बी ने न अमावट, न अचार और न ही बड़ियाँ डालीं। यह सारा शौक खातून के साथ ही चला गया। खातून सादुल्ला के घर गई तो ऐसा गई कि न मोहल्लेवालों ने उसे देखा, न शहरवालों ने। मुन्नी की अम्मा ने नींबू के अचार और करौंदे का मुरब्बा डालने के लिए खाला बी को उकसाया भी मगर वह टस-से-मस न हुईं। आधा अचार और अमावट मुरब्बा तो खातून ही चुरा-चुराकर खा जाती थी। अब कौन बैठा है खानेवाला जिसके लिए वह खटराग करें?

खाला बी का मन अब इमामबाड़े को सजाने-सँवारने में पहले से भी अधिक लगने लगा था। इस उम्र में वे दिन-भर खटोला डाले धूप में बैठी किरोशिया से कुछ-न-कुछ बुनती रहती थीं। अधपक्के बालों में लाल मेंहदी की चमक आ गई थी, मगर चेहरा वैसा ही दमकता हुआ। इस समय खटोले के पायँताने बैठी हुमैरा की माँ तीनों लड़कियों की शिकायतें कर रही थीं कि उनका दिल मजहब की तरफ़ से कैसा हटता जा रहा है।

''कयामत करीब है बी!'' खाला बी ने बड़ी गम्भीरता से कहा।

''इसी दुआ-तावीज़ ने हुमैरा के बाप को मौत के मुँह से निकाला है। याद है खाला बी, क्या बदन हो गया था, जैसे कहत का मारा बैल! गोश्त तो नाम को न था बदन पर, सिर्फ़ हड्डी-चमड़ी बची थी।''

''तुम्हारा सुहाग सलामत रहे। तीनों लड़कियों पर बाप का साया बना रहे। एक के बाद एक डोली रुखसत करो, अच्छे कमासुद दामाद मिलें।'' खाला बी ने दुआएँ दीं।

''हाँ खाला बी, इसी चौखट का सहारा है।'' हुमैरा की माँ की आँखें भर आई थीं।

उधर घर में तीनों बहनें बैठी बीड़ी बना रही थीं। यकायक सायरा बोली, ''बज्जो, अगर अब्बा ठीक हो गए तो फिर मैं...''

''कैसे बोल रही हो? अब्बा तन्दुरुस्त हो गए हैं। अगले हफ्ते घर आ जाएँगे।'' फहमीदा ने बहन के शर्तिया लहजे से घबराकर कहा। बड़ी मुश्किलों से तो वह हस्पताल जाने को राजी हुए थे।

''यह तो जो मुँह में आता है बोल देती है।'' हुमैरा ने भी झिड़का। इसके बाद खामोशी छा गई।

फहमीदा के सीने में दर्द रहने लगा था, मगर उसने इस बात का ज़िक्र किसी के सामने नहीं किया। हाँ, जब कोई पूछता भी कि आँगन या नाली में राख कैसे पड़ी है, तो वह कह देती कि कुछ नहीं, दरवाज़ा खुला रह गया था। मुर्गियाँ अन्दर आ गई थीं, वही गन्दगी फैलाकर चली गईं।

लखौरी ईंटों की दीवार पर धूप फैल गई थी। छप्पर पर बैठी मैनाओं ने चोंच से लड़ते-लड़ते अब पंजे लड़ाना शुरू कर दिया था। दरवाज़े पर

खड़ी भंगन हुमैरा की अम्मा को मुबारकबाद रे रही थी। कासिम अली अस्पताल से कल शाम को घर आ गए थे। इस समय बड़े आराम से लेटे पलँग पर बीड़ी पी रहे थे। घर का कारखाना जो था।

''यह लत फिर मुँह से लग गई?''

''छूटी कब थी?''

''उठो, नहा लो। दस बजे के करीब खाला बी के घर जाना है। मन्नत पूरी करना है।''

'कितनी मन्नतें मान ली थीं? क्या मरने का यकीन हो गया था मेरे?''

''अब ऐसी बातें मत निकालो मुँह से, मरें तुम्हारे दुश्मन...उठो, बालटी में पानी भरा रखा है।''

''चाय पी लेता तो...''

''दो प्याली चाय पी चुके हो, अब बस!''

''तरस गया अस्पताल में इलायची की चाय के लिए!''

''फहमीदा, अपने अब्बा के लिए चाय बनाना ज़रा।''

''अभी लाई अम्मी!'' फहमीदा ने सीने का दर्द दबाते हुए कहा।

हुमैरा और सायरा बीड़ी के बंडल लेकर कारखाने गई हुई थीं। सुबह से फहमीदा की हालत खराब थी मगर वह अपने को सँभाले हुए थी। कहती भी किससे? अम्मा ने सबकुछ जब ख़ुदा पर ही छोड़ दिया है तो ख़ुदा तो स्वयं सारा हाल जानता है। फिर बन्दे को बीच में लाने से फायदा क्या?

अब्बा को चाय थमाकर वह जब लौटी तो सीने में कुछ उमड़ा। आँगन के बीच पहुँचते-पहुँचते वह अपने को रोक न पाई। अम्मी चौंकीं, मगर कासिम मियाँ की पुकार पर वह उनकी तरफ़ मुड़ गईं।

''यह कुर्ता तो फटा है, ज़रा सी दो...कितना बड़ा खोंचा लगा हुआ है।'' उन्होंने कुछ इस अन्दाज़ से कहा जैसे वह सात समुन्दर पार से बहुत कमाई करके लौटे हों।

''सीती हूँ,'' कहकर जब तक वह मुड़ती फहमीदा नाली में पानी डाल चुकी थी। उनकी कुछ समझ में नहीं आया। हाँ, एक शक परछाईं की तरह दिमाग से गुज़र गया।

हफ्तों गुज़र गए मगर कासिम अली साबुन के कारखाने की तरफ़ नहीं गए। सारे दिन या पलँग पर लेटे बीड़ी फूकते रहते या फिर नन्हें नवाब के मैदान में जाकर धूप में बैठे आते-जाते लोगों को देखते रहते।

''कुछ काम-धन्धा शुरू कर दो अब।'' एक दिन तंग आकर हुमैरा की माँ ने मियाँ से कहा।

"काम-धन्धा जब हो तब न!" कासिम मियाँ ने लापरवाही से जवाब दिया।

''तुम्हें रखा थोड़ी मिल जाएगा। ढूँढ़ना पड़ेगा—थोड़ी-सी मेहनत करो। बिना काम के अच्छा नहीं लगता है मर्द!'' बीवी ने समझाया।

''अभी बदन में कमजोरी बहुत है। मैं बहुत जल्दी थक जाता हूँ, काम क्या कर पाऊँगा?'' कासिम मियाँ पलँग पर लेट गए।

''लड़कियों की तरफ़ देखो। दिन-भर कोल्हू के बैल की तरह जुटी रहती हैं। फहमीदा तो सूखकर काँटा हो रही है।'' बीवी की इस बात का भी जवाब कासिम ने नहीं दिया, करवट बदलकर आँखें बन्द कर लीं। अब कितना कहें, सोचकर हुमैरा की अम्मा खामोश बैठ गईं।

फहमीदा की गिरती हालत किसी से छुपी न थी। एक दिन खाला बी ने भी उसे इमामबाड़े में बिठाकर दुआएँ फूँकीं। काला धागा कलाई में बाँधा। उनका कहना था कि फहमीदा रोज़ झुटपुटे के समय इमामबाड़े की चौखट पर आकर बैठे, मगर फहमीदा जाती ही न थी। इस बात से माँ को गुस्सा आता। उधर खाला बी कहतीं, ''उई! उससे कहो कि आए वरना कैसे ठीक होगी? बिना माँगे तो माँ भी बच्चे को दूध नहीं पिलाती है। फिर वह तो अल्लाह रसूल का दर है!''

फहमीदा को न कोई उम्मीद थी न ज़िन्दगी में कोई अरमान रह गया था। हर पल के संघर्ष ने उसे हर खुशी से बेगाना बना दिया था। दवा के नाम पर दुआ-पढ़ी शक्कर को वह अब फाँकती भी न थी, न ही दुआ-फुँका पानी पीती थी और यही उसकी खामोश जिद्द माँ की नागवारी की वजह थी कि दीन-दुनिया दोनों खराब कर ली हैं फहमीदा ने अपनी, और इन्हीं बातों का अज़ाब भुगत रही है! फहमीदा इन बातों

से बेनयाज़ हुमैरा और सायरा को देखकर कुढ़ती थी कि कहीं इन मासूमों को यह बीमारी जकड़ न ले।

फहमीदा ने इधर काम की रफ्तार तेज़ कर दी थी। उसे महसूस हो रहा था कि वह अब पिघलते-पिघलते बुझनेवाली है। जाने से पहले वह कुछ ऐसा कर जाए कि दोनों बहनों को थोड़ा आराम मिल जाए।

"अपना मुँह तो देखो आइने में फहमीदा, हल्दी हो रहा है!" एक दिन माँ ने फिक्र से कहा।

"ठीक तो हूँ अम्मी!" फहमीदा ने फीकी मुस्कुराहट से जवाब दिया और दिल-ही-दिल में कहा—इस मुँह में रखा ही क्या है जो आईना देखे? सालों गुजर गए हैं उसे आईना देखे। कंघी भी अन्दाजे से सधे हाथों से कर लेती है। और फिर चेहरे को क्या सजाना है? बनानेवाले ने ही जब इतनी कंजूसी बरती है तो फिर बन्दा उसके काम में क्या दखल दे?

"क्या बीड़ी बनाते-बनाते उम्र गुजर जाएगी?" सायरा ने पूछा।

"और हमारे बस में है क्या?" हुमैरा ने उदासी से कहा।

"बस में तो बहुत कुछ है मेरी बन्नो! बस हिम्मत की बात है। बीड़ी बनाना जब शुरू किया था तो कैसा डर लगता था कि अड़ोस-पड़ोस के लोग सुनेंगे तो क्या कहेंगे? मगर किसी ने कुछ न कहा। यह सब हमारे अन्दर का खौफ़ है जो हमें जीने नहीं देता है।" फहमीदा ने कहा।

"भला हम क्या कर सकते हैं अपिया?" सायरा ने बीड़ी पर लाल तागा लपेटते हुए बड़े ताज्जुब से पूछा।

"ज़िन्दा रही तो करके बताऊँगी वरना तुम लोग खुद समझदार हो!" इतना कहकर फहमीदा ने पत्ते की तम्बाकू सँभाली और उसे लपेटा।

"तुम तो पहेलियाँ बुझा रही हो आज अपिया!" हुमैरा हँस पड़ी। वह बीड़ी के बंडल गिनकर सूप में करीने से लगा रही थी।

"वह पहेली अभी मैं खुद बूझ रही हूँ। बिना खुद बूझे तुम लोगों को कैसे बताऊँ?" इस बार फहमीदा के चेहरे पर भी एक उदास मुस्कान फैल गई।

रात ढलने लगी थी। तीनों ने काम खत्म किया और सोने लेट गईं। फहमीदा की आँखों से नींद कोसों दूर थी। लेहाफ में दुबका उसका कमजोर बदन बुखार से तप रहा था। उसे न बदन का दर्द, न सीने का

दर्द महसूस हो रहा था। इन दिनों तो उसके कमजोर बदन को एक ही दर्द परेशान किए था कि जो कुछ उसने दोनों बहनों के लिए सोचा है वह पूरा हो जाए। इधर ज़्यादा काम करने का फल उसे मिला है। छुपाकर रखे रुपए उसने कल ही गिने थे। इस साल के खत्म होते-होते इतने रुपए जमा हो जाएँगे कि...उसका दिल बड़ी जोर से घबराया। लेहाफ हटाकर बिस्तर से उठी। पास में लेटी दोनों बहनें कुनमुनाकर जाग गईं।

"क्या बात है अपिया?" दोनों ने एक साथ पूछा।

"कुछ नहीं...कुछ नहीं," घबराहट में कहती हुई फहमीदा आँगन की तरफ़ लपकी। सायरा ने झपटकर चिराग की लौ तेज़ कर दी।

"यह क्या अपिया?" खून के थक्के देखकर हुमैरा चीखी।

"कहाँ...?" कहती हुई फहमीदा बेहोश-सी हो गई।

फहमीदा की अचानक मौत सबको एक हादसा लगी। सायरा और हुमैरा को तो जैसे सकता हो गया था। कासिम मियाँ बीच आँगन में ऐसे बैठे थे जैसे उनकी दुनिया ही उजड़ गई हो।

छोटा सा घर आने-जानेवालों से भरा हुआ था। खाला बी आज फिर अपने भीतर हिल गई थीं। आने-जानेवाली औरतें फहमीदा की तारीफें कर रही थीं। उन्हीं के बीच वह गुमसुम बैठी थीं।

"कमासुद लड़का थी घर का।"

"कैसा सँभाला कासिम मियाँ की बीमारी में घर को।"

"कभी ऊँची आवाज़ नहीं सुनी।"

"ख़ुदा जिसे प्यार करता है उसे जल्दी ही अपने पास बुला लेता है।"

"ठीक कहती हो, कैसी शरीफ लड़की थी। जीती तो घर को सँवार देती!"

फहमीदा की तारीफें सुन-सुनकर माँ पछाड़ें खा रही थी। हुमैरा और सायरा बहन के पलँग के पास गुमसुम बैठी थीं। खाला बी फहमीदा के सिरहाने बैठी सोच रही थीं कि उनसे कहाँ पर गलती हुई है जो अचानक फहमीदा भी उन्हें छोड़कर चल बसी। उसकी मौत उन्हें गुनाह का अहसास दिला रही थी। आख़िर उनका कुसूर क्या है? उन्होंने तो सबको

समेट रखा है। हर एक के दुख-दर्द बाँटने के लिए खड़ी हो जाती हैं। फिर...? फिर क्या...?

जनाजा तैयार हो गया था। धूप लखौरी ईंटों की दीवार के ऊपर से सरकने लगी थी। मर्द जनाजा उठाने का इसरार कर रहे थे। चार बज गए थे। कब्रिस्तान से लौटते-लौटते रात न हो जाए, इससे घबरा रहे थे।

फहमीदा का चेहरा एक-एक करके सबको दिखाया जा रहा था। लाख पुकारने पर भी सायरा का कहीं पता न था। इतनी देर से खामोश बैठी हुमरा एकाएक बहन का चेहरा कफन में लिपटा देख, चीख मारकर फहमीदा से लिपटने लपकी। औरतों ने उसे बीच में ही थाम लिया। उसका रोना देखकर सबकी आँखें बरस पड़ीं। लड़की की डोली उठने का समय था, ऐसा कौन पत्थर-दिल था जो उसकी विदाई के समय रो न पड़े।

उधर सायरा मालन के पास बैठी थी और बार-बार कह रही थी कि चाँदनी के फूल मत लगाना मालन, सिर्फ़ मोगरे के फूल गूँथना! फिर बेचैन होकर कहती, "जल्दी करो मालन, अपिया इन्तज़ार कर रही होंगी!"

"आख़िर उन्हें जाना कहाँ है?" शबरात का महीना और ताबूत की चादर...समझ में नहीं आ रहा है मेरे कुछ?" मालन ने एकाएक उकताकर कहा।

"बहुत दूर जाना है अपिया को मालन, तुम हाथ जल्दी चलाओ। अल्लाह कसम! बहुत देर हो रही है!" सायरा बेकरार होकर कभी उठती, कभी बैठती।

मालन बौखलाई-सी सुई में फूल पिरो रही थी और दिल-ही-दिल में सोच रही थी—आख़िर कौन-सी मुराद बन आई है जो इतनी महँगी चादर की फरमाइश फकीरों के घर से आई है?

जिस वक़्त सायरा घर पहुँची, तंग दरवाज़े से बड़ी मुश्किल से जनाज़ा बाहर आ रहा था। गहवारे को थोड़ा तिरछा करके मर्दों ने बाहर निकाला और घरों के बीच तंग रास्ते में नाली के ऊपर रख दिया, ताकि कन्धा देनेवाले गहवारे को आराम से कन्धे पर उठा सकें...कि उस भीड़ को चीरती हुई सायरा आगे बढ़ी और बड़ी बेकरारी से पुकार उठी—

"बज्जो! जल्दी बाहर आओ...मेरी मदद तो करो!"

"कहाँ थीं? कहाँ से आ रही हो? बड़ी देर से तुम्हें ढूँढ़ा जा रहा था?" जैसे प्रश्नों को चीरती हुई हुमैरा सवालिया अन्दाज़ से सायरा की तरफ़ बढ़ी जो हाथ में पकड़े पत्तों से लिपटे बड़े-से बंडल को खोल रही थी!

खाला बी के छत्तेनुमा घर में यह पहली मौत थी इसलिए हर आदमी, चाहे मर्द हो या औरत, इस मौत के हादसे से ग़मगीन था।

दोनों बहनों ने खामोशी से फूलों की चादर खोली और बहन के कफन में लिपटे बदन पर बिछा दी।

'बज्जो! अपिया को ये फूल बहुत पसन्द थे न?' सायरा की मासूम आँखें जैसे हुमैरा से कह रही थीं।

'हाँ, बहुत पसन्द थे अपिया को फूल! अपिया को तो और भी जाने क्या-क्या पसन्द था सायरा!' हुमैरा की लाल आँखों ने जैसे जवाब दिया।

"यह क्या?" खड़ी भीड़ में से एक आवाज़ उभरी।

"कफ़न नजिस न हो जाएगा?" दूसरी आवाज़ उभरी।

"यह नया दस्तूर कब से?" भिनभिनाहट सुनाई पड़ी।

पर खाला बी की खामोशी ने सबको चुप कर दिया। मोगरे के फूलों से सजा जनाजा कन्धे पर रखा गया और बड़े दरवाज़े से खाला बी के आँगन में लाया गया, फिर दालान में रखकर इमामबाड़ा खोला गया और फहमीदा के गहवारे के चारों तरफ़ खड़ी औरतों ने अलविदाई नौहा पढ़ा। खाला बी का दिल जाने कैसा खाली-खाली हो रहा था। वह इमामबाड़े की चौखट पर सिर रखे खामोश बैठी थी! न किसी को डाँट रही थीं, न पुचकार रही थीं, न रो रही थीं, न हँस रही थीं।

नौहा खत्म होने पर जब जनाज़ा रोती औरतों को छोड़कर ड्योढ़ी से बाहर सड़क की तरफ़ बढ़ा तो खाला बी ने सिर उठाया। उन्हें महसूस हुआ कि आज उनके इमामबाड़े से सचमुच का ताबूत निकल रहा है जो आज के हालात में सबसे बड़ा सच था और जिस पर खून की नकली छींटें नहीं छिड़की गई थीं, बल्कि वह पूरा-का-पूरा खून से तर था!

कच्ची दीवारें

शाम ढल रही थी। मस्जिद से उठती अजान की आवाज़ को सुनकर चची जान ने नमक मिले पानी की प्याली को आँगन में बिछी चौकी पर जाकर रख दिया। आसमान साफ था। रौशनी भी फैली थी। रोज़ा खोलने का वक़्त अभी हुआ नहीं था। आसमान पर जब तक दो-तीन तारे चची जान को नज़र नहीं आ जाते थे वह रोज़ा नहीं खोलती थीं।

मस्जिद से आकर बाकर अली ने छड़ी दीवार के कोने में लगाई। टोपी सिर से उतारकर खूँटी पर टाँगी और फिर लौटकर आँगन में बिछी चौकी पर जूते उतारकर बैठ गए। चची जान ने चाय दम की और ट्रे उठाए आँगन में आईं। चचा को देखकर बोलीं, "आप आ गए?"

"दो तारे तो मुझे नज़र आ गए, सुगरा! उधर इमली के पेड़ के ऊपर और दूसरा इस कोठे के ऊपर...।" चचा ने पोपले मुँह से कहा।

"तीसरा मैं देखती हूँ।" कहकर चची ने ट्रे चौकी पर रखकर नाक पर अटका चश्मा ठीक किया और चुँधयायी आँखों से आसमान को ताका।

"वह देखो। ठीक चाँद के पास बड़ा-सा तारा—लखौरी ईंटोंवाली हवेली के ठीक ऊपर...!" चची ने कहा।

"खड़े होने से दिखेगा।" कहकर चचा नमाज की चौकी पर खड़े हो गए।

"लो अब रोज़ा खोलो।" चची ने नमकीन गर्म पानी की प्याली चचा की तरफ़ बढ़ाई और स्वयं एक खजूर का टुकड़ा मुँह में डाला।

पत्थर गली

"दिन-ब-दिन लोग मस्जिद में कम नज़र आते हैं...जाने ज़माने को क्या हुआ है?" चचा ने दही फुलकी को मुँह में रखते हुए कहा।

"जवान ठहरे पढ़े-लिखे, उन्हें कहाँ फुर्सत है? ऑफ़िस से लौटे थके-माँदे, घर में नमाज़ पढ़ ली।" चची ने चचा की प्लेट में भीगे चने की दाल प्याज-मिर्च के साथ डालते हुए कहा।

"हाँ! ठीक कहती हो। हम ठहरे खिसकी दीवार की खसता ईंट। कब गिर पड़ें!" चचा ने कहा।

"ज़माना बदल रहा है।" चची ने चाय बनाई।

हाँ! वह आज हैं और हम गुजरे कल।" चचा ने कहा।

दरवाज़े की कुण्डी किसी ने खटखटाई। चचा अपनी जगह से उठे और दरवाज़े की तरफ बढ़ते हुए बोले, "कौन?"

दरवाज़े के पीछे कमर खड़ी थी। हाथों में पकड़े प्याले पर लचका लगा रंगीन रूमाल ढँका था।

"तस्लीम चचा मियाँ!"

"जीती रहो! आओ, अन्दर आओ!"

"तस्लीम चची जान!"

"जीती रहो बेटी! आओ, रोज़ा खोलो!" चची ने उठते हुए कहा।

"आपके लिए ज़र्दा पकाकर लाई हूँ। बहुत मज़े का पकाया था मगर चची अम्मा, जाने कैसे ऐंठ गया?" कमर ने बड़ी मासूमियत से पूछा।

"देखती हूँ!" चची जान ने लाल कपड़े को प्याले से हटाते हुए कहा।

"खाकर देखिए।" कमर ने उत्सुकता से कहा।

"स्वाद तो अच्छा है, मेवे भी डाले हैं, मगर चावल तो सचमुच ऐंठ गए हैं, शक्कर का शीरा कड़ा कर दिया बेटी!" चची ने चखते हुए कहा।

"मुझे भी तो चखाओ, सुगरा!" चचा ने अपने पोपले मुँह को चलाते हुए कहा।

"आपको नुकसान करेगा। चावल खड़े हैं। आप ठहरे पेट के मरीज़!" चची ने प्याला खाली करते हुए कहा।

"थोड़ा दे दो न चची अम्मा! मैंने इतनी मेहनत से पकाया है। यह देखें, दो जगह जल भी गई हूँ!" कमर ने अपनी गोरी कलाई चची को दिखाई, जिस पर दो गुलाबी छाले उभरे हुए थे।

"गर्म दूध में डालकर दूँगी, तुम फिक्र न करो। अम्मा को हमारी दुआ कहना और अब्बा से कहना, कभी-कभी आ जाया करें।" चची ने कहा और प्याला धोकर कमर के हवाले किया।

कमर ने प्याला हाथों में पकड़ा और तस्लीम करके दरवाज़े से बाहर निकल गई। चचा ने दरवाज़े पर कुंडी लगाई और आकर चौकी के पास बिछी पलँग पर लेट गए।

"सुगरा! ज़रा पान का पत्ता देना।" चचा ने कहा।

"लीजिए।" थोड़ी देर बाद चची ने कहा।

"कल मकान के टैक्स के लिए जाना पड़ेगा। तुम सारे काग़ज़ ठीक कर देना।" चचा ने बिना छालियों के पान का बीड़ा मुँह में डाला।

"इतनी गर्मी में कहाँ जाओगे? पच्चीसवाँ रोज़ा है। चार दिन बाद जाना!" चची ने चौकी की चीज़ें समेटते हुए कहा।

"कानून जाड़ा-गर्मी नहीं देखता, वक़्त और महल देखता है। न गया तो मुफ्त की सुबकी हाथ लगेगी।"

"जैसी तुम्हारी मर्ज़ी!" चची ने कहा और नमाज़ पढ़ने के लिए वजू करने लगीं।

"मियाँ, खाने-पीने का ध्यान रखा करो इस उम्र में। अब वह बाकर अली पहलवान नहीं रह गए हो जो आधा किलो चना चबाकर मुग़दर चलाता था! बाज़ुओं की तनी मछलियों की जगह मुर्दा खाल झूल रही है!" हकीम नन्हे ने हँसते हुए कहा।

"हकीम साहब, मैंने कोई बदपरहेज़ी नहीं की थी। बस, दो चम्मच ज़र्दा दूध के साथ खाया था।" चचा ने अफसुरदा होकर कहा।

"उसी ने कयामत ढहाई है बाकर मियाँ! ऐंठे चावल, वह भी इस उम्र में! ऊपर से 27 रोज़े!" हकीम नन्हे ने नुस्खा लिखते हुए कहा।

"सुनते भी तो नहीं हैं यह मेरी, हकीम साहब!" चची ने नकाब मुँह पर डालते हुए कहा।

"अब भाभी, आपसे क्या कहूँ? बचपन का दोस्त है। हमेशा से घमंडी रहा है। कैसे हार कबूल कर सकता है। मगर कुदरत के आगे किसी की नहीं चलती है। एक दिन सबको बूढ़ा होना है।" हकीम नन्हे ने पुड़िया बाँधते हुए कहा।

"सारी ताकतवर, जवान बने रहने की खुराकें तुम पी जाते हो, मरीज़ को खाली मैदे की पुड़िया थमा देते हो! ऊपर से मरीज़ों का मज़ाक भी उड़ाते हो हकीम साहब! यह तुम्हारी ज्यादती है!" पुड़िया का पैकेट थैले में डालते हुए चचा खड़े हो गए।

"हकीम साहब, आपकी दवाओं से इन्हें हमेशा शफ़ा मिली है।... आदाब अर्ज़ है।"

"आदाब भाभी!"

"ख़ुदा हाफिज़ हकीम साहब!"

"ख़ुदा हाफिज़!"

हकीम नन्हे के मातब से निकलकर दोनों सड़क के किनारे खड़े हो गए थे। रिक्शे का दूर-दूर तक पता न था। कुछ सोचकर दोनों बिस्कुटवाली गली में मुड़ गए। झुटपुटे का समय था। ग्राहकों की तादाद बढ़ रही थी। आगे होटलों के सामने फकीरों का मजमा लगा हुआ था। चचा-चची धीरे-धीरे क़दम उठाते आगे बढ़ रहे थे। घर के सामनेवाली मस्जिद के दरवाज़े पर बड़े-बड़े खान लेकर जवान दाख़िल हो रहे थे।

"देखो सुगरा, सामने कैसी भीड़ है। सबको मालूम है न कि आज ताहिर मियाँ के यहाँ अफतारी आएगी। तो एक से बढ़कर एक रोज़दार पहुँच रहा है शीरमाल, कबाब और हलवा लेने।" चचा ने चची से कहा।

"वह तो है, आज मजहब की किसे परवाह है? सबको पेट की आग बुझानी रहती है।" चची ने गली में पड़े गोबर से बुर्का बचाने के लिए उसे ऊपर उठाया।

घर के पास पहुँचकर बाकर अली ने थोड़ा झिझकते हुए कहा, "सुगरा, तुम चलो। मैं नमाज़ पढ़कर आता हूँ।"

"अच्छा!" कहकर चची चढ़ाई चढ़ने लगी। सामने ऊँचाई पर उनका कच्चा खपरैल का मकान नज़र आ रहा था।

कच्ची दीवारें

"टैक्स कम नहीं होगा...बहुत दौड़ा, मगर नाकामी ही हाथ लगी।" बाकर अली निढाल-से पलँग पर बैठ गए।

"मुजफ्फर मियाँ के पास गए थे?" चची ने कटोरे में सुराही का पानी उँड़ेलते हुए कहा।

"गया था...सुगरा बेगम...तुम्हारे रिश्तेदारों के दोस्तों के पास गया था, मगर...!" चचा ने रूमाल से मुँह पोंछते हुए कहा।

"लो, पानी पी लो! कलेजा ठंडा हो जाए, तब बात करना! कैसी कड़ी धूप है। लू ऊपर से औसान ख़ता कर रही है।" चची जान ने कटोरा चचा के हाथ में थमाते हुए कहा और स्वयं कोठरी के अन्दर कुछ लेने चली गईं।

चचा ने एक साँस में ही कटोरा खाली कर दिया। सिरहाने से पंखा उठाया और झलने लगे। दिमाग उनका भन्ना रहा था। इस कच्चे मकान का एक हज़ार सालाना टैक्स! इतनी तो आमदनी भी नहीं है। महीने में चार कोठरियों का डेढ़ सौ रुपया मिलता है। पेंशन का 500 रुपया। इस महँगाई में साढ़े छह सौ होता क्या है? खाना-पीना, दवा-दारू, टूट-फूट की मरम्मत। कैसा दाँत से पकड़-पकड़कर पैसा खर्च करते हैं, फिर भी पूरा नहीं पड़ता है मगर...?

"यह लो, इमरती!" कहकर चची ने हाथ में पकड़ी तश्तरी आगे बढ़ाई।

"कहाँ से आई?" चचा ने पसीने से डूबी आँखें मिचमिचाईं।

"आम खाने से मतलब है या गुठलियाँ गिनने से...?" चची ने पानदान खोलते हुए कहा।

"फिर भी?" चचा ने इमरती के टुकड़ों को मुँह में घुलाते हुए कहा।

"सबीहा के यहाँ लड़का हुआ है, उसी की खुशी की मिठाई आई थी।" चची ने पान के टुकड़े पर कत्था-चूना लगाते हुए कहा।

"अच्छा!" चचा ने कहा और पोपले मुँह में इमरती के टुकड़ों को टॉफी की तरह चूसते रहे।

"पास में पैसे होते तो तुम्हारी दाँत लग जाते!" चची ने बड़ी धीमी आवाज़ से कहा।

चचा कुछ बोले नहीं। इस वक़्त वह सातवें आसमान की सैर कर

रहे थे। चची जान ने कटोरे में पानी भरा और चचा के पलँग के पायँताने, अदवाईन में फँसाकर रख दिया। अपने पलँग पर बैठते हुए चची ने पंखा उठाया और झलने लगीं।

दुलदुल[1] को दूध-जलेबी खिलाकर चचा मियाँ घर लौटे। थाल चची जान को थमाकर वह फिर जाते हुए दस्ते में शामिल हो गए। आज सातवीं मोहर्रम थी। कल्लन मियाँ का दस्ता नौहा पढ़ता गुजर गया। उसके बाद ताहिर मियाँ के घर का अलम था। मातम करते चचा भीड़ में शामिल हो गए। हरे, काले, कुर्ते पहने बुजुर्ग धीरे-धीरे चलते मातम कर रहे थे।

उनके पीछे जंजीर का मातम हो रहा था। खून से पीठ भीग रही थी, मगर हाथ बराबर जंजीर की चोटें पीठ पर कर रहे थे। भीड़ में चचा को इब्ने मियाँ मिल गए। थोड़ी देर बाद इब्ने मियाँ धीरे-से बोले, "सब खैरियत है?"

"हाँ, मियाँ! ख़ुदा का शुक्र है। तुम कहो, दूकान ठीक चल रही है?" मातम करते हुए चचा ने पूछा।

"आपकी दुआ है सब चचा!" इब्ने मियाँ ने दाँत निकालते हुए कहा।

काफी देर तक दोनों चुप रहे। लाउडस्पीकर पर सुलेमान मियाँ की पाटदार आवाज़ फिज़ा में गूँज रही थी। उनके घर से दो अलम निकलते थे। चचा ने आगे बढ़कर अलम के पटके से नीचे लटकती चादर को चूमा, आँखों से लगाया और सड़क के किनारे दस्ते से दूर जाकर खड़े हो गए। उनसे आगे चला नहीं जा रहा था। इब्ने मियाँ भी फुदकते हुए उनके समीप आकर खड़े हो गए।

एक के बाद एक दस्ते सड़क से गुजरते चले गए। सड़क खाली हो गई। थोड़ी देर बाद ही रुकी ट्रैफिक का शोर गूँजने लगा। इब्ने ने चचा के थके चेहरे को देखकर कहा, "चचा, आप इजाज़त दें तो पास की दूकान पर बैठकर चाय पीते हैं।"

---

1. हज़रत हुसैन के घोड़े को कहते हैं। उसका दूसरा नाम जुलजना है। बिना हुसैन के, खाली घोड़ा खून से नहाया कर्बला के मैदान से आता है। हज़रत हुसैन का परिवार उसे देखकर पछाड़ें खाता है।

"चलो!" थके लहजे से चचा ने कहा।

दोनों सामनेवाली चाय की दूकान पर जाकर बैठ गए। भीड़ बहुत नहीं थी। इब्ने ने छोकरे को पुकारा, "मियाँ लड़के! दो गर्म चाय, केक और नानखताई। जल्दी लाना।"

चाय और नाश्ता मेज़ पर सज गया। जब चचा ने दो नानखताई खा ली, आधी प्याली चाय पी ली तो इब्ने ने हिम्मत बटोरकर पूछा, "चचा! मकान का क्या हाल है, टैक्स वगैरह जमा हो गया है?"

"कहाँ मियाँ! नोटिस आई पड़ी है। मैं हज़ार रुपया इस कच्चे बोसीदा मकान का दूँ? भला है यह इन्साफ तुम्हारी नज़रों में?" चचा ने गुस्से में भरकर कहा।

"इन्साफ-नाइन्साफी की बात छोड़ें चचा! अब यह देखें कि यह मुश्किल कैसे हल की जा सकती है?" इब्ने ने केक चचा की ओर बढ़ाया।

"मगर मियाँ इब्ने! तुम्हें मेरी मुश्किलातों से क्या दिलचस्पी?" चचा ने चाय का घूँट भरा।

"आपको परेशान नहीं देखा जाता चचा! अब्बा ज़िन्दा होते तो आपके सिन के होते।" इब्ने ने भारी आवाज़ से कहा।

"मेरे सिन के होते! इससे तुम्हारी दिलचस्पी क्योंकर हुई? तुम तो बिना मतलब आज तक किसी से बोलते भी नहीं हो, फिर यह चाय, केक और..."

"चचा! मैं आपका मकान खरीदना चाहता हूँ।" इब्ने ने कहा।

"मगर मियाँ, मैं घर बेच कहाँ रहा हूँ?" चचा ने केक खाते हुए कहा।

"मैं जो तरकीब बताता हूँ उससे आपका बैंक बैलेंस भी हो जाएगा और टैक्स के झंझट से भी छुटकारा मिल जाएगा।" इब्ने ने पहलू बदलते हुए बेचैनी से समझाया।

"घर बेचकर सड़क पर रहने लगें या फिर किराए में वह सारा रुपया बहा दें?" चचा की धुँधली आँखों में चमक पैदा हुई।

मियाँ इब्ने इस हमले के लिए तैयार न थे। क्या कहते? बगलें झाँकने लगे। चचा खामोशी से चाय के घूँट भर रहे थे। थोड़ी देर बाद

इब्ने ने कहा, "चचा, जब मैं मकान खरीदूँगा तो आपके लिए जगह तंग थोड़ी करूँगा? आप वहीं पर रहिएगा...! दो लोग ठहरे, कितनी जगह चाहिए?"

चाय समाप्त हो चुकी थी। चचा खामोश थे। इब्ने ने चाय और केक का बिल अदा किया और उठ गया। दोनों बाहर निकले। पान की दूकान पर जाकर दोनों ने पान खाया। फिर इब्ने ने रिक्शा किया। रास्ते में चचा से कहा–

"चचा, जल्दी नहीं है, आप सुगरा चची से भी मशविरा कर लें।"

"मशविरा क्या करना है मियाँ? सुगरा मकान नहीं बेचेगी। हमारे बाल-बच्चे तो हैं नहीं। घर की छत है। वह भी तुम चाहते हो, हमसे छिन जाए!"

"नहीं चचा, कैसी बात कर रहे हैं!" इब्ने ने चतुराई से पैंतरा बदला।

"रूखी-सूखी हम खा रहे हैं। ज़िन्दगी की कश्ती खे रहे हैं। रहा टैक्स का सवाल....औरतें कुछ-न-कुछ गाढ़कर रखती हैं बुरे वक़्त के लिए...सुगरा ने कुछ-न-कुछ रखा होगा। तुम फिक्र मत करो मियाँ इब्ने!" चचा ने बड़े सुकून से कहा। घर आ गया था। रिक्शा रुक गया।

"आपको घर तक छोड़ आऊँ चचा!" खिसियाये-सें मियाँ इब्ने ने पूछा।

"नहीं मियाँ, कहाँ तकलीफ करोगे? तुम्हारी चची भी इस समय घर पर नहीं होंगी। वह तो ज्यारतों की दीवानी हैं।"

"अच्छा चचा! आदाब अर्ज़ है।"

"जीते रहो।" चचा ने कहा और छड़ी टेकते हुए आगे चढ़ाई पर चढ़ने लगे।

"चचा सोचिएगा इतमिनान से, ऐसी जल्दी नहीं है मुझे!" इब्ने ने कहा। रिक्शा आगे बढ़ गया। पता नहीं, चचा ने सुना भी था या नहीं।

इब्ने के दिमाग में बड़ी स्कीम थी। चचा का मकान कच्चा ज़रूर था मगर जगह के एतबार से बहुत बढ़िया था। फैलाव भी काफी है। मकान गिरवाकर बड़ा शानदार मकान बन सकता है। दूकानें बड़ी-बड़ी

रकमों पर किराए पर उठाई जा सकती हैं। चचा का क्या है। क़ब्र में पैर लटकाए बैठे हैं। आज मरे तो कल दूसरा दिन। काला कव्वा तो खाकर आए नहीं हैं जो कयामत तक जिएँगे!

मियाँ इब्ने इसी ख्वाब में डूबे चले जा रहे थे। पान तेज़ी से चबा रहे थे।

"कहाँ जाना है बाबूजी?" रिक्शेवाले की आवाज़ से वह चौंके। इधर-उधर देखा। फिर हड़बड़ाकर बोले, "तुम तो यार, स्टेशन आ गए! मुझे रानी मंडी जाना है। रिक्शा मोड़ो।"

"आपसे पूछा रहा बाबूजी!"

"ठीक है, चलो!"

रिक्शे की रफ्तार के हिसाब से इब्ने मियाँ का दिमाग फर्राटे भरता चचा मियाँ के घर के बारे में सोच रहा था!

रात को खाने के बाद चचा-चची लिहाफ में दुबक गए। दिसम्बर का महीना, कड़कड़ाता जाड़ा और बुढ़ापे की हड्डी। जब बदन की कँपकँपी कुछ कम हुई और हाथ-पैर गर्म होने शुरू हो गए तो चचा ने ज़बान खोली—

"सो गईं क्या सुगरा?"

"नहीं! जाग रही हूँ।"

"मकान के लिए जाड़े का मौसम बेहतरीन होता है।"

"वह कैसे?"

"न आँधी न तूफान! न छप्पर टपके न छप्पर उड़े!"

"हाँ, मगर खुद का बदन तो ऐंठा जाता है।"

"टैक्स जमा हो गया। दिल को तस्कीन हो गई।"

"मगर कब तक के लिए?"

"अभी आठ महीने पड़े हैं...!"

"अभी से रुपए का जुगाड़ करना चाहिए वरना..."

"तुमसे एक बात मैंने छुपाई है सुगरा!"

"मुझसे बात छुपाई? वह कौन-सी ऐसी बात है जो मुझसे छुपाई जा सकती है?"

"मियाँ इब्ने हैं न?"

"वह कम्बख़्त मुरदार! जिसने अपनी बेवा खाला की सारी जायदाद धोखे से अपने नाम करवा ली है? वही नासपीटा न?"

"हाँ वही! मुझसे मकान बेचने की बात कर रहा था..."

"क्या? उसकी इतनी जुर्रत?" चची बेचैन-सी उठकर बिस्तर पर बैठ गईं।

"मैंने इसीलिए नहीं बताया था कि तुम नाहक परेशान होगी।"

"मगर उसके दाँत मेरे मकान पर क्यों लगे हैं? मैं उस मुरदार की न फूफी न खाला?"

"ज़िद्द बाँधे हुए था कि चचा मकान बेच दो, टैक्स के दुख से भी आज़ाद हो जाओगे और बैंक के रुपए से ज़िन्दगी-भर आराम से खाओगे...रहने के लिए मैं कोठरी दे दूँगा।"

"ख़ुदा की मार तुम्हारी अक्ल पर! चुपचाप सुनकर चले आए। मैं होती तो जूतियों से गंजा कर देती!"

"ऐसों के मुँह लगना ज़्यादा खतरनाक होता है।"

"तुम तो ठहरे हमेशा के डरपोक! मकान हमारा। वह कौन है हमें राय देनेवाला?"

"जो बात उसने कही मैंने तुम्हें बता दी। कोई उसकी बात मान थोड़ी ली है। तुम तो नाहक गुस्सा कर रही हो। यह तो दुनिया है। वह जानता है, हमारी कोई औलाद नहीं है।"

"औलाद नहीं है न सही, मगर उसे तो गोद नहीं लिया?"

"कोई अच्छी बात करो। यूँ फजूल बातों से अपना दिल मत जलाओ सुगरा!"

"यही तो बुढ़ापे का सहारा है। यही मेरा बेटा, यही मेरी बेटी, यही मेरा पालनहारा है!"

"लो अब तुम रोने लगीं। दो महीने पहले उसने मुझसे कहा था तो मैंने मुँह तोड़ जवाब दे दिया। फिर तो आया नहीं। दोबारा आता तो परेशानी की बात होती।"

कमरे में खामोशी छाई रही। सिर्फ़ चची के रोने की आवाज़ लालटेन की पीली मलगिजी रोशनी को धुँधला रही थी।

कच्ची दीवारें

''चची, आपके सिले बटुओं का कोई जवाब नहीं है!''

''कपड़ा फट जाता है मगर डोरी उसी तरह काम करती रहती है!''

बटुओं के ढेर में से बटुए चुनती हुई औरतें चची की तारीफ कर रही थीं और चची सिर झुकाए, चश्मा चढ़ाए सधे हाथों से बटुए सिल रही थीं। आजकल पुराना डली तम्बाकू रखने का बटुआ पैसे रखने और दूसरे काम में फैशनेबल औरतें इस्तेमाल करती हैं। दो रुपये के हिसाब से चची महीने में डेढ़-दो सौ कमा लेती थीं। उनको दिल का सुकून हासिल हो गया था कि यह पैसा मकान के टैक्स और मरम्मत के लिए जमा हो रहा है।

''चची, यह कपड़ा लाई हूँ। लाल मखमल। और हरे किनारे के लिए यह साटन, साइज में मुझे इतना बड़ा बटुआ चाहिए। लड़की दिल्ली जा रही है। आठ-दस इकट्ठा साथ कर रही हूँ।''

''चची, मुझे तो मोहर्रम के लिए चाहिए...यह घर में सिले कपड़ों की कतरनें हैं। इन्हीं से छोटा, बड़ा, जिस नाप का बन सके बना दें। यह रहा डोरी का तागा।''

''अलग-अलग अपनी पोटली बाँधकर रख दो।''

ढलती हुई धूप खपरैल से उतरकर आँगन से होती हुई पिछवाड़े की दीवार की ओर बढ़ने लगी थी। धूप के इस कोण का मतलब था कि दिन के दो बजनेवाले हैं। खँखारते हुए चचा आँगन में दाख़िल हुए।

''सुगरा! भूख-प्यास सब मर गई है तुम्हारी। दोपहर के दो बज रहे हैं। अब सुई-तागा रखो। कुछ मुझे दो, कुछ तुम खाओ।''

"आप तो हमेशा हवा के घोड़े पर सवार आते हैं।"

''पेट में घोड़े नहीं, चूहे दौड़ रहे हैं।''

''मुँह-हाथ धोइए। मैं खाना निकालती हूँ!''

''यह क्या?''

''क्यों?''

''कब पकाया यह सब?''

''मैंने तो सिर्फ़ दाल-रोटी पकाई थी, मगर फिरोज़ बेगम बटुआ लेने आई थीं। साथ में यह कबाब भी लेती आईं। नज़मा बी हलवा।''

''बड़ी अच्छी रहमदिल खातून हैं।''

"हाँ।"

मुँह चलाने की आवाज़ आँगन के सन्नाटे में उभरने लगी।

मियाँ इब्ने अपनी अत्तारी की दूकान पर बैठे सामने सड़क को ताक रहे थे। मुँह में पान ठुँसा था, कानों में इत्र से डूबी रुई, आँखों में सुरमा और बालों में चमेली का तेल छुपा हुआ था। सोचने के दरमियान उनका दाहिना हाथ बार-बार कान में खुसी रुई को निकालकर नाक तक ले जाता था। गहरी साँस लेकर खुशबू सूँघते और फिर मुँह तेज़ी से चलाते।

सुबह के ग्यारह बज रहे थे। दूकानें धीरे-धीरे खुल रही थीं। ग्राहक तो दूकानों पर दोपहर को ही जुटते हैं। भूला-भटका कोई आफत का मारा हुआ, तो वही सुबह-सुबह तेल, इत्र लेने पहुँच जाता है वरना...

मियाँ इब्ने चौंके। सामने से उन्हें चचा जाते हुए दिखे। लपककर सड़क पार की और कोतवाली के सामने से जाते हुए चचा का कन्धा जाकर दबोचा।

"चचा मियाँ! आदाब अर्ज़ है।"

"कौन है? ओ तुम हो मियाँ इब्ने, जीते रहो।"

"चचा, यूँ चुपचाप हमारी दूकान के सामने से गुज़र जाते हैं और झूठो पूछते भी नहीं कि इब्ने तेरा क्या हाल है मेरे बेटे?"

"अरे, मुझे जल्दी जाना है, वरना कभी ऐसा हुआ है!"

"चलिए चचा, दूकान से चची के लिए कुछ तेल वगैरह लेते जाएँ। गर्मी में चमेली का तेल और खस और हिना के इत्र का जवाब नहीं।"

"अभी तो मुझे बख्शो मियाँ! जेब में धेला नहीं है। दस का नोट पड़ा था। घर से रुई लेने निकला था। उसे धुनके को देकर आ रहा हूँ।"

"कैसी ग़ैरियत बरत रहे हैं चचा! आपसे इन चीज़ों का पैसा कौन कम्बख्त लेता? आइए!"

"नहीं मियाँ इब्ने, चलने दो अब। वरना तुम्हारी चची नाराज़ होंगी। तकिया उन्हें बनानी हैं। ढेरों काम करने हैं।

"आपको हमारी जान की कसम चचा! अगर इनकार किया तो हमारा मरा मुँह देखें!"

"बस! बस! चलता हूँ। बेकार की कसमें देते हो।"

कच्ची दीवारें

सड़क पार कर दोनों दूसरी पटरी पर आए। चायवाले को पुकारकर इब्ने ने दो चाय और फुल्की का ऑर्डर दिया और दूकान की तरफ़ बढ़े।

"मिया इब्ने, सुबह-सुबह दूकान खुली छोड़कर कहाँ चले गए थे? दो साहब लौटे हैं।" पास के दूकानदार ने फूलदार खटपट्टियों को सजाते हुए कहा।

"चचा दिख गए थे।" इब्ने ने दूकान में घुसते हुए कहा।

"कह तो जाते हमसे, हम कोई ग़ैर नहीं, कम-से-कम ग्राहकों को बताकर रोक तो लेते।"

"रहेल है?" टोपी लगाए उन्नीस-बीस वर्ष का लड़का पूछ रहा था।

"हाँ! कितनी बड़ी चाहिए?"

"बड़े कुरान मज़ीद के लिए चाहिए।"

"यह लो।" पासवाले दूकानदार ने खटपट्टी हाथ से रखकर ऊपर अलमारी में रखी रहलें निकालीं।

इब्ने दूकान में घुसे। चचा को बेंच पर बिठाकर उनकी रुई की गठरी को स्टूल पर रख दिया। फिर दीवार से लटकी कुप्पी में चमेली का तेल डालने लगे। सुतली उसकी गर्दन में लपेटी और दो शीशी खस और हिना की निकालीं और काउंटर पर एक किनारे रख दिया। चाय आ गई थी।

"पीजिए चचा! यहाँ की फुल्की मशहूर है।"

"यह क्या तकल्लुफ किया है तुमने?"

"तकल्लुफ कहाँ? मामूली चाय-पानी है।"

"तुम भी तो खाओ।"

"चचा, मकान के बारे में कुछ सोचा?"

"हाँ!"

"क्या चचा?"

"यही कि हर साल बक़ायदा टैक्स वक़्त पर जमा करूँगा।"

"और कुछ?"

"मरम्मत वगैरह का ध्यान रखूँगा।"

"मेरी बात पर ध्यान नहीं दिया चचा आपने, ऐश में रहेंगे, ऐश में!"

"अच्छा, अब मैं चलता हूँ। बहुत देरी हो रही है।"

"यह तो लेते जाइए। मैंने चची के लिए तोफा बाँधा है।"

"मियाँ इब्ने, शर्मिन्दा न करो। तुम्हारी चची कहाँ इत्र लगाती हैं?"

"चचा इनकार किया तो मेरे जवान जनाज़े को कन्धा दिया!"

"लाओ दो! सुबह से मौत और जनाज़े की रट लगा रखी है।"

"लीजिए।"

"फिर गुजरें इधर से चचा, दूकान आना न भूलिएगा।"

"हाँ मियाँ, अगर रास्ता न बदला तो ज़रूर आऊँगा।"

"आदाब कहिएगा हमारा चची से।"

"ज़रूर।"

"आदाब अर्ज़!"

"जीते रहो, ख़ुदा हाफिज़!"

रास्ते-भर चचा उस तेल और इत्र का लिफाफा उठाए सोच रहे थे कि सुगरा को देने का तो सवाल ही नहीं पैदा होता, मगर इसे मैं छुपाऊँगा कहाँ?

चचा को डबल नमोनिया हो गया था। पतला बदन, बुढ़ापे की हड्डी। चची के औसान ख़ता हो गए थे। हकीम नन्हे दवा-पर-दवा लिखे जा रहे थे। जमा पैसा टीन के सन्दूक से निकलकर नन्हे हकीम की जेब में जा रहा था और तबीयत थी कि सँभलने के बजाय बिगड़ती ही जा रही थी।

इस बीच मियाँ इब्ने कई चक्कर लगा गए, मगर चची ने उनका झूठो भी अहसान लेना मुनासिब न समझा।

इब्ने का चेहरा देखते ही उन्हें कुछ होने लगता था। उन्हें महसूस होता था जैसे इसकी भूरी आँखें उनके मकान की कच्ची दीवार में पैबस्त हो रही हैं। उन पर जाल फेंक रही हैं और एक दिन वह इस मकान पर कब्जा कर लेगा। यह कब्जा उनके जीते-जी नामुमकिन है। उनकी साँसें तो इस घर में ताने-बाने की तरह बिखरी हैं। कच्ची दीवारों की नींव में उनका दिल गढ़ा है। जिसने उस पर हाथ रखा, उसने उनके दिल को मसला। यह हादसा उनकी मौत और ज़िन्दगी का सवाल बन

जाएगा। वह किसी भी कीमत पर इब्ने को उसकी हद लाँघने नहीं देंगी!...

उधर इब्ने ऐड़ी-चोटी का जोर लगाए हुए थे। हर उस स्थान पर हाथ रखते थे जो चचा-चची की दुखती रग होती। दोनों मियाँ-बीवी दर्द से तिलमिला जाते। चचा सब कुछ जानते-समझते थे, मगर शान्त बने रहते थे। उन्हें पता था कि कई नज़रें उनकी कच्ची दीवारों के इस घर पर हैं। मगर चची बेचैन हो उठती थीं।

इब्ने और चची दोनों एक-दूसरे को खूब समझते थे। मगर इनसान की मजबूरी समझदारी को परे ढकेल देती है। यही हाल चची का हुआ। जब चचा का बुखार 105 डिग्री हो गया और वह औल-फौल बकने लगे, सीने से खरखर की डरावनी आवाज़ आने लगी तो मजबूरन चची को इब्ने का सहारा लेना पड़ा। मियाँ को इस हालत में छोड़ना भी तो कहाँ की अक्लमन्दी है। वह अकेली जान करती भी क्या? कोई-न-कोई तो दौड़ने-भागनेवाला उन्हें चाहिए था।

डॉक्टर ने आकर कई इंजेक्शन लगाए। दवाएँ दीं। इब्ने फलों व दवाओं का ढेर लगाकर चले गए। रोज़ सुबह डॉक्टर के साथ दस बजे आते। हाल-चाल पूछकर, सौदा पहुँचाकर दूकान चले जाते थे। चचा की हालत में सुधार हो रहा था, चची के चेहरे पर इतमिनान फैल रहा था, और इब्ने मियाँ के पैर बड़े आराम से इस घर में फैल रहे थे। खुली ज़बान से मोहल्लेवाले इब्ने की तारीफ कर रहे थे। चची भी उसके रवैये से मुतासिर नज़र आ रही थीं। उन्हें इब्ने से सख्त नफ़रत थी, मगर उस नफरतज़दा इनसान ने उनके सोहाग की देख-रेख की थी। नफ़रत और अहसानमन्दी की भावनाओं के बीच दबी चची सदा परेशान रहती थीं।

आज दो मास हो गए थे चचा की बीमारी को। ठीक तो हो गए थे मगर बदन की कमजोरी बाकी थी। रोज़ इब्ने गोड़ी ले आते थे। चची उसकी यख्नी बनाकर चचा को दे रही थीं। यख्नी ने चचा के चेहरे पर एक नया नूर ला दिया था। चची को कभी लगता, उनके चेहरे से काफी हद तक, शिकनें कम हो गई हैं। जब मियाँ का खिला मुँह देखतीं तो इब्ने से नफ़रत का अहसास कुछ कम हो जाता था।

पत्थर गली

दरवाज़े की कुंडी किसी ने ज़ोर से बजाई।

"इलाही खैर!" चची ने कहा और हाथ की सिलाई दरी पर रखकर दरवाज़ा खोलने लपकीं, "कौन है?"

"डाकिया।"

ख़त लेकर वह लौटीं। चचा ने देखा और धीमे-से कहा, "टैक्स का पर्चा है।"

"उई अल्लाह, मैं तो मर गई! कहाँ से अदा होगा? तारीख कब की है?"

"एक माह बाद की है।"

"यह भी मुई क्या सरकार हुई? खाने-पीने को तरसो ज़िन्दगी-भर। कुछ जमा करके सिर छुपाने के लिए छप्पर डालो तो उसका टैक्स दो...अरे जायदाद हमारी, तुम कौन होते हो भाई हमसे पैसा वसूलनेवाले? अपने मुल्क में मकान बनवाया है, किसी ग़ैर की ज़मीन पर कब्जा नहीं किया है।"

"बस-बस सुगरा! इस बड़बड़ाने से मुश्किल हल नहीं होगी। कुछ सोचना पड़ेगा।"

"सोच-सोचकर सेहत अलग खराब कर लो।"

"कुछ खाने को दोगी?"

"लाती हूँ।"

"जब से बीमारी से उठा हूँ, भूख खूब लगती है।"

दरवाज़े की कुंडी फिर बज उठी।

"कौन?"

"इब्ने!"

"चले आओ मियाँ! दरवाज़ा उड़का है।"

"आदाब अर्ज़ है चची। आदाब अर्ज़ है चचा! दुश्मनों की तबीयत कैसी है?"

"भला-चंगा हूँ। कुश्ती लड़ लो चाहे!"

"यह क्या कोई नोटिस है?"

"हाँ, टैक्स की नोटिस आई है।"

"अच्छा!"

कच्ची दीवारें

"चची, बाज़ार से कुछ मँगाना है? मैं यह थोड़ा फल-सब्जी और गोश्त ले आया था।"

"बड़ी ज़हमत उठाते हो इब्ने मियाँ!"

"कैसी बात करती हैं चची आप? यह मेरा फर्ज़ है।"

"दवा खत्म हो गई है।" चची ने धीरे-से कहा। ऐसी बातें जब भी वह इब्ने से करतीं तो दिल-ही-दिल में शर्मिन्दा-सी हो जाती थीं।

"कल सुबह दवा लेकर हाजिर हूँगा। अब इजाज़त दें। आदाब!"

"जीते रहो!" चची ने बड़े प्यार से कहा।

"ख़ुदा हाफिज़ मियाँ!" चचा ने लेटे-लेटे कहा।

इब्ने के जाने के बाद खिली धूप में फल का जूस पीकर चचा सो गए। चची सामान रखने-उठाने में व्यस्त हो गईं।

बारिश थी कि रुकने का नाम ही नहीं ले रही थी। दुआ लिखकर, पतीली पर टाँगकर चचा ने बीच आँगन में टुटके की तरह रख दिया था। मगर लग रहा था जैसे आसमान में छेद हो गया हो और पूरी ज़मीन पानी में डूब जाएगी।

रात को धड़ाम की तेज़ आवाज़ सुनकर चचा-चची उठ बैठे। चारों तरफ़ घुप् अँधेरा था। हाथ-को-हाथ नहीं सुझाई दे रहा था। चची ने ताक से माचिस उठाई। बुझी लालटेन को दोबारा जलाया। बत्ती तेज़ की। चचा ने लालटेन उठाकर आँखें मिचमिचायीं। दोनों को कुछ समझ में नहीं आ रहा था कि सामनेवाली मस्जिद उन्हें घर के दालान से कैसे नज़र आ रही है? मीनार पर जलता लैम्प फीकी रोशनी सफेद गुम्बद पर फेंक रहा था।

नींद का खुमार जब पूरी तरह से दिल-दिमाग से गायब हुआ और आँखें मलीं तो दिल पर जैसे किसी ने घूँसा मारा। मकान की सामनेवाली कच्ची दीवार पाखाने सहित ज़मीन पर ढेर थी। आँगन से सड़क और मस्जिद साफ नज़र आ रही थी। बिजली के तारों से टपकता पानी, उबलती नालियाँ, चमकती सड़क, छोटी-से-छोटी चीज़ उन्हें बड़ी बारीकी से नज़र आने लगी थी।

पत्थर गली

चचा-चची को जैसे साँप सूँघ गया था। ग़म और फिक्र ने उनकी बोलती बन्द कर दी थी। दोनों अपनी-अपनी पलँग पर बैठे टुकुर-टुकुर सामने देख रहे थे।

सुबह कयामत बनकर चचा-चची पर टूटी। लग रहा था जैसे वह फुटपाथ पर बैठे हों। बारिश थी कि रुकने का नाम नहीं ले रही थी। उससे सिर्फ़ इतना फायदा था कि सड़क पर जो इक्का-दुक्का लोग बरसाती या छतरी से मुँह, बदन छुपाए आते-जाते नज़र आ रहे थे, उनका ध्यान चचा के मुँह फाड़े कच्चे मकान की ओर नहीं जा रहा था। सामने तीनों कोठरियों के किराएदार भी डरे हुए थे।

पक्के मकानों व हवेलियों के बीच में केवल चचा का मकान कच्चा था। मकान कच्चा था मगर ज़मीन बड़ी लम्बी-चौड़ी थी। बकौल इब्ने मियाँ, इस पर महल खड़ा किया जा सकता है! पैसा-ही-पैसा देगी यह ज़मीन!

चचा ने पुरानी जाज़िमों को दालान के दरों पर डाल दिया था। छाता लगाकर चची पड़ोस में पैखाने जा चुकी थीं। हर बार फिसलते-फिसलते बची थीं। बुढ़ापे में मसाने भी कमजोर पड़ जाते हैं। पेशाब रोके नहीं रुकता है। देर हुई नहीं की ढीला पायजामा गीला होने की नौबत आई।

बारिश ने उन पर्दों को भी नहीं रहने दिया। जाज़िमें भारी होकर लटक गई थीं। कीलों ने कच्ची दीवारें छोड़ दी थीं। जाज़िमों को निचोड़कर फिर किसी तरह पर्दा डाला गया।

अल्लाह-अल्लाह करके दो दिन बाद आज धूप निकली। सड़क पर आमद-रफ्त बढ़ गई। जो गुजरता, पल-भर रुककर चचा मियाँ का घर ज़रूर निहारता था। खबर इब्ने तक पहुँची तो गिरते-पड़ते हाय-हाय करते वह पहुँचे।

"कलेजा निकालकर रख दूँ आपके क़दमों पर, मगर मजाल है जो मुझे आप अपना समझें? अपना खून न सही, आपके दोस्त का खून मेरी रगों में रवाँ हैं। उसकी भी आपको परवाह नहीं है? कहला दिया होता चचा–कौन मैं कूहकाफ गया हुआ था?"

"बैठो तो मियाँ!" चची ने थके लहजे से कहा।

"घर की खुली बेपर्दिगी हो और मैं चैन से बैठूँ? लानत है मेरे बैठने पर!"

"कहाँ चले?"

"आता हूँ चचा!"

"रुको तो।"

"इस वक़्त मुझे मत रोकें। अब मैं आपकी और चची की कोई बात सुननेवाला नहीं हूँ।"

चचा और चची खामोश बैठ गए। कहते भी क्या? इब्ने ने उन्हें मौत के मुँह से बचाया, मकान कुर्की होने से बचाया। एक हज़ार टैक्स का जमा किया था। अब आबरू बचानेवाले को रोकना हिमाकत ही तो है न? चची के दिल में आज पहली बार इब्ने मियाँ के लिए सिर्फ़ ममता उभरी। न उसमें नफ़रत का छुपाव था न हिकारत का खुलापन बल्कि एक साफ-सुथरा जज़्बा था जो माँ के दिल में सिर्फ़ बेटे के लिए होता है। उनकी आँखें छलक पड़ी थीं। कोई भी तो नहीं आया अब तक उनकी मदद को? आता भी कौन? कौन बैठा है उनका यहाँ? जो दोस्त अहबाब हैं, उनकी खुद बुरी हालत है। वह हमदर्दी कर सकते हैं मगर दर्द का इलाज नहीं। सोच में डूबी चची खामोश गिरी कच्ची दीवार को देखती बैठी रहीं!

चची आराम से बैठी खाना पका रही थीं। गिरी दीवार के सामने शादीवाला तम्बू दीवार का काम कर रहा था। पैखाने की गिरी दीवार का मलबा भी साफ हो गया था। उसमें भी आड़ लग गई थी। आलू छीलते हुए चची सोच रही थीं कि अपने बच्चों का सुख कैसा होता है?

पास बैठी कमर चावल चुन रही थी। आज उसके स्कूल में छुट्टी थी। चची के सारे रिश्तेदार पाकिस्तान में हैं। ब्याहकर वह लाहौर से इलाहाबाद आई थीं। इत्तेफाक से ससुरालवाले भी धीरे-धीरे करके पाकिस्तान चले गए। चचा को बहुत बुलाया गया, बहुत जोर दिया गया मगर वह राजी न हुए। बीवी के कहने से दो मास के लिए पाकिस्तान गए और जब वहाँ पर बेजा जोर पड़ने लगा तो एक मास का बीजा रहने पर भी सामान बाँधा और लौट पड़े। चची के मायकेवालों और अपने

घरवालों से उन्होंने दो टूक बात की थी कि मेरा वतन हिन्दुस्तान है, हम दोनों को वहीं रहना है। मैंने कभी अपने लोगों में से किसी पर पाकिस्तान में बसने या हिन्दुस्तान में रहने पर जोर-जबर्दस्ती की? जैसे फैसले के आप आज़ाद हैं वैसे ही मैं भी आज़ाद हूँ। कमर के अब्बा का भी यही हाल है। सारा कुनबा चला गया मगर बन्दा टस-से-मस न हुआ। वहाँ कई रिश्तेदारों के पास ज़मीन-जायदाद, मोटरगाड़ी सब कुछ है मगर इनका सबकुछ ज़मींदारी टूटने के साथ खत्म हो गया। रह गई रूखी-सूखी नाक।

हमारी सारी ज़िन्दगी हँसी-खुशी से कट गई। बच्चे न हुए, न हुए। उसे लेकर मियाँ दुखी ज़रूर थे मगर चची के बाँझ होने के कारण उनसे नफ़रत नहीं बल्कि मोहब्बत कुछ अधिक बढ़ गई थी। अब उम्र का यह दौर एकाएक मुश्किल हो गया था। बीमारी, अभाव, और जाने क्या-क्या...!

रात को बिस्तर पर लेटे-लेटे मियाँ इब्ने चचा के मकान का नक्शा बना रहे थे। दोनों सीधे हाथ मकान तो देने से रहे। चचा की उम्र 65 साल है, चची 55 की हैं। कितना जिएँगी? बेहतर है कि प्यार-मोहब्बत से चीज़ निकाली जाए। साँप भी मर जाए और लाठी भी न टूटे।

चचा को पक्के मकान के लिए उकसाना चाहिए। कल जाकर बात करता हूँ। देखूँ, क्या कहते हैं। 40-50 रुपए पर उठी बड़ी-बड़ी कोठरियाँ आराम से तीन-चार सौ में उठ जाएँगी। उस ज़मीन पर चार की जगह पाँच दूकानें निकल आएँगी। शटर वगैरह लगा दिया तो फिर दूकान की पगड़ी भी माँग सकता हूँ। इस बार छोटी खालावाली जल्दबाजी नहीं दिखाऊँगा। बड़े आराम से धीरे-धीरे अपना उल्लू सीधा करूँगा।

घंटाघर की घड़ी ने दो बजाए। इब्ने चौंके, 'दो बज गए?' फिर करवट बदलकर आँख बन्द करके सोने की कोशिश करने लगे।

मकान धीरे-धीरे करके पक्का बनने लगा था। आगे के हिस्से की दो दूकानें किराए पर उठ गई थीं। उनका पैसा चचा के हाथ में आ रहा था। शक-सुबहे की कोई गुंजाइश न थी। कुछ जान-पहचानवाले चचा को समझाते थे, मगर जब वह सुनते कि किराया वसूल करनेवाले चचा

हैं और सौ रुपए महीने के हिसाब से मियाँ इब्ने का कर्ज़ा भी उतारा जा रहा है तो वे चुप हो जाते थे।

वक़्त बड़ा अच्छा गुज़र रहा था। चचा-चची अच्छा खा-पहन रहे थे। उन्हें ज़िन्दगी से अब कोई शिकायत नहीं थी। अब न उन्हें बरसात डराती थी न लू के छक्कड़ दहलाते थे। घर में बिजली की फिटिंग शुरू हो गई थी। चची ने बटुवे सीना भी कम कर दिया था। सिर्फ़ शौकिया तौर पर कभी-कभी लेकर बैठ जाती थीं। चचा का मस्जिद जाना भी छूट-सा गया था। शाम को मजदूरी बाँटना, सारे दिन काम का मुआयना करने में नमाज़ कज़ा होने लगी थी। रात को वह इकट्ठा पाँचों वक़्त की नमाज़ पढ़ लेते थे।

इस बीच चची ने एक मजलिस भी की। हिस्से में नमकपारे बाँटे। उनका इरादा अगले साल से बाकायदा अजादारी करने का था। कमरा और दालान तब तक पक्का हो जाएग़ा। इन्हीं सपनों में डूबे दोनों रात-भर बातें करते रहते थे।

कच्चा मकान अभी आधा बाकी था पक्का होने में कि चचा ने आँखें बन्द कर लीं। बीमारी क्या थी? कुछ भी नहीं। बुढ़ापा ही बीमारी की जड़ है। कज़ा थी, चले गए। गीली मिट्टी पर पैर फिसला तो ढाल से नीचे चले गए। दोनों पैर नाबदान में जाकर फँस गए। पैरों और कमर की हड्डी जो चूर-चूर हो गई थी, इस उम्र में जुड़ न सकी। पन्द्रह दिन बाद वह चल बसे। चची के लिए यह सदमा जानलेवा था। मियाँ इब्ने ने ठीक अपने बाप की तरह उनके कफन-दफन का इन्तज़ाम किया। चची के आँसू रुकते ही न थे। उनके दिल में एक ही कुढ़न होती कि जब खाने-पीने से सुखी हुए तो वह चल बसे। कुछ दिन और जीकर दिल-भर खा-पी तो लेते। कितना शौक था उन्हें खाने-पीने का। इब्ने दाँत लगवाने की बात भी कर रहा था। इब्ने का ध्यान आते ही चची को ख़्याल आया कि यदि इन परेशानियों के दिनों में इब्ने न होता तो वह क्या करतीं।

मियाँ इब्ने सुबह-शाम चची की खैरियत लेने आ जाते थे। कई बार लड़की और बीवी को भी चची के पास रात को रुक जाने दिया। उनकी दोनों लड़कियाँ 'दादी-दादी' करके उनसे लिपटी रहती थीं।

पत्थर गली

सारे आराम के बाद चची का दिल जब जीने का नहीं चाह रहा था। चालीस साल का साथ कम नहीं होता है। उठते-बैठते उन्हें चचा का ख़याल आता था। पान बनाते हुए कितनी बार झोंक में दो पान बना डालतीं। फिर ख़याल आता, बिना छालियों के पान खानेवाला तो अब इस दुनिया में नहीं रहा।

जब दालान और कमरा बनने की बारी आई तो चची को इब्ने के घर जाना था। पूरा कच्चा हिस्सा गिराना था। मजदूरों का कहना था कि चार मास बाद काम शुरू हो तो अच्छा है। बरसात सिर पर खड़ी है। मकान कच्चा है। कहने को दो कमरा, एक दालान है मगर मलबा पानी में भीगकर भारी हो जाएगा। मियाँ इब्ने ने सुनी-अनसुनी करके कहा, "मजदूर ज़्यादा लगाकर मानसून आने से पहले ही वह मलबा साफ करा देंगे।"

चची से सारी बातें हो गई थीं। मकान के काग़ज़ात की बात जान-बूझकर उन्होंने नहीं उठाई थी। उनका ख़याल था, जब वह घर आएँगी तो बात कर लेंगे।

वह सामान समेट रही थीं। बक्स बन्द कर रही थीं। चचा का पुराना बक्स खोला, जिसमें उनकी डिग्री और किताबें भरी हुई थीं। बक्स में किताबों के ठीक बीच में एक लिफाफा रखा था। उसे निकाला। खोला। चमेली के तेल की कुप्पी थी और इत्र की दो शीशियाँ थीं। चची ने बहुत दिमाग दौड़ाया कि यह चीज़ें यहाँ चचा ने क्यों रखीं? समझ नहीं आया। तीनों चीज़ें अब उनके लिए बेकार थीं। बेवा औरत तेल-इत्र किसके लिए लगाए?

सामान सब सिमट गया था। मजदूरों ने टूटे-फूटे बक्सों को दालान के कोने में लगा दिया था। कल सुबह ठेला आनेवाला था। सामान लादने के बाद चची इब्ने के घर रानी मंडी में जानेवाली थीं। कमर की अम्मा ने कहला दिया था कि आज रात चची खाना हमारे साथ खाएँ।

चिराग जलते ही चची ने घर में ताला डाला और बुरका ओढ़कर इन्तज़ार में बैठी कमर की उँगली पकड़े उसके घर की तरफ़ चल पड़ीं।

खाने के बाद जब चची घर लौटीं तो जाने क्यों उनका दिल घुमड़ने लगा। बिन मौसम की बारिश से वह बेकरार हो उठीं। बहते आँसुओं को दुपट्टे से खुश्क करती रहीं। यादें थीं कि दबे पाँवों उन पर हमला कर रही थीं। वह जितना उससे बच रही थीं, उतना ही शदीद वार उन पर हो रहा था। हर जख़्म पर वह तिलमिला उठती थीं। खून के फव्वारों के बीच वह एक गहरी दर्दनाक सिसकी भरती थीं।

इन कच्ची दीवारों के बीच वह ब्याहकर आई थीं। इन्हीं दीवारों के आगोश में उन्होंने गोद में किलकारी भरते बच्चे की आरज़ू की थी। यह कच्ची दीवारें उनके उस दर्द की शाहिद हैं जो उनके खून के रिश्तों की जुदाई से उनके दिल में उठा था। माँ, बाप, सास-ससुर, भाई-बहन, चचा-खाला...सब खानाबदोशों की तरह पीठ पर गठरी लादे सीमा पार चले गए। यह कच्ची दीवारों उनकी तन्हाई, उनकी गुर्बत की गवाह हैं—कल वह इन कच्ची दीवारों से अपना पिंड छुड़ा लेगी। आख़िर किसलिए? वह पक्की दीवारें क्या उनका माजी उन्हें वापस करेंगी, क्या उनका माजी इन कच्ची दीवारों की तरह ही महत्त्वहीन है? इन कच्ची दीवारों में चचा की साँसों की गर्मी छुपी है। इन मिट्टी की दीवारों में चचा की हँसी के तारों की कँपकँपाहट छुपी है—हाय, मैं कितनी जालिम हो उठी हूँ। अपनी ज़िन्दगी की जमा-पूँजी यूँ लुटाने के लिए आमादा हो गई हूँ। पक्की दीवारें मुझ बूढ़ी के किस काम आएँगी...? किस काम...

नहीं, मैं जब तक ज़िन्दा रहूँगी, इन्हीं कच्ची दीवारों के बीच रहूँगी। इब्ने मियाँ से कह दूँगी—यह कमरा-दालान मेरे जीते-जी न गिरवाएँ। मेरे मरते ही जो चाहें कर लें!

"खुदारा! मुझ पर रहम खाओ, मेरी गोद सूनी न करो। मैं तुमसे भीख माँगती हूँ!" अपना आँचल फैलाए कुलसूम इब्ने मियाँ के आगे खड़ी थीं। पास की पलँग पर उनकी बेटी सहर बुखार में तप रही थी।

"तुम पागल हो गई हो क्या?" इब्ने मियाँ ने दिल कड़ा करके कहा। वैसे उनका दिल भी धुक-धुक कर रहा था।

"मुझे जाने क्यों शक पड़ गया है। खाला बी का कोसना मेरे अमजद को खा गया—मैं तुम्हारे पैर पड़ती हूँ। मुझ पर अब ज़ुल्म न

करो—मेरी गोद सूनी मत करो। तुम्हें खूने-हुसैन की कसम, हज़रत आबिद की बीमारी का वास्ता है, हज़रत असगर की प्यास की...'' कुलसूम इब्ने मियाँ के पैरों को अपने आँसुओं से धोने लगीं।

''बस—बस—! ख़ामोश!'' इब्ने हिस्टीरिकल अन्दाज़ से चीख पड़े।

''अम्मा—अम्मा—पानी!'' सहर ने बाप की आवाज़ से चौंककर कहा।

इब्ने मियाँ पलँग पर बैठे तेज़ी से सिर के बाल नोंच रहे थे। उनका मन आशंका से भर दिया था कुलसूम ने। मरना, जीना सब ख़ुदा के हाथ है। लड़के को जाना था, चला गया। यह सब मैं इन्हीं के लिए तो कर रहा हूँ और कौन है मेरा...? ओह, यह सबकुछ हासिल करके कुछ खो भी तो रहा हूँ। मगर क्या? लड़के से खानदान का नाम चलता है—खाला का कोसना याद आया—'खुदारा, जैसे इसने मुझे दाने-दाने को मोहताज किया है इसके मरने पर हलक में दो बूँद पानी टपकानेवाला न बचे!'' कुलसूम ठीक कहती है। अमजद चला गया। दस साल का हँसता-खेलता बच्चा। सहर कल अपने घर चली जाएगी। फिर हमारा क्या होगा? मेरी मेहनत से बनाई यह जायदाद हथियाने के लिए कितने लोग आगे बढ़ेंगे—जैसे वह चची के—उफ़्!...इब्ने मियाँ बेकरार होकर आँगन में निकल आए।

सिसकियाँ भरती कुलसूम बेटी के सिर पर रखी ठंडे पानी की पट्टी बार-बार बदल रही थी। उसका दिल खौफ से काँप रहा था। कहते हैं, यतीम और बेवा की हाय बहुत बुरी होती है। घर-का-घर खा जाती है!

इब्ने मियाँ सुबह-सवेरे ठेला लेकर चची के दरवाज़े पहुँच गए। ठेला किनारे लगवाकर मजदूरों के साथ ऊपर गए, ताकि सामान उठवा लें। मन में कोई उत्साह नहीं था। ग्लानि थी या पछतावा, कहा नहीं जा सकता है, मगर हाँ, दिल अवश्य कुछ बुझा-बुझा-सा था। पहलेवाली उमंग जाने कहाँ खो गई थी। थके क़दमों से चची के किवाड़ के समीप पहुँचे और कुंडी खटखटाई।

''कौन?''

''मैं इब्ने हूँ चची!''

कच्ची दीवारें

"खोलती हूँ बेटा!"

मजदूरों को बाहर खड़ा करके इब्ने मियाँ घर में दाख़िल हुए। चची को सलाम करके बोले, "चची, आप तैयार हैं। इजाज़त हो तो मजदूरों को सामान उठाने के लिए अन्दर बुलवा लूँ?"

"नहीं! मेरा इरादा बदल गया है!" भारी, ठोस आवाज़ से चची ने कच्ची दीवार पर नज़रें गाड़ दीं। इब्ने उनके बदले लहजे से चौंक पड़े। चेहरे का रंग उड़ गया। कुछ समझ न पाए। सवालिया अन्दाज़ से चची को देखने लगे।

"बेटे! मुझे कहीं न ले जाओ—न इन दीवारों को गिरवाओ—यह मेरी यादें हैं—मेरी ज़िन्दगी हैं। मरने के बाद जो चाहना, करना—सब तुम्हारा है।" चची का लहज़ा नरम और इल्तेजा से भरा हुआ था, जिसे सुनकर इब्ने मियाँ चकरा गए। बात क्या है आख़िर?

"कल तुम्हारे चचा की रूह इस घर के चौखट पर आएगी और मुझे यहाँ न पाकर लौट जाएगी—कितना दुख पहुँचेगा उन्हें मेरी इस हरकत से। उस अल्लाह के बन्दे ने मुझ बाँझ को पल-भर के लिए भी अपने से अलग न किया, न नज़रों से ओझल और आज मैं...?" चची की भीगी आवाज़ से इब्ने मियाँ सकपका गए। सुरमे लगी उनकी भूरी आँखें किसी जंगली बिल्ली की आँखों के समान शिकार के बदलते पैंतरों को समझने के लिए छटपटाने लगीं।

"मेरे स्याह-सफेद के मालिक तो अब तुम ही हो। इस भरी दुनिया में मुझ तन्हा बेवा का कौन है अपना, सिवाय तुम्हारे?"

इब्ने मियाँ सकपका गए। वह तो चची से अहसास के धरातल पर नहीं जुड़े थे, बल्कि किसी चतुर मछेरे की तरह जाल फेंक रहे थे। मछली को फँसाना ही उनका उद्देश्य था।

"मजदूरों से कह दो जाएँ—मगर रुको तो—ये बक्स उनसे उठवाकर अन्दर कमरे में रखवा दो। भारी हैं, मुझसे खिसकेंगे नहीं।" चची अपनी धुन में बोले चली जा रही थीं। इब्ने बिना माहौल को समझे गर्दन हिलाने लगे और दरवाज़े की तरफ़ मुड़े।

धूप अमरूद की फुनगी से उतरकर हौज तक आ गई थी। इब्ने मियाँ के जाने के बाद उन्होंने बड़े प्यार से कच्ची दीवारों पर झुर्रियों भरी

हथेलियों को फेरा और एक ठंडी साँस भरी। इतमिनान से भरा उनका चेहरा खिली धूप की तरह दमक रहा था।

सहर का बुखार उतरने का नाम नहीं ले रहा था। इब्ने मियाँ की हालत अन्दर से पतली हो रही थी। क्या करें वह? शाम को मस्जिद में जाकर नमाज़ पढ़ी। बड़ी देर तक सिज़दे में गिरे ख़ुदा की बारगाह में तौबा करते रहे।

आज दूकान में उनका दिल नहीं लग रहा था। बार-बार सहर का चेहरा आँखों के सामने घूम रहा था। सहर बीमार न होती तो वह शायद इतनी आसानी से चची की ख़्वाहिश का ख़याल न करते। कुछ-न-कुछ कागज़ी लिखा-पढ़ी ज़रूर करते। वह मौका था चची को ज़ज्बाती तौर पर भुनाने का, मगर अब मुश्किल है।

शाम को जब घर पहुँचे तो औरतों का ताँता बँधा था। कोई तावीज ला रहा था तो कोई फुँका पानी। कोई सरहाने बैठा हुआ दुआ पढ़ रहा था। पूरे दृश्य ने इब्ने मियाँ को दहला दिया। उल्टे पैर लौटे और डॉक्टर के पास गए। उसे लेकर सहर की पलँग के पास पहुँचे।

रात को ग्यारह बजे बुखार उतरना शुरू हो गया। चची को भी खबर लग गई थी। बेचारी दुआ पढ़-पढ़कर सहर के सीने, माथे पर दम कर रही थीं। उनकी ममता, उनकी आँखों से बहते आँसुओं से जहाँ कुलसूम को ढाँढ़स बँधा, वहीं इब्ने मियाँ का मन ग्लानि से भरने लगा।

बिजली ऐसे तपड़ रही थी जैसे किसी पर गिरकर रहेगी। उसकी लपलपाती ज़बान जाने किस आशियाने को जलाने के लिए आतुर थी। बादल के गर्जने से चची चौंक-चौंक पड़ती थीं। बारिश के साथ तूफानी हवाएँ दीवाना बनाए हुए थीं। लग रहा था, बस अब बारिश का वेग सबकुछ बहा ले जाएगा!

शाम को आसमान साफ था। तारे छिटके थे। मगर एकाएक हवा बादलों को जाने कहाँ से उड़ाकर अपने साथ ले आई। चची बिस्तर में घुसी घबरा-घबराकर दुआएँ पढ़ रही थीं। या ख़ुदा रहम!

कच्ची दीवारें

सोते में धड़ाम की तेज़ आवाज़ से आँख खुली। बेहोश होने से पहले उन्होंने इतना देखा कि दीवार तिरछी हो रही है।

सुबह इब्ने मियाँ चची की खैरियत लेने पहुँचे। बहुत खटखटाने पर भी जब दरवाज़ा न खुला तो वह परेशान होकर कमर के घर की तरफ़ लपके। कमर के घरवालों को लेकर आए। कमर के अब्बा ने राय दी, दरवाज़ा तोड़ दिया जाए। दोनों ने पूरे जोर से अपनी पीठ और बाजू दरवाज़े पर मारे। कुंडी कब्जे से निकल गई। दरवाज़ा खुल गया।

सामने का दृश्य देखकर दोनों चीख पड़े। कमरा और दालान गिर गया था। चची का कहीं पता न था। वहाँ तो सिर्फ़ कच्ची भीगी मिट्टी का ढेर था और टूटे-बिखरे खपरैल।

आगे बढ़कर दोनों ने भारी बल्लियाँ और छप्पर हटाने की कोशिश की, मगर नाकाम रहे। कमर के अब्बा भागकर मोहल्ले के कुछ लोगों को बुला लाए। जैसे-तैसे मिट्टी और बल्लियाँ, बाँस और खपरे हटाए जाने लगे। इब्ने मियाँ हैरत से सोच रहे थे कि क्या रास्ते का पत्थर इतनी आसानी से हट जाता है?

चारों तरफ़ अफवाह का बाज़ार गर्म था। जितने मुँह उतनी बातें। किसी को शक था कि जान-बूझकर इब्ने मियाँ ने उन्हें यहाँ छोड़ रखा था। कुछ का ख़याल था कि जिस चीज़ से आमदनी होती थी, उसे पक्का करा दिया, बाकी को छोड़ दिया।

इन सारी बातों से दूर इब्ने मियाँ दुखी और परेशान, कफन-दफन का इन्तज़ाम कर रहे थे। आज उन्हें महसूस हो रहा था जैसे सचमुच उनके सिर से सगी चची का साया उठ गया है। कमर के घरवाले इब्ने मियाँ का हाथ बँटा रहे थे। इब्ने मियाँ बार-बार अपने को टटोल रहे थे कि उनके मन में क्या है? चची की मौत का दुख भी और मकान के...।

लाश क़ब्र में उतारी जा चुकी थी। मिट्टी डालते हुए मियाँ इब्ने की सुरमा लगी आँखों में आँसू भरे थे। इस कच्चे मकान को हासिल करने के लिए पिछले चन्द साल में उन्होंने क्या-क्या पापड़ नहीं बेले थे।

चालीस क़दम जब वह चलकर पहुँचे तो उन्हें लगा कि इतना कुछ करके भी वह मन को न मार सके। हर बार ख़्वाहिश का नाग फन उठाता हुआ दिमाग को चाटने लगता है।

रात को उन्हें नींद नहीं आ रही थी। नाग कान में फुँफकार रहा था कि इतना पैसा मैंने खर्च किया उस मकान पर, चचा-चची पर—पर कल सरकार यदि उस मकान को लावारिस की जायदाद समझकर जब्त कर ले, तो?

ज़हर पूरे शरीर में ऐंठन पैदा कर रहा था। क्या करें वह? इसी बेकरारी में सारी रात करवट बदलते हुए गुज़र गई।

चची के तीजे के बाद कमर के अब्बा बीवी के साथ इब्ने मियाँ के घर पहुँचे। इब्ने मियाँ दूकान से वापस आ गए थे। दालान में बैठे रात का खाना खाने जा रहे थे।

"आओ मियाँ, नोशे जान करो।" इब्ने मियाँ ने ख़ुलूस से कहा।

"बिस्मिल्लाह कीजिए, हम खाकर चले हैं।" कमर के अब्बा ने मोढ़े पर बैठते हुए कहा।

इब्ने मियाँ सिर झुकाकर खाना खाने लगे। कुलसूम मेहमानों को खीर के प्याले इसरार के साथ थमाने लगीं। इब्ने को कमर के अब्बा से जाने क्यों चिढ़-सी महसूस हो रही थी। कारण वह भी नहीं जानते थे।

"आप खाना खाइए, हमारी खातिरदारी में खाना ठंडा हो जाएगा।"

"कोई बात नहीं, पहली बार तो आप हमारे यहाँ आए हैं, पानी लें—चची के बिना तो आप सबको बहुत बुरा लगता होगा।" कुलसूम ने पान बनाते हुए कहा।

"इसमें तो कोई शक नहीं, बीस-पच्चीस साल का साथ था, भुलाए नहीं भूलता।" सिर झुकाकर भारी आवाज़ से कमर की माँ ने कहा।

"वह हमारी माँ-बहन, सब ही कुछ थीं। अब तो लगता है जैसे हम तन्हा रह गए हैं।" जज़्बाती अन्दाज़ से कमर के अब्बा ने कहा।

इब्ने मियाँ खाना खा रहे थे, मगर दिल-ही-दिल में इनकी बातें सुनकर बोले–'मियाँ मन-ही-मन में तुम दोनों के लड्डू फूट रहे हैं, ऊपर से बातें बना रहे हो!'

''इब्ने भाई ने भी आना छोड़ दिया था।'' कमर की अम्मा ने शिकायत की।

''बस फुर्सत न मिल सकी भाभी, वरना आप लोगों की खैरियत लेने ज़रूर आता। खैर, बताइए कैसे हैं आप लोग?''

''ठीक-ठाक हैं इब्ने भाई, चची होतीं तो हज़ार बार चक्कर लगाते मगर हम कौन-से आपके सगे हुए।'' हँसते हुए कमर के अब्बा ने खिलाल से किनारे का दाँत कुरेदते हुए कहा।

इसे कटाक्ष समझकर इब्ने मियाँ को गुस्सा आ गया, मगर लहू के घूँट पीकर बैठ गए। ताज़िर है, ताज़िर गुस्सा करने लगे तो क्या खाक सामान बेचेगा? तब तो सिर्फ़ फौजदारी का मुकदमा लड़ेगा। बरबस मुस्करा पड़े। फिर बड़े धीमे-से बोले–

''तकलीफ तो होती है भैया उधर आने में–आऊँगा कभी।'' और उठकर दूर पर रखे लोटे से हाथ धोने बैठ गए।

''अधूरा काम पूरा कर डालो, हमें भी खुशी होगी। चची की एक तरह से वसीयत भी थी कि मरने के बाद मकान पक्का करवाना।'' कमर के अब्बा ने संजीदगी से कहा।

''हाँ।'' इतना कहकर इब्ने ने मोटी-सी गाली दिल-ही-दिल में कमर के अब्बा को दी। बेटा, मकान तुम्हारे नाम है और हम ठहरे उल्लू जो मकान पक्का बनवाकर तुम्हें मुँहदिखाई में दे दें। मैं कच्ची गोलियाँ नहीं खेले हूँ, समझे!...मगर ऊपर से शान्त रहे।

''एक दिन आ जाते तो कागजात तुम्हें दिखाते। फिर सारी बातें हो जातीं।'' कमर के अब्बा बोले।

''आऊँगा।'' दिल-ही-दिल में कुढ़ते हुए इब्ने मियाँ ने कहा, तिजारत में हमेशा फायदा थोड़े होता है। नुकसान भी तो उठाना पड़ता है।

दरवाज़े की कुंडी खटकी। ''मियाँ इब्ने तशरीफ रखते हैं?'' ऊँची आवाज़ में किसी ने हाँक लगाई।

पत्थर गली

"अरे बब्बू मियाँ! सलाम अलेकुम। कहाँ रहे मियाँ इतने दिन?" दरवाज़ा खोलकर इब्ने मियाँ ने किसी से कहा।

"अच्छा भाभी, हमें इजाज़त दें। फिर आएँगे—आदाब अर्ज़ है।"

"किसी दिन आइए, ज़रूर हम गरीबों के घर।" कमर की अम्मा ने बड़े ख़ुलूस से कहा।

"क्या मियाँ? चल दिए, बैठो न, अभी तो आए थे।" इब्ने ने आँगन से आते हुए कहा।

"फिर आएँगे, मगर खुदारा आप मुझे उस अमानत से आज़ाद कराएँ। किसी दिन तशरीफ ले आएँ—मैं शाम को घर पर ही रहता हूँ।"

कमर के अब्बा की बात सुनकर इब्ने मियाँ के तन-बदन में आग लग गई।

रात को बिस्तर उन्हें अंगारे का बिछौना लग रहा था। खर्च मैंने किया, दवा-दारू मैंने की, कफन-दफन मैंने किया, जो कुछ एक बेटा कर सकता था। सबकुछ किया, मगर जायदाद का हकदार कौन बना, गफ्फार हुसैन! कमर ने तो यूँ भी चची को फुसला रखा था आगे-पीछे घूम-फिरकर। समझते हैं, मैं निरा चुगद हूँ जो उधर आऊँगा। किराया दूकान का वसूल रहे हैं वह, आज पन्द्रह तारीख हो गई है। क्या दूकानदार मेरा मकान और दूकान का पता नहीं जानते थे? किराया देना होता तो आकर थमा जाते, 'लो भाई, अपना किराया!' मगर मैं कौन होता हूँ? गफ्फार हुसैन ने तो दोनों जेबें भरी होंगी। कैसा मिमिया रहे थे, 'इब्ने भाई, आते नहीं। हमें भूल गए!'

चची को तो हमेशा से मुझसे नफ़रत थी। छोटी खाला की मिलनेवाली जो थीं। छोटी खाला अगर ज़िन्दा होती तो शायद वह चची के घर में घुस न पाते—इब्ने मियाँ की आँखों में नए-पुराने दृश्य घूमने लगे मगर—आख़िर में आकर चची उन्हें बेटे की तरह चाहने लगी थीं—। नहीं, उनका भ्रम है यह। वह क्या चची को सच्चे मन से चाहते थे या लोभ...? हम दोनों एक-दूसरे को खूब समझते थे। मैं उन्हें जाल में फँसाना चाहता था और वह शिकारी की अवहेलना के बावजूद दाना चुगती रही थीं।

"क्या नहीं नहीं आ रही है?" कुलसूम ने उन्हें पलँग पर छटपटाते हुए देखकर कहा। इब्ने ने कोई जवाब नहीं दिया। उन्होंने कुलसूम की

बात सुनी ही न थी। वह तो सिर्फ़ दिल व दिमाग में उठते बवंडरों का शोर सुन रहे थे।

एक मास गुजर गया। आख़िर एक दिन कमर के अब्बा ने इब्ने मियाँ की कुंडी खटखटाई। सहर ने दरवाज़ा खोला। सलाम-दुआ के बाद फिर वही इसरार सुनकर इब्ने मियाँ हत्थे से उखड़ गए—

"मियाँ गफ्फार हुसैन! चची मर गईं। मेरे लिए सबकुछ खत्म हुआ। रत्ती-भर जो मुझे उस कच्चे मकान से दिलचस्पी हो, मेरी जान छोड़ो! कायदे की बातें करो। मुझे उस मकान के पचड़े में पड़ने की ज़रा भी ख़्वाहिश नहीं है। आए हो तो बैठो।" इब्ने मियाँ अपना उबाल गिरा चुके थे तो उन्हें याद आया कि उन्होंने अभी तक गफ्फार मियाँ की खातिर-मुदारात भी नहीं की है, न ठीक से बैठने को कहा। गफ्फार मियाँ की आँखें फटी हुई थीं। फाइल हाथ में पकड़े हुए वह सामने पड़ी कुर्सी पर बैठ गए।

गफ्फार मियाँ ने एक ठंडी साँस भरी और नज़रें उठाकर इब्ने मियाँ की तरफ़ देखा। अजीब सीधा-सादा शरीफ आदमी है। इस दुनिया में अब भी ऐसे लोग मौजूद हैं क्या? कभी-कभी बेगर्ज़ नेकी भी देखने को मिल जाती है इस बीसवीं सदी में! उनकी आँखें नम हो गईं। इब्ने मियाँ ने पैसा चचा-चची पर पानी की तरह से बहाया था। उन्हें एकाएक सबकुछ याद आने लगा।

"पान लें गफ्फार भाई।" कुलसूम ने खासदान आगे बढ़ाया।

"आदाब भाभी!" पान उठाकर गफ्फार मियाँ ने सलाम किया।

"हाँ, इब्ने भाई! यह सँभालें अपने कागजात और यह रही बाजी की वसीयत।" गफ्फार मियाँ ने कुर्सी से चौकी पर बैठते हुए कहा और काग़ज़ इब्ने मियाँ की तरफ़ बढ़ाया।

इब्ने मियाँ सीने पर दोनों हाथ बाँधे सोच रहे थे। गफ्फार मियाँ ज़लते पर नमक छिड़कने आए हैं।

"काग़ज़ मैं ले आया हूँ, मगर आप लोगों को एक बार घर आने की ज़हमत करनी पड़ेगी। वकील साहब को फालिज़ का असर हो गया है। अटैक मामूली है मगर...।" गफ्फार मियाँ अपनी रौ में बात

कर रहे थे। कुलसूम गौर से सबके चेहरे ताक रही थी। इब्ने मियाँ बुत बने खड़े रहे।

“बाजी के दो बाग कहरा में भी हैं जिन पर पासियों ने कब्जा कर लिया है। उसे भी पाने के लिए आपकी मदद दरकार होगी। इब्ने भाई।” गफ्फार मियाँ ने वसीयत का काग़ज़ आगे बढ़ाया।

इब्ने मियाँ के सीने पर बँधे दोनों हाथ बगलों की बोटियाँ मसलने लगे। जबड़े की हड्डियाँ ऊपर-नीचे उठ-गिर रही थीं। उनके अन्दर का खानदानी ताज़िर उनके क्रोध के बाँध को रोकने की नाकाम कोशिश कर रहा था। चेहरे के जज़्बातों पर नकाब डालने की कोशिश में चेहरे पर विभिन्न रंग आ और जा रहे थे।

इब्ने मियाँ की हालत किसी से छुपी न थी। मगर उनके दिल का सही हाल किसी पर रोशन न था। गफ्फार मियाँ सोच रहे थे कि इब्ने मियाँ का मौमिन दिल इस बात को कबूल नहीं कर रहा है। कुलसूम सोच रही थी कि उसके ऊपर कहीं उनके गुस्से का ऐताब नाज़िल न हो। वही इस मकान से पीछा छुड़ाने के ताने देती थी।

“काग़ज़ देखिए और कल शाम तक आकर सबके सामने दस्तखत कर लीजिए—यह वसीयत बाजी ने सबसे छुपकर मेरे पास रखवायी थी। साल-भर से मेरे पास रखी हुई थी—बाजी कहा करती थीं कि किसी का कर्ज़दार नहीं मरना चाहिए, वरना साँप-बिच्छू क़ब्र में भी चैन नहीं लेने देते हैं। आइए भी—काग़ज़ देखकर बाजी को उस कर्ज़ के खौफ से आज़ाद करें।” गफ्फार मियाँ का आख़िरी जुम्ला कुछ झुँझलाहट में अदा हुआ था। आध घंटे से वह रेकार्ड की तरह बजे चले जा रहे हैं और इब्ने मियाँ हैं कि उनके कान पर जूँ नहीं रेंग रही है। कान में तेल डाले खड़े हैं।

“सुन रहे हो?” कुलसूम ने शाना हिलाया।

इब्ने मियाँ के मन का खानदानी ताज़िर जीत गया। क्रोध, दुख को पीछे झटककर वह मुस्कराते हुए आगे बढ़े। चौकी के दूसरे किनारे पर बैठकर गफ्फार मियाँ के हाथों से उन्होंने वसीयतनामा लिया और पढ़ने लगे।

कच्ची दीवारें

मैं जैबुननिसा, जौजा बाकर अली, अपने पूरे होश-हवास में तीन गवाहों के सामने अपनी सारी जायदाद का मालिक इब्ने तक़ी को बनाती हूँ। मेरी कोई औलाद है न रिश्तेदार। जो भी कुछ मेरा है यह मेरे गोद लिये बेटे इब्ने तक़ी का है...।

इब्ने मियाँ का ताज़िर दिल व दिमाग़ टर के मेले में लगे पहियेदार झूले की तरह ऊपर-नीचे गोलाई में नाचने लगा। दिल व दिमाग में उठी शंका, आशंका की सारी कच्ची दीवारें ढह गईं और उसके मलबे के नीचे दबे वह खुली साँस के लिए बुरी तरह तड़फड़ाने लगे।

पत्थर गली

मेहराबदार दरीचोंवाले आँगन में शाम कुछ अजीब उदासी से उतरती थी। कच्चे आँगन के कोने में खड़ा वह तनहा अमरूद का पेड़, झुटपुटे के समय सैकड़ों आवाज़ों से भर जाता था। जाने कहाँ-कहाँ से सारे दिन घूम-फिरकर चिड़ियाँ बसेरा लेने आ जातीं और अमरूद की डालों पर बैठकर एक-दूसरे से अपना दुखड़ा रोतीं और अपनी चूँ-चूँ से वह तूफान मचातीं कि घर में रहनेवालों का जीना मुश्किल हो जाता था। झुटपुटा होते ही फरीदा के दिल पर घुटन-भरे बादल जमा होने लगते थे। बचपन से उसके दिल में छुपी वह उदास अनाथ परी रोने बैठ जाती और इसी शोर की प्रतिध्वनियाँ उसके मस्तिष्क से टकरातीं, हाहाकार मचातीं, प्रश्न करतीं—"आख़िर मैं क्या करूँ? मैं कहाँ जाऊँ? यूँ पड़े-पड़े जीना भी कोई जीना है!"

किले-जैसे इस मकान की दीवारें पहाड़ों की तरह सख़्त और गगनचुम्बी थीं और उसका दिल पिघलता, छलकता-सा इन्हीं पहाड़ों की तंग घाटी में भिंचा-सा बहता रहता था। एक बेकली, एक बेचैनी किसी जलप्रपात की तरह पत्थरों पर अपना सिर पटकती उसे किसी पल करार लेने नहीं देती थी। सपनों में प्रायः वह अपने को उड़ता देखती और वास्तव में—अपने को धरती पर रेंगता। मान्यताओं, मर्यादाओं, रस्म-रिवाजों की इतनी भारी बेड़ियाँ पैरों में पड़ी थीं, जिनके साथ चलना तब ही संभव हो सकता था जब वे काट दी जाएँ। इसलिए हर बल पर जंजीरों की झंकार के साथ वह बस रेंग रही है। भविष्य भी

उसका कोई चमकता सूरज तो नहीं जिसकी वह आशिक है, बल्कि एक अँधरा, सीला, तंग बिल है जिसमें वह रेंगती घुटनों के बल घिसटती पहुँचकर एक दिन दम तोड़ देगी और वही बिल उसकी क़ब्र में ढल जाएगा...उसका भविष्य तो सिर्फ़ मौत है। स्याह, डरावनी, खौफनाक...।

तकिया भीग चुका है। सिसकियाँ रुकने का नाम नहीं ले रही हैं। आख़िर वह अपने घर में इतना क्यों घुटती है, क्यों उलझती हैं? यहीं पैदा हुई, पली-बढ़ी, फिर क्यों...? उसे कुछ पता नहीं है। बस, उसे महसूस होता है कि उसकी इस घुटन-भरे माहौल से भागना है, पर कैसे...? उसे नहीं पता। पता सिर्फ़ फरीदा को इतना है कि उसे बचपन से ऐसा लगता रहा है—वह इस वातावरण में जीने के लिए पैदा नहीं हुई है। वह जो चाहती है, उसकी आत्मा की जो माँग है उसे वह कुछ भी नहीं मिल पा रहा है। अपने इस घर में तो बस दूसरों की दया और मर्जी से जीना है।

पास के कमरे में होती बातचीत की आवाज़ कुछ तेज़ होने लगी। भाई साहब अम्मी से रुपए की माँग कर रहे हैं। काम उनसे होता नहीं है। मगर अभी तक वह अब्बा जान के ज़माने में जी रहे हैं। क़दम-क़दम पर खोखली बातें, जिनका न सिर है न पैर। अम्मी को जब-तब कचौके लगाते हैं, जैसे अम्मी किसी गुमनाम खजाने की कुंजी दबाए बैठी हैं। खुद नौकरी करने से ऐसा घबराते हैं, मानो कोई बहुत ही तुच्छ काम करनेवाले हों। जाने किस दुनिया में भाई साहब जी रहे हैं और खानदान की जड़ें खोखली कर रहे हैं।

"आप कुछ कीजिए, कुछ भी बेचिए, मगर मुझे तो गर्म सूट चाहिए। जाड़ा आ रहा है। उससे पहले सिल जाए तो अच्छा है।"

"चार-पाँच सूट तो हैं तुम्हारे पास न, उन्हीं से काम चलाओ। फरीदा को स्वेटर का ऊन दिलवाना है। शकील...उसके पास तो कोट भी नहीं है।"

"मैं बताए देता हूँ, सूट का रुपया न दिया तो मैं भी हॉस्टल वापस नहीं जाऊँगा, ऐसी-तैसी में जाए पढ़ाई और यह साल!" यह सुनते ही अम्मी के हाथ-पैर फूलने लगे। पहले ही मियाँ ने हर जमात में दो-चार

साल लगाए हैं। अब तो लगता है जल्दी से ट्रेनिंग खत्म हो और किसी तरह यह नौकरी करें। घबराकर बोलीं, "छोटे भाई-बहन का तो ख़याल करो।"

"मैं भी तो छोटा हूँ आपसे, आप पहले मेरा ख़याल करें।" वह ठुनकने लगे, "वह बाग बेच डालिए न।"

"कैसी बातें करते हो बचकानी, फरीदा की शादी बाकी है, नंगी-बुच्ची लड़की किसी फकीर के हाथ देने का इरादा है क्या?" अम्मी को ताव आ गया।

"खैर, मैं अभी जाता हूँ, आप सोचकर रखिए। मैं वापस लखनऊ जाऊँगा नहीं।" कहकर भाई साहब बाहर चले गए।

कब तक यह सिलसिला चलता रहेगा? फरीदा की हिचकियाँ बँध गईं। कमरे से अम्मी ने उसे दो-तीन आवाज़ें दीं, फिर जवाब न पाकर उसे सोती जानकर चुप हो गईं।

गर्मी की दोपहर, लू के थपेड़े, सुनसान कोठे की सीढ़ियों पर फरीदा और उसकी सहेलियाँ बैठी हैं। ऊपर छत का दरवाज़ा बन्द कर दिया है, इसलिए कुछ अँधेरा भरी-सी ठंड सीढ़ियों पर फैली है। शकीला कहानी पढ़कर सुना रही है। हरेक के हाथ में छिली हुई कैरी है जिसको वे हथेली पर रखे नमक से छुलाकर खा रहे हैं। परीक्षा समाप्त हो गई। करने को क्या रह गया है, गप्प मारना या फिर किस्से-कहानी पढ़ना। कहानी समाप्त हो जाने पर सबकी आँखें नम थीं। ऐसी पवित्र मुहब्बत का ऐसा दर्दनाक अंजाम! सब लड़कियों की भावनाएँ आग में पड़े शीशे की तरह चटख रही थीं, दिल धड़क रहे थे। तभी एकाएक नज़मा बोली, "सुनो, मैं बताना भूल गई...खुदैजा भाग गई!"

"क्या?" सबने चौंककर पूछा।

"हाँ, नज़मा ठीक कह रही है," नाहीद ने कहा, "मगर वह भागी नहीं, किसी अपने दोस्त के साथ चली गई है।" नाहीद ने थोड़ा बुरा मानते हुए नज़मा को घूरा, "भागना लफ्ज़ बुरा है, बहुत बुरा। कम-से-कम खुदैजा के लिए तो यह इस्तेमाल मत करो, वह हमारी सहपाठिनी हमक्लास ही नहीं, दोस्त भी थी!"

"मगर...सुनो...क्या पता..." इतना कहकर फरीदा चुप हो गई। शाहीन ने सफेद दुपट्टे को उँगलियों में लपेटना शुरू कर दिया।

"मोहर्रम की दसवींवाले रोज़ जुलूस निकल रहा था। जानती तो हो क्या कोहराम मचता है। पतली-सी गली खचाखच भर जाती है, ऊपर से रोना-पीटना, मातम, फूल-चादर का चढ़ावा, नज़र की मिठाइयाँ, बस इसी गहमागहमी में खुदैजा बी...नौ-दो ग्यारह!" नज़मा ने कहा और हँसती आँखों से सबको देखा। एक बार खुदैजा और नज़मा में बड़ी कसके लड़ाई हुई थी, परन्तु दोस्ती में तो यह सब चलता ही रहता है। इसका मतलब यह तो नहीं है कि उस दोस्त की किसी कमजोरी का मज़ाक उड़ाया जाए। खुदैजा उन सबके साथ पढ़ी थी। के.जी. से हाईस्कूल तक सबने साथ-ही-साथ तो इम्तहान दिए थे। खुदैजा का भागना सबको अटपटा लग रहा था। सबके मन में कौतूहल था, जिज्ञासा थी, आश्चर्य था। बदनामी का भय, प्रेम का रोमांच और रोमांस की गुदगुदाहट—सबकी आवाज़ गले में थरथरा रही थी...कौन होगा आख़िर वह...? खुदैजा पर मरमिटा? खुदैजा सुन्दर भी तो न थी, मामूली से भी गई-गुज़री। कहानियों में जब लड़की सुन्दर हो तो कहानी पढ़ने का रस दुगुना हो जाता है। क्यों—लैला भी तो काली थी, तो भी मजनूँ दीवाना था...क्या होता है प्रेम?...

नई फूटती कोंपलों की तरह नवयौवनाओं के दिल धड़क रहे थे। नज़मा ने जब देखा, सब चुप हैं तो वह बोली, "सुना है घरवालों ने शर्म से निकलना छोड़ दिया है। बाप तो दूकान ही बन्द करके बैठ गए हैं।" कोई कुछ न बोला। सबके मुँह में ताला पड़ गया था। किसी की समझ में ही नहीं आ रहा था कि क्या कहें!

इसके बाद महफ़िल कुछ जमी नहीं। सब लड़कियाँ कुछ खोई-खोई-सी उठीं और चलने को तैयार होने लगीं। जमीला और नाहीद का घर पास में ही था, इसलिए वह बुर्का पहनने लगीं। शकीला ने छत का दरवाज़ा खोला और शोले उगलती छत पार करके नीचे दूसरे घर में झाँका, "अफ़साना...अफ़साना ज़रा इधर आना...ऐ अफ़साना की अम्मा! ज़रा अफ़साना को भेजकर एक रिक्शा मँगवा दो..."

"भेजते हैं, बीड़ी देने कारखाने गई है, आती होगी।" अफ़साना की अम्मा ने सूप में बीड़ी के बंडल रखते हुए कहा।

शकीला नीचे आई, पसीने से सराबोर, "तुम लोग रुक जाओ, बड़ी ग़ज़ब की गर्मी है बाहर, शाम को जाना...तब तक मैं शर्बत बनाती हूँ।"

"नहीं, चलने दो, सुबह से आए हैं। वैसे भी अब दिल उचट गया है।"

"हाँ, बात ही कुछ ऐसी है।"

अफ़साना भागती हुई घर में घुसी, "बाजी पहले पैसा।"

"तुम लोग सचमुच नहीं रुक रही हो?"

"नहीं, आज चलने दो हमें।"

"लो!" बीस पैसा शकीला ने रिश्वत का दिया।

अकेले शकीला, सालेहा, फरीदा रह गई थीं। जमीला और नाहीद जा चुकी थीं। तीनों खामोश एक-दूसरे को देख रही थीं जैसे कहने को कुछ नहीं रह गया था। अजीब उदासी थी, जैसे किसी की मौत में शिरकत के लिए आई हों।

एकाएक अफ़साना परई में हरी-लाल बर्फ की चिरैया चूसती, फिर सिर खुजाती, नाक सुड़कती आई, "रिक्शा आ गया है, साठ पैसे पर।"

"अच्छा, फिर कब मुलाकात होगी?"

"परसों, जमीला के घर चलना है न!" फरीदा ने कहा।

"ठीक है।"

"सुनो, वह किताब लाना न भूलना।"

"कौन-सी? अच्छा वह, ठीक है ले आऊँगी।"

सालेहा को मोड़ पर उतारकर फरीदा रिक्शे में अकेली रह गई। ताड़ीखाने से रिक्शा गुजरता तो उसे अजीब लगता। टूटे कुल्हड़, ताड़ी की गीली महक, कुत्ते, उलटे-सीधे गन्दे आदमी। अगर सालेहा को उतारना न होता तो शायद वह दूसरी ओर से निकल जाती। इतनी तरह के कारोबार हैं इस गली में। कितना अद्‌भुत-सा लगता है। कढ़ाई, दर्जी, भड़भुजवाँ, गल्ले की दूकान, धोबी, गधे, घर, बच्चे, मन्दिर, मस्जिद, गाली बकते उलटे-सीधे अपने रिक्शे पर बैठे रिक्शेवाले, आइसक्रीम,

मलाई, बर्फ, कुल्फी—दुनियाभर की खाने की चीज़ें, उस पर से ताड़ीखाना! ताड़ीखाने के दोनों तरफ़ गन्दगी से भरी गिरती नालियाँ और वह खुला शोर करता नाबदान कितना डरावना लगता है। उसने बुर्के को कसके पैरों में दबाया और हाथों को अन्दर ढाँककर बैठ गई। रिक्शावाला पसीने में लथपथ पैडिल पर पैर मार रहा था, लू का झक्कड़ इतना तेज़ था कि रिक्शा घसीटना मुश्किल हो गया। घंटाघर पहुँचते-पहुँचते रिक्शा की चैन उतर गई।

ख़ुदा का शुक्र है शाहगंज गुजर गया, वरना वहाँ रिक्शा खड़ा होता तो बस...मगर यहाँ भी उम्मीद के खिलाफ दो-तीन सस्ते किस्म के लड़के सीटी बजाने व हरकत करने से बाज न आए। फरीदा का गुस्से और शर्म से बुरा हाल था। दिल चाह रहा था कि रिक्शेवाले को डाँटे मगर चुप रही। फायदा भी क्या था।

घर में पहुँचकर भी मूड बिगड़ा रहा। बुर्का उतारते ही ऑर्डर मिला, बाहर चाय जानी है। भाई की चाय का ऑर्डर दो मिनट भी कोई टाल नहीं सकता। एक घबराहट-सी सबके दिल पर छा जाती है। दो मास पहले डंडी मार-मारकर घर के सारे बर्तन तोड़ डाले थे। गुनाह सिर्फ़ यह था कि घर आए मेहमानों के लिए खाना निकल रहा था और चाय पहुँचने में देर हो गई थी। भाई के मेहमान भी कौनवाले, जिनके घर में चाय बनने का कोई रिवाज़ ही न था। उलटे-सीधे चापलूस किस्म के लोग उनको घेरे रहते और वह उनकी खातिर में ज़मीन-आसमान के कुलाबे मिलाते रहते। पैरों में चप्पल डालीं और बावर्चीखाने की तरफ़ दौड़ी। अम्मी चुपचाप सिर झुकाए बेल के नीचे दर के ऊपर बैठी पान की नोंकें तोड़ उनको दो हिस्सों में कर रही थीं।

बहनों की शादी के बाद यह घर कैसा सुनसान हो गया है। उनके रहने पर घर की रौनक ही दूसरी थी। अब तो जाने कब इस घर के दिन फिरेंगे। चाय बनाकर उसने बीच के दरवाज़े की कुंडी बजाई। भाई ने आकर चाय की ट्रे ले ली और पूछा, "शकील नहीं है क्या?"

"पढ़ने गया है," कहकर वह लौट आई। इस प्रश्न से उसका दिल जल-भुन गया था। उनको पता था, न बुआ इस समय होती हैं न शकील। अगर वह भी न होती तो अम्मा बेचारी को चाय बनानी पड़ती।

पत्थर गली

ठीक तीन बजे लू के थपेड़ों में, अम्मी पानदान उठाकर अन्दर कमरे में पंखे के नीचे चली गईं। वह भी किताब लेकर ज़मीन पर बिछे फर्श पर लेट गई। उसके दिमाग में खुदैजा आ गई। क्यों गई आख़िर इस तरह से? मेरे घर की हालत से बुरी हालत तो न थी उसके घर की? बड़ी लड़की, वह भी खानदान की पहली लड़की जो स्कूल भेजी गई थी। फिर...ऐसा क्या था आख़िर...? उसकी ही दूकान से तो अक्सर पक्का खुशबुओं से भरा हुआ कैंथा मँगाया जाता था। फिर सब मजे से खाते। खुदैजा का घर और दूकान और उनका स्कूल तीन कोनों पर एक ही गली में विभिन्न दिशाओं में थे।

"क्या बात है, क्या सोच रही हो?" अम्मी की आवाज़ से वह चौंक गई।

"कुछ भी नहीं।"

"कुछ न कर रही हो तो ख़त लिख डालो, कब से आया पड़ा है।"

"लाइए, लिख दूँ।" दिल में गुबार उठा। एक मिनट भी इस घर में मेरा नहीं है। फौरन उसका इस्तेमाल शुरू हो जाता है। कलम-काग़ज़ लेकर वह बैठ गई–"बोलिए।"...कलम तेजी से चलने लगा।

ख़त लिखकर वह उठी और सीधे गुसलखाने में घुस गई। एक घंटे से पहले तो निकलने से रही। कम-से-कम यह एक घंटा नल के बहते पानी के नीचे बेकार ही सही, मगर उसका अपना तो है!

बरसात की रिमझिम और स्कूल का पहला दिन। कैसी प्यारी-सी नमी है, जो अन्दर-बाहर तमाम फैली हुई है। लगता है, युगों के बाद स्कूल खुल रहा है। यूनिफार्म पहनते हुए फरीदा सोच रही थी, देखो कितनी लड़कियाँ दाखिला लेती हैं इस बार! कुरैशा और शमा की शादी हो गई। स्कूल क्या, वह तो मुल्क ही छोड़ गईं। पाकिस्तान में जाकर मियाँ का घर बसाया। खुदैजा चली गई और...तभी नीचे से पुकारने की आवाज़ आई..."अभी आई..." जल्दी से उसने दुपट्टा कन्धे पर डाला, किताबें बगल में दबाईं और मेज पर से तह किया बुर्का उठाकर नीचे आ गई, "जी अम्मी!"

"अगर आज स्कूल न जाओ तो कोई हर्ज़ है?"

"आज स्कूल का पहला दिन है!" उसने आश्चर्य और झुंझलाहट से कहा।

"वह तो मैं भी जानती हूँ। कोई आज ही स्कूल तो नहीं खुला है। इसी घर से चार बच्चे पढ़कर निकले हैं।" अम्मी ने पानदान खोला। उसकी समझ में नहीं आता, कभी-कभी अम्मी अपनी ज़िन्दगी की बेकैफी का बदला उससे क्यों लेती हैं? उनकी समस्याएँ, उनके बच्चे, उनका घर। वह न उनकी उम्र की है, न ऐसा रिश्ता है कि उनके जले-भुने कटुवचनों को सहन करे या जला-कटा उत्तर दे। उसे तो खुद माँ की देख-रेख, भाई-बहनों का प्यार चाहिए, मगर यहाँ तो जैसे सबने घर की धुरी उसे ही बनाकर सदा सारी समस्याओं का हल ढूँढ़ना चाहा है।

"स्कूल न जाओ, मैं कहती हूँ। मैं अकेली रह जाऊँगी। जमीला के ससुरालवाले आ रहे हैं, घर में कुछ है भी नहीं। वह लाट-गवर्नर तो हिलेंगे नहीं। शकील को शहर में सब पहचानते हैं।"

हलक में तेज़ दर्द उठा। क्रोध हड्डियों को चटखाता चीत्कार कर उठा, मगर इसके बावजूद फरीदा ने बड़ी सहिष्णुता से कहा, "लाइए, क्या बेचना है?"

"वही पुखराज का दाना है।"

"कितने तक?"

"मुझे इतनी ही अकल होती तो फिर क्या था। तुम खुद समझदार हो, ज़रा समझदारी से मोल-भाव करना।" उसके हाथों पर नग रखते हुए अम्मी ने उकताकर कहा। पुखराज का पीला नग उसके अनबहे आँसू की तरह उसकी मुट्ठी के हृदय में पसीने से भीग गया।

किताब वापस आकर कमरे में रख दी...अपनी किस्मत यूँ ही चलेगी। अन्धी किस्मतवालों की ज़िन्दगी में रोशनी कहाँ?

"क्यों, कल स्कूल क्यों नहीं आई?"

"बस यूँ ही, बारिश जो हो रही थी।" फरीदा हँस दी।

"किताबें सब खरीद लीं?"

"अभी नहीं।" फरीदा के दिमाग में बेचैनी करवटें बदलने लगी। किताबें और फीस के पैसे कहाँ से आएँगे...? फिर किसी दुपट्टे का सच्ची चाँदी-सोने का लचका गोटा अम्मी खोलेंगी। वह उसे बेचेंगी, तब कहीं जाकर किताबें आएँगी और फीस जमा होगी। बहनें अच्छे घर ब्याही हैं, मगर हमेशा देने की जगह लेने की फिकर में रहती हैं। लड़की जो ठहरीं! भाई कुछ करने का नाम नहीं लेते, क्योंकि सोने-चाँदी के पालने में उनका बचपन गुजरा है! बस, वह हैं कि बदले ज़माने और बदले वातावरण में अपने को तोड़ने-मोड़ने के लिए तत्पर। वह नहीं, बल्कि सारा घर उसी पर जैसे अपनी इज़्ज़त का भार डालकर सन्तोष में है। सब वही कर लेगी। कौन? फरीदा, जो केवल सत्रह वर्ष की लड़की है। उसके अन्दर से वह कोमल षोडशी कब की मर चुकी है, वहाँ तो सिर्फ़ एक सफेद बालों की दुखियारी औरत बैठी है, जिसे परिवार की मर्यादा बचानी है! दुख-दर्द बाँटने हैं, समस्याएँ हल करनी हैं, और इस सबके बाद उफ् तक भी नहीं करना है!

"कहाँ खो गईं जनाब...?" रेहाना ने पीछे से आकर उसके गले में बाँहें डालीं।

"अरे! कब आईं, कैसी हो?" फरीदा ने पलटकर रेहाना को देखा।

"ठीक हूँ। तुम अपनी सुनाओ। कहाँ चर रही थीं?"

"इसका कुछ ठीक नहीं। निकल गई होगी जीवन-दर्शन की भुलभुलैया में। बेकार लड़की बनी। इसे तो दाढ़ी, चश्मे के साथ 'द ग्रेट फिलॉसफ़र ऑफ इंडिया' होना चाहिए था।"

"हो जाऊँगी...जलकर मरना मत, समझीं।"

"अच्छा चलो, कुछ खाया-पिया जाए।"

"चलो-चलो मोटी, मुटापे का राज़ तुम्हारा खाने में है?"

"यह सलमा को क्या हुआ?"

"मालूम नहीं। कुछ टीचर्स तो कहती हैं, बन रही है। मगर सबका कहना है, जिन्नात आने लगे हैं उस पर।"

"फरीदा पर नहीं आते हैं।" सालेहा शोखी से बोली।

"तुम डरोगी तो तुम्हारे ऊपर आएगा। मैं कोई डरती थोड़ी हूँ..." फरीदा हँस दी।

"हमेशा उस ऊपरवाली कोठरी में मेमसाहब टायलेट के लिए जाती हैं।"

"बाख़ुदा! मुझे जिन्नात से डर कम लगता है, स्कूल के गन्दे बाथरूम से ज़्यादा!" फरीदा ने नाक सिकोड़ते हुए कहा।

"वह तो ठीक है, मगर पूरे स्कूल में जिन्नात का साया है। समझी! तुम बहादुरी में कभी मारी जाओगी। बीच में पड़ गईं तो जिन्नात रबर की गुड़िया की तरह उठाकर पटक देंगे।" रेहाना ने डराया।

"छोड़ो भी, तुम तो जोंक की तरह फरीदा को लिपट गईं। सलमा को हुआ क्या था आख़िर?"

"कल क्लास में बैठे-बैठे हिलने लगी। सिर गोल-गोल घुमाने लगी। खुद बोली, मेरे ऊपर जिन्नात आ रहे हैं। पहले तो कमला बहनजी ने मज़ाक समझा। फिर उसकी शराफत समझकर डाँटा, मगर कमर बाजी गुजरते हुए बोलीं, 'तुम नई आई हो। यहाँ तो साल में तीन-चार लड़कियों की तबीयत इसी तरह खराब हो जाती है। जिन्नात इन पर आने लगते हैं। झाड़-फूँक से चले जाते हैं। इसे दाई के साथ इसके घर भेज दो। मैं प्रिंसिपल से मिलकर बात करती हूँ।"

चाट के पैसे देने में—'मैं देती हूँ', 'मुझे देने दो,' के शोर में जिन्नात और सलमा कहीं खो गए।

स्कूल के ड्रामे में फरीदा बढ़-चढ़कर हिस्सा लेती रही थी। मगर जब कलाकेन्द्र की बात आई तो घरवालों ने इजाज़त नहीं दी। खानदान की बदनामी होगी। फरीदा दिल मसोसकर रह गई। उसी के बाद दूसरा मुकाबला डिबेट का रखा गया मगर वहाँ लड़के-लड़कियाँ साथ थे, इसलिए बड़े भाई साहब, जो कभी न बोलते थे, आज जाने कैसे उसकी फिकर उन्हें लग गई और बोल पड़े...और मना करके उन्हें लगा कि भाई का फर्ज़ उन्होंने अच्छी तरह निभा दिया है और बहन को बुराई के रास्ते से बचा लिया है। ऊपर से भाषण अलग देने लगे—

"लड़कियों को घर में रहना चाहिए। कमर पतली और हाथ मुलायम रखने की कोशिश करनी चाहिए। मर्दनुमा लड़कियाँ या औरतें नहीं होती है!"

फरीदा के मन में हाहाकार मच गया। दिल चाहा कि जवाब दे—'मर्दों को कैसा होना चाहिए? जहाँ पैर रखें, धरती धँस जाए! औरत उसके साये में पहुँचकर महसूस करे कि वह किसी सशक्त घेरे में है, जहाँ हर वार खाली जाता है...मगर कौन जवाब दे कि मर्द क्या होता है?'

भाई के हाथ खुले हैं। जब दिल चाहा, जिसको चाहा, हाथ जड़ दिया। रुपए के झगड़े में बन्दूक अम्मी पर उठाकर मरने-मारने चले थे। चला तो क्या पाते, मगर ड्रामा पूरा कर रहे थे। फिर वह तो एक ही झापड़ में धराशायी हो जाती।

"असली बात तो यह है कि हमारे घरों की औरतें काम करना ही नहीं जानती हैं। रमेश के घर जाओ तो लगता है औरतें कैसे जीती हैं। एक सब्जी बनेगी तो उसके छिलके की सब्जी उससे ज़्यादा मजेदार, गर्म फुलके!...यहाँ नौकर के बिना काम ही नहीं चलता।" शकील खिन्न मन से बोला।

"रात-दिन पैसे का रोना। न खाने में कमी होती है न मेहमानदारी में, यह घर तो जीते-जी हमारा मकबरा बन गया है।" इतना कहकर वह उठा और तेज़ी से बाहर चला गया।

वातावरण बोझिल हो उठा। भाई भी इस कटाक्ष से ठहर न सके, क्योंकि कहनेवाला उत्तर के लिए रुका न था, और न ही भाई का बड़प्पन सुनने और देखने के लिए ठहरा था। इस घर में दो भाई हैं। दो रँग के हैं। एक पुराने रंग में डूबा सपनों के संसार में विचरता है, दूसरा सत्य से इतना जुड़ा हुआ है कि उसको सुनना और बर्दाश्त करना भी कठिन है।

उसकी सारी सहेलियों के घर की यही कहानी है। भाई कुछ नहीं करते। जिनके बाप ज़िन्दा हैं, वह कुछ आराम से हैं। जिनके बाप नहीं हैं, उनको जाने किस-किस तरह से अपने हथियार दूसरों के सामने डालने पड़ते हैं। फिरोजा को ही देखो। मजबूरी ही तो थी जो ऐसी शादी हो गई। जो बाप के बराबर का आदमी हो, वह भी कहीं सपनों का...नाजुक विचारों का...दिल की धड़कन का शहज़ादा बन सकता है?

पूरे स्कूल में बिना शादीशुदा कितनी टीचरें हैं। सब पर घर का बोझ। भाई बाँके छैले बने हैं। लड़के पढ़े-लिखे मिलते नहीं, जिनसे पढ़ी-लिखी

पत्थर गली

कामकाजी लड़कियाँ शादी करें, फिर...? लोग कहते हैं, लड़के तो बस, वह भी अच्छे बढ़िया कमाऊ लड़के केवल पाकिस्तान में मिलते हैं...जैसे वहाँ अच्छे लड़कों की खेती हो रही है! निपट झूठ है, दूर के ढोल सुहावने होते हैं। मरयम कैसी फँसी थी। बताया गया था कि लड़का रेलवे में डॉक्टर है। फोन पर निकाह हुआ और निकला बाद में कम्पाउंडर...खुद कुछ करते नहीं, सारे दिन इधर-उधर कंघी चिकनी किए, उलटे-सीधे फैशन करके दूसरों पर अपनी काहिली का इलज़ाम देते घूमते रहते हैं। काम के समय हर लड़के का बाप-दादा वाजिदअली शाह का रिश्तेदार बन जाता है। छोटा-मोटा काम करे तो कैसे करे? खानदानी सिलसिला...और हड्डी जो खालिस चीज़ों के मिश्रण से बनी है।

नफरत की चिता में 'जलती', उसके शोलों में तपती-झुलसती फरीदा ने बीस साल इस घर में गुजार लिए थे। उसको खुद से बातें करने की आदत हो गई थी। उसके अन्दर की वह उदास परी उसके अधिक निकट आ गई थी। अब तो वह स्वयं उसकी जगह हँसती-रोती और तड़पती थी। यह उदास परी बचपन में जाने कब उसके दिल में छुपकर बैठ गई थी और आज वही उसकी जिगरी दोस्त बन गई है। उसने परी की सारी भावनाओं का भार अपने कन्धों पर रख लिया...और फरीदा का चेहरा जाने कितनी ऋतुओं की मार खाई चट्टान की तरह सख्त और भावनाहीन-सा हो गया है। बस, चेहरे पर दो आँखें हैं, जिनमें ज़माने-भर का दुख पिघले सीसे की तरह देखनेवालों को अहसास दिलाता है कहीं पर, कभी भी यह धधकता ज्वालामुखी सबकुछ झुलसा देगा, सबकुछ खत्म कर देगा, मगर क्या...? इसका उत्तर किसी भी तमाशबीन के पास न था। खुद फरीदा को इस घर में लगता था कि जाने उसकी आत्मा कहाँ, किस पथरीली गली में भटक रही है, जहाँ केवल पत्थर की दीवारें, पत्थर की ज़मीन, पत्थर की छत है, जहाँ कोई भी निकास का द्वार नहीं है। बस, सफेद चिकने बड़े-बड़े पत्थर हैं। पत्थर की गली और पत्थर के कूचे-दर-कूचे हैं।

फरीदा का दिमाग रोज़ होते नए हादसों को कबूल नहीं कर पा रहा था। आख़िर यह किसकी साजिश थी जो यह घट रहा है। समय की, समाज की, परिस्थितियों की या रिवाजों की...? क्या वह कभी इसी तरह घबराकर कुछ ऊटपटाँग कर बैठेगी? नहीं, कभी नहीं। मर जाऊँगी मगर इन सारी लिजलिजी भावनाओं के सँपोलों को कभी नहीं पालूँगी। पास फटकने नहीं दूँगी। एक-एक करके फरीदा के पास के सारे चेहरे बेगाने होते गए। भागती-दौड़ती दुनिया में, आग और मौत के खेल में, ज़िन्दगी जीने की हवस में सबके दामन दागदार नहीं बल्कि जलकर राख-राख हो गए थे। नाहीद ने किसी स्कूल में नौकरी कर ली थी और वहीं शायद, जाने किस मजबूरी के तहत...प्रिंसिपल से...मगर ऐसी क्या मजबूरी थी? प्रिंसिपल के तीन बच्चे हैं, बीवी है—क्या मिला नाहीद को...? इतनी खूबसूरत लड़की और वह खूसट...छी...उसके मंगेतर को ज़हर खा लेना चाहिए। मर्द है, इंटर में तीन साल से फेल हो रहा है। नाहीद के माँ-बाप ने तंग आकर इनकार कर दिया, और जमाल...नाहीद के मंगेतर ने कितना परेशान किया है। नाहीद को बदनाम किया बजाय शरमाने के, अफसोस करने के! मगर सबके बावजूद नाहीद को यूँ टूटना नहीं चाहिए था। नाहीद का कहना है कि उसने एक जबर्दस्त चाँटा होनेवाली ससुराल पर मारा है। नामर्द हैं सबके सब कहीं के। मगर इसके बदले नाहीद ने जो अपनाया है, वह फरीदा कभी कबूल नहीं कर सकती है, कभी नहीं...इसके बिना भी तो हो सकता था यह सब...उसके घरवाले नाहीद को नौकरी मिलने के बाद अच्छे रिश्तों की उम्मीद लगाए हैं। फरीदा की साँस फूलने लगी। कमरे से नीचे उतरी, बालटी में पानी भरकर उसमें पैर डाले, तलवे कितने जलने लगते हैं, लगता है, आग लग गई है।

पूरा घर सो रहा है। कितना बड़ा घर है। कभी खूबसूरत पर्दों, सफेद बर्फीली जाजिमों और रंगीन सोफों से यह घर दमकता था। कहीं पर दिमाग में बचपन का सुन्दर घर उभरता है। अब तो इस घर में जाले लटकते हैं। हफ्ता-भर न देखो तो लगता है...घर नहीं, कोई पुराना खँडहर है। कितने साल हो गए हैं पुताई हुए?

ऊपर आसमान साफ था। तारे छिटके थे। वह वहीं आँगन में बालटी में पैर डाले खटोले पर अधलेट-सी हो गई। कितना अकेलापन

है। इस आसमान को देखकर तो अकेलापन बढ़ता ही जा रहा है। लगता है, दिल के तहखाने में कोई चीखता-सा सुरंग-दर-सुरंग भाग रहा है। कौन है यह...? अँधेरे घर में तारों भरे आसमान के शामियाने ने उसके अन्दर ऐसा खालीपन भरा कि जाने क्यों बिना कारण उसकी आँखें भर आईं। जाने कब तक आसमान पर टकटकी लगाए आकाशगंगा बहाती रही, जब ठंड से काँपने लगी तो होश आया। घर में थोड़ा-थोड़ा उजाला फैल रहा था। बालटी से पैर बाहर निकाला, हाथ-पैर अकड़-से गए थे। दुपट्टा ठीक किया और अन्दर कमरे की ओर बढ़ी।

बी.ए. में पहुँचते-पहुँचते छँट-छँटाकर केवल चार लड़कियाँ रह गई थीं। वह भी दूसरे विषयों में जाकर धीरे-धीरे एक-दूसरे से दूर होती चली गईं। यहाँ युनिवर्सिटी में भी वही घुटन। कैसे वह यह शीशे का महल तोड़कर एकाएक पथरीली सख़्त ज़मीन पर चलना शुरू कर दे। यहाँ कैसे लड़कियाँ स्वतन्त्रता से अपने को व्यक्त करती हैं, आगे बढ़ती हैं, घरवाले कितना प्यार करते हैं। मगर यहाँ तो मैं पुरानी कहानियों की तरह शीशी में बन्द करके रख दी गई हूँ, बल्कि वह शीशी समुद्र में फेंक दी गई है। लहरों से चपेट खाती शीशी के अन्दर से सबकुछ देख रही हूँ, परन्तु हाथ-पैर फैलाकर तैर नहीं सकती। सीपों, मोतियों, मछलियों से खेल नहीं सकती हूँ। अपनी मर्जी से कुछ रच नहीं सकती हूँ। बस, पत्थर की मूरत की तरह बेहोश, इस दौड़ती-भागती दुनिया में स्थिर खड़ी रहूँ और बस। यही है एक आत्मा की, एक उबलते ताज़े खून की तड़प। जब देश करवट बदल रहा है तब उन साँसों को, जो देश की भोर हैं, दबाया जा रहा है...उनका गला घोंटा जा रहा है।

सालेहा अभी अपनी क्लास से लौटी नहीं थी। दोनों साथ-साथ रिक्शे में घर जाती हैं। मगर सालेहा उससे धीरे-धीरे दूर होती जा रही है। बहाव की सफेद धार में वह शामिल हो गई है। उसे सहेलियाँ अच्छी मिल गई हैं। उसके पास क्या है, वही लक्ष्मण-रेखा—जैसी दूसरों द्वारा निर्धारित ज़िन्दगी, मर्यादाओं, मान्यताओं, अन्धविश्वासों, खानदानी शान की जंजीरों में बँधी हुई। बासी, काई जमी हुई।

"क्या सोच रही हो...?" सालेहा का चेहरा और आँखें मुस्करा रहे थे।

"कुछ नहीं, चलो।" उसने अपने पर काबू पाते बुझे दिल से कहा।

"आज तो मिस्टर कुमार ने कमाल कर दिया फरीदा! खूब मजे की बहस रही। मैंने तो सोच लिया है, हिस्ट्री में ही एम.ए. करूँगी, फिर पी-एच.डी. सच, बड़े अच्छे टीचर मिले हैं। अब्बू भी राज़ी हैं।" वह खुशी से उबल रही थी।

सालेहा को खूब अच्छे साथी मिले हैं। खुला वातावरण है, उसमें गन्दगी कम होती है, उसको तो विषय भी छाँटकर दिलवाए गए हैं। उर्दू एजुकेशन, अरबी—कोई भी उसके पसन्द के विषय नहीं हैं। बचपन में आर्ट में दिलचस्पी थी। बहन ने न लेने दिया...कि पढ़ोगी नहीं सिर्फ़ पेंट करोगी। अब वह दूसरे विषय लेना चाहती है तो लड़कों के साथ पढ़ना पड़ेगा। बदनामी होगी। जिस घर की औरतों की झलक लोगों ने नहीं देखी उस घर की लड़की लड़कों के साथ पढ़ेगी? नहीं भाई! दिल मसोसकर रह गई थी। यही क्या कम है कि बी.ए. कर रही है। जो मिले वही काफी है। ख़ुदा का शुक्र अदा करना चाहिए।

"तुम अब बुर्का पहनना छोड़ दो।" सालेहा ने थोड़ा उलझते हुए उसके करीब रिक्शे पर बैठते हुए कहा। सालेहा ने स्वयं बुर्का उतार दिया था। बस, अपने मोहल्ले में जाकर वह पहनती थी, ताकि बदनामी न हो। मोहल्ला भी तो शोहदों का था।

आज यह सुनकर उसे भी चिढ़ लगी। वह भी तो केंचुए की तरह अपने को घसीट रही है। क्यों नहीं सबकुछ छोड़-छाड़कर वह सब करे जो उसका हक़ है। बहुत हुआ घिसी-पीटी बातों में रेंगना। सालेहा उससे क्या बातें करती रही, उसे नहीं मालूम। बस, उसका दिमाग गर्म शोलों से दहक रहा था। उसके दिल में छुपी परी जो उसकी जगह रोती थी, सिसकती थी, आज उसे हैरत से ताक रही थी। उसका पूरा बदन भाड़ में पड़े चावलों की तरह अपने सिमटे अस्तित्व को बदल रहा था। रिक्शे से उतरकर वह घर में घुसी। सामने ही भाई आँगन में बैठे थे। शायद फिर पैसों की माँग करने होस्टल से आ गए थे। उन्हें देखकर नफ़रत का ज्वार उठा।

अम्मी चुप थीं। शकील सिर झुकाए पलँग पर बैठा खाना खा रहा था। देखते ही भाई बोल उठे, "आ गई! इतनी देर कहाँ लगा दी?"

उसने खून उगलती निगाह भाई पर डाली। दाँत पीसकर कहा, "युनिवर्सिटी में।" उसके दमकते चेहरे, पिसते दाँत, ठंडे भींचे चबाए शब्दों को सुनकर सब चौंक गए। अम्मी ताज्जुब से उसे देखने लगीं। शकील के मुँह का निवाला मुँह में रह गया, वह उसे निगलना भूल गया था।

"मैं कहता न था कि इसे मत भेजिए आगे पढ़ने," भाई ने तीर फेंका, "कैसा रंग बदल रही है।" छेड़ना भाई का जन्मजात हक़ था।

"तो फिर आपको भेजा जाता? आप कौन होते हैं ऐतराज करनेवाले। पैसा वसूलिए और जाइए यहाँ से!" वह शेरनी की तरह बोली। फिर हिकारत-से बोली, "पठान, जो सीने पर चढ़कर अपना कर्ज वसूलते हैं, आप तो उससे भी गए-गुजरे हैं। सीने पर चढ़कर दूसरों का खून चूस रहे हैं।"

"अच्छा चलो, चाय बनाओ।" भाई ने कुछ घबराकर, कुछ खिसियाकर कहा। वह इन गर्म सलाखों जैसे पैने कटाक्ष के लिए तैयार न थे।

"खुद उठिए और बनाइए। मैं नौकरानी नहीं हूँ। मुझे पढ़ाई करनी है, समझे...अगले माह से इम्तहान हैं।"

बस, इतना सुनना था कि भाई उठे और हाथ से किताबें छीनकर आँगन में फेंकने लगे। फरीदा पर भी जैसे भूत सवार हो गया था। उसने फेंकी हुई किताबों को फाड़ना शुरू कर दिया, कलम नाली में फेंक दिया। उसकी हालत देखकर अम्मी बैठे-बैठे काँपने लगीं। शकील घबराया। रुआँसा-सा हाथ धोने उठा और भाई गुस्से से दीवाने फरीदा की पीठ तथा उसके चेहरे पर थप्पड़ मार रहे थे। गालियों की बौछार बारिश की झड़ी को मात कर रही थी। बड़े-बड़े गुंडे मेरे नाम से पनाह माँगते हैं, चली है मुझसे ज़बान लड़ाने! गालियाँ भी ऐसी जो शायद ही कोई अपनी बहन तो दूर गैर के लिए भी इस्तेमाल नहीं करेगा। मगर यहाँ तो यह भाई न था। बिगड़ा नवाब, खानदानी चिराग, जो नाक पर मक्खी बैठने नहीं देता था, जो खानदान की लाज और झूठी शान दिखाने के लिए खून-पसीना एक करता रहा है, वह कैसे बर्दाश्त कर सकता था

कि घर की पर्दानशीन औरतें तड़ातड़ मर्दों को जवाब दें। मगर स्वयं वह बहन से इस तरह का बर्ताव करने में झिझक महसूस नहीं कर रहा था।

आज फरीदा टूटकर बिखर गई थी। नाक-मुँह से खून बह रहा था, जम्फर जगह-जगह से फट गई थी, किताबों के काग़ज़ आँगन में उड़ रहे थे। अम्मी बेहोश हो गई थीं। शकील मुट्ठियाँ भींचे, दाँत-पर-दाँत जमाए बहते आ रहे आँसुओं के बीच फड़कते नथुनों के साथ खड़ा था। उसका बस चलता तो आज इन हाथों से इस मरदूद का गला दबा देता, जो भाई के नाम पर क़ब्र खोद रहा है। शायद भावनाओं के वेग ने उसके पैर जकड़ रखे थे। बस, वह काँप रहा था और उससे अधिक वेग से उस खानदानी घर की दीवारें अपना सीना कूट रही थीं।

फरीदा की हालत बहुत खराब है। दिमागी हालत उससे बदतर है। अब न उसके दिल में उसके बचपन की दोस्त वह उदास परी है जो उसकी जगह रोती थी, उसे मनाती थी। वह तो जाने कहाँ गुम हो गई है। किससे वह अपना हाल कहे? सबका ख़याल है, उस पर किसी ने टोना-टोटका कर दिया है। वरना ऐसी लड़की जो बेजवान गाय की तरह सीधी है, यूँ औल-फौल क्यों बकेगी। पूरा मोहल्ला ही नहीं, सारे रिश्तेदार फरीदा के व्यवहार की मुक्तकंठ से प्रशंसा करते थे।

मौलवी साहब सुबह-शाम फुँका पानी पिलाने, सिर पर दुआ पढ़ने आते हैं। औरतों की भीड़ है, पर कहीं उसको समझनेवाले चेहरे नज़र नहीं आते हैं, कोई कुछ कहता है, कोई कुछ कहता है। 'कहीं जिन्नात तो नहीं है, सुना है, फरीदा बीबी डरती न थी!' जिन्नात की आड़ में लड़कियाँ अपने बदन की गर्मी का सामान उपलब्ध करती थीं। खुली छत पर जिन्नात के बहाने अपने दोस्तों से मिलती थीं। सबको पता है या नहीं, मगर उसको पता है। जिन्नात की वास्तविकता क्या है—जलते बदन की आग घुटती, मरती, दम तोड़ती लड़कियाँ इन्हीं अन्धविश्वासों के कृत्रिम छींटों से बुझाती हैं। उसकी तुलना...आह!...यह घर बैठी औरतें कुछ नहीं समझती हैं। इनका ओढ़ना-बिछौना धर्म है, अन्धी मान्यताएँ हैं। ये शब्द पत्थर की तरह उसके दिमाग पर लगे। एकाएक घिन से वह चीख पड़ी। तकिए पर सिर पटक-पटककर रोने लगी...

'नहीं...नहीं, मैं उस लड़की में नहीं ढलना चाहती हूँ जो अपना रास्ता किसी बेकार सहारे से बनाए—मैं...नाहीद नहीं बनूँगी, जुलेखा बाजी की तरह चचा से गलत रिश्ता कायम नहीं करूँगी...खुदैजा की तरह भी नहीं...मुझे आज़ादी दो...मुझे फरीदा बनने दो...मुझे मेरी तरह जीने दो... मुझ पर रहम खाओ...मुझे सारी जंजीरों से, इस कैद से आज़ाद कर दो... मुझे आज़ाद कर दो...आज़ाद?'

अम्मी चिल्लाईं, "अरे भाइयो! सँभालो मेरी बेटी को—मैं तो लुट गई। दिल पर भी असर है! अखतेलाज-सा लगता है—दौड़ो—शरबत लाओ।"

इस बीच फरीदा रोते-रोते बेहोश हो गई।

अब किसी को शुबहा नहीं रह गया था कि फरीदा पागल नहीं है! उसे किसी ने दुश्मनी में धोखे से कुछ खिला दिया है, वरना सोने में तुलनेवाली कुन्दन-जैसी लड़की का यह हाल! लोग तो कहते थे कि चिराग लेकर ढूँढ़ने से भी ऐसी बहू नहीं मिलेगी। जिस घर में जाएगी, उजाला-ही-उजाला होगा। मगर पिछले कई सालों से हर पैगाम को न माँ ने, न भाई ने ठीक से लिया। विवाह का सोचा ही कब गया! सोचना भी क्या था, फरीदा किसी पर बोझ न थी बल्कि सबका सहारा थी। फरीदा जो किसी इमारत का खँडहर थी, जहाँ हर कोई पनाह ले सकता था। पूरी इमारत जो खाली पड़ी थी।

भाई पागलखाने के दाखिले के लिए दौड़-भाग कर रहे हैं। फरीदा के दिमाग में फटा ज्वालामुखी तेजी से पिछले बाईस साल का जमा लावा उगल रहा है। बन्द शीशी का कार्क एक ही झटके से उड़ गया है। पता नहीं, इस शीशी से निकलनेवाला धुआँ व्यक्तित्व में ढलेगा या केवल धुआँ-ही-धुआँ बनकर ऊपर जाकर बादलों में घुल-मिल जाएगा। बड़ी बहन का ख़त आया है—'आप लोगों को यूँ कार्ड पर ख़त नहीं लिखना चाहिए था। फरीदा की इस हालत को पढ़कर दूसरों ने जो कहा, उससे मेरी बेइज्जती हुई है। आपको कुछ ख़याल नहीं रहता है। दोनों छोटी बहनों ने लिखा है...वे आने की कोशिश करेंगी, मगर दो माह से पहले आना मुश्किल है।'

पत्थर गली

शाम उदास, फीकी, बदरंग-सी है। अस्पताल उससे भी अधिक शान्त और मुर्दा है। फरीदा खामोश बिस्तर पर बैठी है। दूर तक खुला चटियल मैदान है। मगर इसके बावजूद दिमाग के आँगन में वही पुरानी छवि अंकित है। आँगन में इकलौता अमरूद का पेड़ है, उस पर चीं-चीं करती चिड़ियाँ हैं। बस, यही शोर है जो फरीदा के दिमाग को उलझाए हुए है। सवाल करता है, जवाब नहीं मिलता। अपने को किसी भी जगह गलत ढंग से न मोड़ सकना फरीदा को तोड़ गया है। घरवाले उदास हैं, और डॉक्टर परेशान। बीमारी का पता नहीं चलता। घर के नाम से फरीदा को दौरे पड़ते हैं, वरना देखने से लगता है फरीदा यहाँ खुश है, चेहरे पर शान्ति है, जो कह रही है—कम-से-कम मैं, मैं तो हूँ यहाँ। उस पागलखाने में कितना शोर था देखो...अभी भी वहाँ चीं-चीं का शोर है... उफ़्! कान पड़ी आवाज़ सुनाई नहीं पड़ रही है।

सिक्का

मेरी झोली खाली कब थी? उसमें इश्क़ का सिक्का मौजूद था, मगर उसे भुनाने का फन मुझे नहीं आता था। इश्क़ फरमाने और इश्क़ करने के बाज़ार से बहुत दूर मैं इश्क़ हो जाने की वादी में भटकी हुई थी, जहाँ न आदम था न आदमजाद, सिर्फ़ अहसास की लताएँ और जज़्बात के सायदार दरख़्त थे जिनके नीचे ख़ुलूस के रंग-बिरंगे फूल खिले थे।

वादी जो मेरे वजूद में फैली हुई थी, उसका अहसास उन ताजिरों को न था जो अपने सिक्कों को दुनियावी सट्टा-बाज़ार में कई बार भुना चुके थे। मैं उन्हें कैसे समझाती कि मैं इश्क़ की नाव पर तन्हा बैठी नफे और नुकसान के हिसाबी दरिया को कब का पार कर चुकी हूँ। मगर मेरे इस दर्शन को समझे बिंना लोग अपनी काल्पनिक उड़ानों की सलीब पर मुझे, बेबुनियाद अफवाहों की कीलों से ठोंकते और मैं हर बार सलीब से उतरकर अपने जख्मी वजूद को समेटकर उसके घावों को सहलाती हुई खुद से पूछती थी कि क्या इनसानों के बीच इनसानियत खुद में एक अटूट बन्धन नहीं है। व्यापारिक सम्बन्ध बनाए बिना क्या इनसान बेलौस, बेगर्ज़ होकर रिश्तों को नहीं जी सकता है क्या?

कभी-कभी अपने इस मासूमाना सवाल पर मैं हँस पड़ती थी। जब ग़म अपनी हदें तोड़ बैठता है तो उसकी अभिव्यक्ति आँसू नहीं, हँसी बन जाती है। इसमें कोई शक नहीं है कि झूठ के बरसते कोड़ों ने उम्र के उस दौर में मुझे एक आन्तरिक ज्ञान बख्शा है। हँसी के इन्हीं मद्धिम चिरागों की लौ में मुझे 'जश्ने ग़म' मनाने का सलीका आ गया है।

पत्थर गली

जब पहली बार सलीब पर टाँगी गई तो हैरत के पहाड़-तले दब गई थी। तब दम तोड़ती साँसों में सच्चाई की तलाश की ललक जागी थी। बड़ा विश्वास था दूध-का-दूध, पानी-का-पानी हो जाने पर मगर...महसूस हुआ कि सच की तलाश खारे पानी से प्यास बुझाने या सादे पानी से नमक निकालने की निरर्थक कोशिश है। सच, झूठ-सफेद-स्याह सबकुछ एक-दूसरे से हम-आग़ोश हैं।

क्षितिज जब अँधेरे में डूबता और सूरज का गोला दुनिया के दूसरे हिस्से को रोशन करने चला जाता है, उस समय कृत्रिम रोशनी से नहायी सड़कों को देखकर लगता है—क्या है वास्तविकता? अँधेरे से निबटने के लिए क्या वास्तव में बनावटी सूरजों का सहारा लेना पड़ता है? मेरे किसी सवाल का जवाब मुझे नहीं मिलता। हाँ...हमदर्दी में पेश किए गए कन्धे जिन पर मैं सिर रखकर आँसू बहा सकूँ और कह सकूँ कि 'आह, हमारा यही अन्त है!' मैं सिहर उठती थी इस ख़याल से कि बेवकूफ दोस्त से अकलमन्द दुश्मन अच्छा है। मेरे अन्दर की औरत मजबूती से सारे सवालों को जमा करके उनसे निर्मित दीवार से टेक लगाकर बड़े सन्तोष से वादी में फैली खुशबुओं को सूँघती थी।

'बचपन से तुम्हें खो जाने की आदत है। आख़िर वह कौन-सी दुनिया है जो तुम्हें हमारे बीच से इतनी बेबाकी से उठा ले जाती है!' हज़ारों बार सुने इन तानों का क्या जवाब देती? जहाँ अपनी ज़बान समझनेवाला ही न हो वहाँ पर बात करने का मतलब ही क्या?

मेरे व्यक्तित्व की कुंजी मेरे पास थी, जिसके दरवाज़े पर मजबूत ताला मैंने डाल रखा था। हर दस्तक पर मैं चौंकती ज़रूर थी मगर उठकर दरवाज़ा खोलने की ख़्वाहिश कभी न हुई। जिन दस्तकों पर मैं चौंकी थी, बाद में पता चला कि वह कुछ इस किस्म के हाथ थे जो पैरों की भूमिका निभाते हैं। रास्ते में पड़े कंकड़ या खाली डिब्बे से दूर तक बेमकसद खेलते जाना उनकी आदत होती है और मैं किसी की आदत की लपेट में आना नहीं चाहती थी। अपने को सँभालकर रखने की कला मुझे उस अहसास ने दी थी कि मैं शीशे की दीवार हूँ, ज़रा-से झटके से दरक जाऊँगी।

सिक्का

मगर हाँ—दूसरों के बोये काँटों को मैंने बहुत सँभालकर अपनी वादी के चारों ओर बाड़ की शक्ल में लगा दिया ताकि कोई भी बेदर्द अनजाना हाथ मेरी इस शादाब दुनिया के फूलों तक पहुँच न सके। उन आवाज़ों की मुझे कतई परवाह न थी जो बार-बार मुझे सचेत करती थीं कि तुम जिस तरह इस दुनिया में जीना चाहती हो वह जीवन-शैली बहुत मुश्किल है। मेरी चेतना हमेशा मुझसे सवाल करती थी कि जब मैं अपनी तरह से जी नहीं सकती हूँ, फिर दूसरों की तरह कैसे जी पाऊँगी? तब अन्दर-बाहर दोनों आवाज़ों की प्रताड़ना सुनने की ताब मुझमें होगी? इस ख़याल से लरजकर मैं अपने अन्दर की दुनिया को उसी ताजगी के साथ जीती रही जिस ताजगी से मैंने उसे सँभालकर रखा था। सो अपने वजूद से खिले फूलों की गन्ध से मस्त सायदार दरख़्तों के बीच टहलती हुई मैं पूर्ण सन्तुष्ट थी।

मैं हव्वा की बेटी बनी अपनी वादी में खोई हुई थी। तुम आदम की औलाद बनकर उस वादी में दाख़िल हुए। तुम्हें देखकर मैं ताज्जुब में पड़ गई थी कि अब तक थी कहाँ? तुम नज़र क्यों नहीं आए कहीं? तुम्हें देखे बिना इतनी लम्बी उम्र गुजार दी? अभी मैं अपने से सवाल कर ही रही थी कि तुम जो गेहूँ का दाना अपने साथ लेकर आए थे, तुमने उसे चखाया और मैंने उसे बड़े मन से चबाया। उसका स्वाद मुझे मेरी वादी से निकालकर एक नए संसार में ले गया जहाँ पर सिर्फ़ तुम थे—आदम का रूप। मेरे इश्क़ को नया आयाम मिला, नई विस्तृता मिली। मैं नूर के दरिया को अपने वजूद के होंठों से गटगट करके पीने लगी।

मेरी वादी में इश्क़ का एक नया फूल भी खिलना था, इस हक़ीक़त को मैं नहीं जानती थी। मैं तो सिर्फ़ इतना जानती थी कि इनसानी रिश्ते ही खरे सिक्के होते हैं। मगर बाद में पता चला, मर्द की शक्ल में भी इश्क़ खनकता खरा सिक्का होता है। नज़र की बात है। जिसमें एक मर्द एक औरत होते हैं वह चलते जाते हैं जब तक मौत उन्हें अपने आग़ोश में नहीं भींच लेती है। मगर जब जवानी की नदी पहाड़ों के गुरूर को चूर करती मैदान में उतरती, ज़िन्दगी को ठहराव मिला, उस वक़्त

पत्थर गली

तुम इश्क़ के सूरज की तरह मेरी ज़िन्दगी में नमूदार हुए। मुझे मैदान के फैले सीने को पार करते बहते जाना था और तुम्हारे किरणें मेरे बदन में सारे उभारों को चूमती मुझे गर्मी अता कर रही थीं। उस गर्मी, उस लज्जत से मैं इनकार न कर सकी और अपनी लहरों के हार तुम्हारी किरणों के सुपुर्द कर बैठी।

पहली बार मैंने इतने करीब, इतने ध्यान से तुम्हें देखा था। तुम्हारे वजूद की खुशबू से मैं आशना थी, मगर तुम इतने हसीन होगे, इसका अहसास पहली बार मन में जागा। आँखें और होंठ जो इश्क़ की लताफ़त का खजाना होते हैं, वह तुम्हारे पास थे। तुम्हारी आवाज़ मुझे ज़िन्दगी के उस बाग में ले गई जिसका ख्वाब मेरे कँवारे अहसास ने देखा था। कितनी खुशबू थी उस रात... रोशनी, साये, दरख़्त, इमारत, इनसान...सब मुझसे पीछे छूटते गए, और मैं तुम्हारे वजूद की गहराइयों में डूबती चली गई। क्या आज से सालों पहले तुम मर्द न थे, मेरी आँखों ने अहसास के इस खजाने को परखा क्यों नहीं? तुमने तो मेरे दरवाज़े पर दस्तक भी न दी थी। बस, मेरी वादी में किसी शराबी आबशार की तरह गिरने लगे थे।

मुझे अहसास होता है कि तुम्हारे गले में ही सुरों का कम्पन और लय का वास नहीं है, बल्कि तुम्हारे हाथों के पोरों में भी धुन निकालने की हरकत छुपी हुई है। तुम मुगन्नी (गायक) और मुतरिब दोनों हो जो मेरे बदन के साज को छूकर अहसास के फूलों को खिलाते हो। नसों में नगमों के गर्म बहाव के बाँध खोलते हो। तुम सिर्फ़ एक रोशनी में नहाया अहसास हो जिसे इश्क़ कहते हैं।

तुम्हारे अन्दर की रूह जितनी खूबसूरत है उतने ही प्यारे अन्दाज़ से तुम्हारे जिस्म से झाँकती है, ऐसे कि मुझे डर लगने लगता है—इतना हुस्न मेरा नातवाँ जिस्म झेल नहीं पाएगा। तुम्हारे लम्स मुझे 'सुक' की उस क़ैफ़ियत में ले जाता है जिस नशे के सरूर को ख़ुदा ने भी हलाल कर दिया है। आज पुरानी शराब के एक जाम ने मुझे इतना मदहोश कर दिया है कि मैं अपने सारे दम-खम को भूल चुकी हूँ...हाँ...उसकी जगह मेरे अन्दर एक ऐसा गुरूर, ऐसा नाज़ सिर उठा रहा है जो सिर्फ़ एक मर्द ही औरत को अता कर सकता है।

सिक्का

मैं आज तक किसी की बन नहीं पाई थी, मगर तुम्हें अपना बनाना चाहती थी। अपना दामन तुम्हारे दिए फूलों से भरना चाहती थी। यह मेरी खुदगर्जी नहीं, मेरे दिल की माँग थी। मेरा नशा अहसास का नशा था। मेरी दीवानगी मेरे इश्क़ की दीवानगी थी। मैं इश्क़ के हर अहसास को ओस की बूँद की तरह सँभालकर पीना चाहती थी ताकि मेरे दिल का गुलाब हमेशा खिला रहे, जिसकी खुशबू तुम थे।

मेरे बदन में बहुत सारे ग़म, बहुत सारे दर्शन, बहुत सारे आदबी पारे छुपे हैं। उसके साथ ही मर्द की लज़्ज़तयाबी की गहरी झील भी। उस झील की गहराई में तैरते हुए तुम्हें उस पार भी जाना होगा, जहाँ पर तुम्हारी दुनिया तुम्हारा इन्तज़ार कर रही होगी...मुझे तुम्हारी दुनिया का अहसास इश्क़ का सिक्का देते हुए हुआ, हाथ बीच में थम गया और...

सम्मोहन की पिटारी को, जिसमें तुम्हारी यादों की जानें कितनी रंग-बिरंगी तितलियाँ भरी हैं, खोले बैठी हूँ। तुम्हारी बातों का ख़ुरदुरापन याद आता है, प्यार की अभिव्यक्ति का तराजू भी। प्यार अन्धा होता है ऐसा गुमान भी तुमने होने नहीं दिया। बस, मेरे दिल के शहर में धम-धम करते मेरी नसों पर चलते हुए दाख़िल हो गए। मेरा सारा शहर घूम लिया, हर खिड़की, हर दरवाज़े से झाँककर मुझे देख लिया। बड़े हक़ से मेरे दिल के ऐवान में बैठ गए जैसे वह तख़्त तुम्हारे लिए ही बिछा था।

मेरे दिल के दरीचे तुम्हारे लिए खुल चुके थे। उन्हें बन्द करना मेरे बस की बात नहीं थी। फिर तुम तो बिना दस्तक दिए किसी नशीले आबशार की तरह मेरी वादी में बेसाख़्ता गिरे थे और उसी मुक्त बहाव के साथ मेरी इश्क़ की नाव को खेने लगे थे। तुम्हें पाकर वादी में बहार आ गई थी। जज़्बात के सायेदार दरख़्त शराब से भीगकर ज़्यादा हरे हो उठे थे और पत्तियों से लद गए थे। अहसास की बेलें फूलों से भर गई थीं और उनके नीचे खिले रंग-बिरंगे बेगर्ज़ बेलौस ख़ुलूस के फूल जैसे मेरे मन की वादी पर दबीज कालीनों की तरह बिछ गए थे। मेरे लिए इश्क़ सिर्फ़ इश्क़ था जिसे पाकर दुनिया भी क़दमों पर झुक जाती है और इनसान अपने को बादशाह समझने लगता है। मगर तुम दुनिया

के जरिए मुझे पाना चाहते थे—इस सन्तोष के लिए तुमने दुनिया से जो चाहा, पाया; जिस चीज़ की ख़्वाहिश की वह तुम्हें मिल गई। तुम्हारी चुनौती ही मुझे कहीं पर दर सुरंग ले गई जहाँ पर दुख का अँधेरा लम्हा-लम्हा बढ़ता नज़र आ रहा था और मेरी परछाईं भी मेरा साथ छोड़ने लगी थी।

दुनिया की परवाह तो मैंने किसी भी इनसानी रिश्ते में नहीं की थी। रिश्तों की चाह एकतरफा ही सही, रिश्ते की सारी गरिमा के साथ जी थी। तुमसे मेरा रिश्ता औरत-मर्द का अबदी (अमर) रिश्ता था, जिसे मैं हर स्तर पर जीने का हौसला रखती थी, मगर तुम दुनिया में कुछ बन जाने के नशे से सराबोर थे। दुनियावी सड़क पर सबसे आगे निकल जाने के जुनून से पारे की तरह बेचैन रहते थे। भौतिक दुनिया की साज-सँवार से जब तुम्हें फुर्सत मिलती और तुम आराम की ज़रूरत महसूस करते तब मेरे समीप आकर थम जाते थे। वही समय तुम्हारी नज़रों में चाहत थी, वरना समय का इतना-सा टुकड़ा भी तुम दुनियावी मसलों के हल में खर्च कर देते, यूँ मेरे साथ न गुजारते। बहरहाल, तुमने इस मामूली 'समय' के टुकड़े को बेशकीमती बनाकर अपने अमूल्य बलिदान का अहसान मुझ पर जताया। मैं क्या कहती, घुटकर रह जाती थी कि अहसास की कीमत क्या कभी लग सकती है? क्या जज्बे को तोला जा सकता है?

जब तक तुम मेरे पहलू में बैठे मेरी जुल्फों को सँवारते, उनसे खेलते थे, तुम्हारी ज़बान तुम्हारे हाथ का साथ नहीं देती थी। मेरी रूह को तुम्हारे मुँह से निकले खूबसूरत अल्फाज का इन्तज़ार रहता था और तुम उस इन्तज़ार के जानलेवा दर्द से बेनियाज अपने घर-परिवार और व्यापार की समस्याओं को सुनाने में डूबे रहते थे। मैं दर्द के भँवर में फँसी हुई सिर्फ़ इतना सोच पाती थी कि दंदासा की बेज़ुबान छाल मेरी आखरोटी जुल्फों से कहीं ज़्यादा जानदार और बेजुबान है जो अपना रंग तो छोड़ती है।

मैं इश्क़ के बलबूते पर ही तो खड़ी थी वरना मैं तुमसे माँग क्या रही थी? तुम्हारी दुनिया तुम्हारे पास थी, फिर भी तुम्हें कभी-कभी अपनी दुनिया के छूट जाने का भय सताने लगता था। मैं कैसे तुम्हें

समझाती कि इश्क़ सिर्फ़ दिल की माँग करता है, दुनियावी घरौंदों की नहीं। इश्क़ हर तरह के बन्धन, हर तरह के भय से मुक्त एक अनुबन्ध का नाम है जिसकी शर्त रचना और बनावट समर्पण है।

तुम्हारा प्यार मुझे जाने क्यों एतमाद न दे सका और यह अहसास जागता गया कि तुम इश्क़ की धरती से उखड़ा एक ऐसा दरख़्त हो जो धरती के लाख उर्वर होने पर भी दोबारा जम नहीं सकता है। तुम जड़ की गहराई पर नहीं शाख के फैलाव पर विश्वास करते थे। तुम्हें इश्क़ की लज़्ज़तों की परवाह न थी बल्कि दौड़-भागकर अपना सिक्का ज़माने में मज़ा आता था। मैं उसी मज़े की एक कड़ी-भर थी। इस कड़ी को तुम प्यार कहते थे। तुम प्यार के जिस स्तर पर खड़े थे वह मेरी संवेदनाओं की पहली सीढ़ी भी न थी। इश्क़ तो वह ज्वालामुखी होता है जो हमेशा दिल के धरातल के नीचे खौलता-बहता रहता है। वह एक कुदरती बहाव का नाम है, हिसाब से बहुत दूर, संवेदनाओं के आवेग से भूकम्प ला देनेवाला। वह बचे समय का नाम नहीं है, बल्कि समय को अपने अहसास की जकड़न में दबोचनेवाली एक शक्ति का नाम है।

मैं चूँकि औरत हूँ, इसलिए आज तक रिश्तों को विश्वास दिया है, लिया नहीं। मुझे विश्वास देनेवाला पैदा ही नहीं हुआ है, यह सोचकर कभी-कभी ग़मग़ीन ग़ारों में भटकने लगती थी। ग़ार की पथरीली दीवारों से इतनी बेकरारी से लिपटती थी कि मुझे लगता था कि आँसू मेरी आँखों से नहीं बल्कि पत्थर की दीवारों से बहकर मेरे शानों को भिगो रहे हैं। मेरी आत्मा किस चीज़ की प्यासी थी, इश्क़ का वह कौन-सा चश्मा था जिसे पीने के लिए मैं व्याकुल रहती थी? कभी-कभी लगता था कि तकदीर तो शमा की लेकर आई हूँ, अपने ही पिघले मोम की पैरों में जंजीर पहने हुए हूँ, फिर दूसरों की रोशनी की तमन्ना कैसी?

इस मामूली अहसास ने मेरी खामोश वादी में पतझड़ की हवाएँ बहाना शुरू कर दी थीं। जज़्बात के सायदार दरख़्तों की झड़ती ज़र्द पत्तियों को हाथों में उठाकर उनसे पूछती थी कि इश्क़ तो बहता दरिया है, उबलता चश्मा है, बरसता पानी है फिर यह ज़र्द पत्ते क्यों? अहसास की बेलें भी मुरझा रही थीं और उन पर खिले दहकते लाल फूल...

तुम्हें पाकर जिन तन्हा ग़ारों में जाना छोड़ चुकी थी अब दोबारा जाने लगी और दीवारों पर फैली सोग की स्याही से पूछने लगी कि क्या यह रिश्ता भी मुझे एकतरफा ही जीना पड़ेगा? मेरे सिक्के का हमपाया क्या दूसरा सिक्का मुझे नज़र नहीं आएगा, जिसे मैं अपनी झोली में डाल सकती और हाथ में पकड़े सिक्के को उसकी झोली में।

तुम्हारे लिए मेरे दिल से मनों के हिसाब से फूल झरते रहे। तुम्हारे पास उनको चुनने की फुर्सत न थी। तुम्हारे दिल में इतनी जगह भी न थी कि फूलों से लदी टोकरियाँ उसमें समा सकतीं। वह सारे फूल तुम्हारी राह के बिछावन बन गए, जिस पर चलकर तुम बहुत उदासी से शिकवा करते थे कि तुम ज़िन्दगी की दौड़ में बहुत पिछड़ गए हो। तुम सबकुछ पाकर उदास थे। तुम्हारी उदासी मेरे वजूद में नश्तर चुभो रही थी। मैं तुम्हें कैसे समझाती कि फूल खरीदना और रौंदना सब जानते हैं मगर अहसास की डाल पर फूल को खिलता देखना और उस आवाज़ की सुगन्ध को महसूस करना सबका भाग्य नहीं, जो पल की सार्थकता को पा सके। बहुत चाहने पर भी तुम मेरे दिल के निहाखाने (गोपन) में मोती की तरह छुपे न रह सके और मेरी आँखों से आँसू की शक्ल में बह निकले।

विभिन्न मुकामात (सोपानों) से गुजरती हुई एकाएक ठहर जाती हूँ। तभी महसूस होता है कि मेरे आगे क़ैफ़ की एक नई राह खुल गई है। उस मुकाम पर पहुँचने से पहले सोचती हूँ, तुम्हें कोई सौगात तो देती जाऊँ।

मेरा दिल इस रंगीन दुनिया में कभी नहीं लगा। ज़िन्दगी को उसी को लौटा देने की बात कभी मन में नहीं आई, मगर मन कभी रमा भी नहीं। जाने किसे खोज लेने, किसे पा लेने की तमन्ना-भरी तलाश मुझे विचारों और आराधना के जाने कितने घने जंगलों, बीहड़ों और पर्वतों पर ले जाकर छोड़ देती थी और मैं गहरी समाधि में लीन होने से पहले चौंक पड़ती थी क्योंकि चेतना मुझे निरन्तर बढ़ते प्रकाश की तरफ खींचने लगती थी और मेरी इबादत का सिलसिला टूटकर फिर जुड़ने के लिए एक नए मुकाम पर जा पहुँचता था।

सिक्का

मैं इस हक़ीक़त से अगाह थी कि मौत एक बेखबर साथी है और जिसके लिए दुनिया कैदखाना हो उसकी आरामगाह क़ब्र है। फिर भी मैं उस महान शक्ति से अक्सर सवाल करती थी कि आख़िर मुझे बनाया क्यों? विशेषकर उस मिट्टी से जिसकी तेरे पास इतनी कमी थी? उससे कोई परिन्दा, कोई फूल बना देता ताकि मैं जीने की इस लम्बी यातना से तो मुक्त होती? फिर सोचती हूँ मिट्टी गूँथते समय शायद हाथ हिलने से कुछ तत्त्वों की मात्रा अधिक गिर गई है, वरना इस आबाद-खुशहाल दुनिया में मुझे अजनबी बस्ती का अहसास क्यों होता है?

बताओ...तुम्हें क्या उपहार दूँ। तुम्हारे पास सबकुछ है। ऐसा कुछ दूँ जिसकी तुम्हें ज़रूरत हो, जिसे पाकर तुम अपने पिछड़ जाने का दुख भूल जाओ और अहसास के लम्स से चाहे पल-भर के लिए ही, अभिभूत हो जाओ। मगर क्या दूँ? मैं इस संसार को नश्वर ही नहीं, खुदगर्ज भी समझती हूँ। उससे कुछ लेना जैसे मज़ाक-सा लगता है। दुनिया को तो कुछ देकर जाना होता है। उसका दामन खाली है। आवागमन का सिलसिला उसे खौफ़जदा करता है कि उसकी धरती पर कोई टिक नहीं पाता है। हम तो खाली हाथ इस सराय में आए थे और खाली हाथ जाएँगे। हाँ, इश्क़ का सिक्का ज़रूर मौजूद है। ऐसी हालत में तुम्हीं बताओ क्या उपहार दूँ?

ज़िन्दगी के बचे साल तुम्हें उपहारस्वरूप भेंट करती हूँ। इन सालों का सदुपयोग तुम कर सकोगे, मुझे विश्वास है क्योंकि यही सौगात मेरे पास है जो तुम्हारे काबिल है। मन की गहराई से उस महान शक्ति से दुआ माँगती हूँ—यदि वह महान शक्ति मौजूद है तो मेरी दुआ कबूल समझो।

हाथ में थामा खरा, चमकीला इश्क़ का सिक्का वापस झोली में डाल लेती हूँ। प्रेरणा जिसमें स्रोत का आजीवन बहाव निहित है उसकी कीमत नहीं माँगी जाती है, न वह यूँ किसी एक को देने की चीज़ है। वह बाँटने की निधि है।

इश्क़ तो वह सूरज है जिसके चारों तरफ़ हर रिश्ता चाहे मन का हो या तन का या दिमाग का, उपग्रह के समान परिक्रमा करता है। वह

किसी रिश्ते के सामने घुटने टेककर दामन नहीं फैलाता है बल्कि दूसरों की खाली झोली भरता है, क्योंकि फना में ही बका है...

मेरे वजूद की मुरझाई वादी फिर से शादाब होने लगी। जज़्बात के सायदार दरख़्त कोंपलों से भर उठे और अहसास की बेलों की टहनियाँ अपना रंग बदलने लगीं। बेगर्ज़ बेलौस ख़ुलूस के फूलों के पीछे फिर से फुटाव देने लगे।

कूहे-तूर मेरे सामने था और सत्तर हज़ार पर्दों में छुपे नूर के दरिया में मुझे मिलना था। हाल की क़ैफ़ियत में डूबती, नूर की बारिश से भीगती चेतना मुझे प्रकाश-पिंड के सामने लाकर खड़ा कर देती है।

मैं अपनी वादी में मस्त थी, जहाँ आदम था न आदमजाद, सिर्फ़ जज़्बात के सायदार दरख़्त थे और अहसास की लताएँ और रंग-बिरंगे फूलों की बेलौस, बेग़र्ज, पुरख़ुलूस ख़ुशबू थी, जिसने मुझे ज्ञान बख़्शा कि 'अनलहक़ (अहं ब्रह्मस्मि) कहकर मंसूर ने इश्क़ को रुसवा किया था और उस ऐलान की सजा में दुनिया ने उसे फाँसी का फन्दा दिया था।

दिल के सारे दरवाज़े, खिड़कियाँ बन्द कर लेती हूँ कि अनलहक़ की आवाज़ को कोई भी मेरे वजूद से उठता न सुन सके।

●●●